DAS GEHEIMNIS DES ARZTES

EIN MILLIARDÄR-ARZT-LIEBESROMAN - GERETTET VON DEM ARZT BUCH EINS

JESSICA FOX

INHALT

Das Geheimnis des Arztes

Von: Jessica Fox

© Copyright 2020 – Jessica Fox

ISBN: 978-1-64808-147-7

Contenido

❀ Erstellt mit Vellum

MELDE DICH AN, UM KOSTENLOSE BÜCHER ZU ERHALTEN

Möchtest Du gern Eifersucht und andere Liebesromane kostenlos lesen?

Tragen Sie sich für den Jessica Fox Newsletter ein und erhalten Sie ein KOSTENLOSES Buch exklusiv für Abonnenten indem Du diesen Link in deinem Browser eingibst:

https://www.steamyromance.info/kostenlose-b%C3%BCcher-und-h%C3%B6rb%C3%BCcher/

Eifersucht: Ein Milliardär Bad Boy Liebesroman

Neue Liebe entsteht, aber auch eine Eifersucht, die sie zu zerstören droht.

Ich habe meine winzige Heimatstadt und ihre Einschränkungen hinter mir gelassen. Dann erschien ein bekanntes Gesicht in der Bar, in der ich arbeite, und brachte mich wieder dorthin zurück, wo ich angefangen hatte ...

https://www.steamyromance.info/kostenlose-b%C3%BCcher-und-h%C3%B6rb%C3%BCcher/

Du erhältst ebenso KOSTENLOSE Romanzen-Hörbücher, wenn Du Dich anmeldest

KLAPPENTEXT

Seine Perspektive:

Mein letztes Studienjahr an der medizinischen Fakultät war ihretwegen das beste Jahr, das ich je hatte – sie veränderte meine Zukunft für immer ...
Von dem Moment an, als ich sie sah, wusste ich, dass es etwas zwischen uns gab, das nicht viele Leute finden.
Leidenschaftliche Nächte, gestohlene Küsse während unserer arbeitsreichen Tage ... Sie und ich hatten die gleichen Ziele – Ziele, die die besondere Verbindung beenden würden, die wir gefunden hatten.
Sie zurückzulassen erwies sich als das Schwierigste, was ich jemals getan habe.
Als ich sie eines Tages in einem Krankenhaus in Seattle wiederfand, wo sie sich um einen meiner besten Freunde kümmerte, stellte ich fest, dass die alte Flamme nie ganz erloschen war.
Aber das unbeschwerte, liebenswerte Mädchen, das ich vor Jahren gekannt hatte, war misstrauisch geworden.
Meine einzige Frage lautete: Warum?

~

Ihre Perspektive:

Er hatte vor all den Jahren mehr als nur mein Herz gestohlen – er hatte mich zu etwas gemacht, das ich nie werden wollte ...
Wir waren beide auf der gleichen Mission, Ärzte zu werden, also wussten wir, dass unsere Liebe ein Ablaufdatum hatte.
Ich erfuhr erst von dem Geschenk, das er mir hinterlassen hatte, als er schon lange weg war.
Irgendwie hätte ich nie erwartet, den Mann wiederzusehen.
Und dann, eines Tages, kam er in das Krankenhaus, in dem ich arbeitete, und alles um mich herum brach zusammen.
Die Lust, die Liebe, das Geheimnis, von dem ich ihm nichts sagen konnte – es sei denn, ich wollte, dass er mich hasste ...

1

ARSLAN

Der Duft von Kaffee wehte durch den ansonsten sterilen Geruch des Zimmers und lenkte kurz meine Aufmerksamkeit von den Eltern meines kleinen Patienten ab. „Ich bin sicher, dass Sie von der Operation erschöpft sind, Dr. Dawson", sagte Mr. Peterson, und ich konzentrierte mich wieder auf das Gespräch. „Ich habe nur noch eine Frage an Sie, und dann lassen wir Sie mit dem Rest Ihres Tages weitermachen."

Ich drückte mit den Fingern gegen meinen Nasenrücken – nicht aus Verärgerung, sondern aus reiner Müdigkeit – und verlagerte mein Gewicht auf den anderen Fuß. „Tut mir leid. Jetzt kann mich nicht einmal mehr Koffein retten. Ein Bett und ein Kissen sind alles, was ich gerade brauche. Bitte fragen Sie mich, was Sie wissen müssen, Mr. Peterson."

Sein Sohn lag nur einen Meter von uns entfernt im Bett. Der Junge hatte am Tag zuvor einen Autounfall mit seinem Onkel gehabt. Leider hatte der Onkel nicht so viel Glück wie der junge Lucas Peterson gehabt – er hatte nicht lange genug überlebt, um noch operiert werden zu können.

Mr. Peterson sah seinen Sohn mit erschöpften, besorgten Augen an. „Womit müssen wir rechnen, wenn er aufwacht?"

„Ich kann Ihnen nicht genau sagen, was Sie erwartet, aber Kommunikationsschwierigkeiten sind bei Personen mit einem Hirntrauma dieses Schweregrads häufig anzutreffen. Wahrscheinlich wird er mit der Zeit und einer Reha-Therapie wieder normal werden, aber eine Weile wird er Probleme beim Sprechen, Lesen und Schreiben haben und möglicherweise auch mit der Motorik." Das Gesicht seiner Eltern verriet mir, dass sie die Prognose schrecklich fanden. „Momentan müssen Sie beide stark bleiben und Lucas bei seiner Genesung unterstützen. Sie wird nicht ewig dauern. Er ist jung und ansonsten gesund, und ich gehe davon aus, dass er in kürzester Zeit wieder er selbst sein wird."

Seine Mutter rang nervös die Hände. „Nächste Woche ist sein achter Geburtstag." Sie sah ihren Ehemann mit Tränen in den Augen an. „Wird er dann in der Lage sein zu sprechen?"

Ich konnte ihre Frage nicht beantworten, ohne zu lügen, also sagte ich die Wahrheit. „Ich weiß es nicht, Mrs. Peterson. Ich wünschte, ich könnte Ihnen sagen, was Sie hören wollen, wirklich. Das Beste, was Sie jetzt tun können, ist hoffnungsvoll und positiv zu bleiben." Meine Augen wanderten zur Tür, als Lisa, die Krankenschwester, hereinkam, um nach unserem Patienten zu sehen. „Ihr Sohn ist jetzt bei Lisa in guten Händen. Sie ist eine hervorragende Krankenschwester und kann viele Ihrer Fragen beantworten, wenn Sie weitere Bedenken haben."

„Danke, Dr. Dawson." Lisa wandte sich den Monitoren zu, und Lucas' Eltern gingen direkt zu ihr, um weitere Fragen zu stellen.

Meine müden und schmerzenden Füße trugen mich den ganzen Weg von der Intensivstation in den Pausenraum der Ärzte. Er war normalerweise ein großartiger Ort für uns, um ab und zu ein kurzes Nickerchen zu machen.

Ich wusste, dass ein Nickerchen nicht genug für mich war, aber ich musste mich ausruhen, bevor ich nach Hause fuhr. Wenn ich das nicht machte, könnte ich der Nächste sein, der nach einem Autounfall in dieses Krankenhaus gebracht wurde. Ich gab mir große Mühe, nicht unter dem Skalpell eines anderen Arztes zu landen.

Gerade als ich durch die Tür in den Pausenraum trat, klingelte mein Handy. Ich zog es aus der Tasche meines Kittels und sah eine Nummer, die ich nicht erkannte, ging aber trotzdem ran. „Hier spricht Dr. Arslan Dawson."

„Arslan, ich bin es, Samantha Stone." Sie zögerte und schluchzte dann. „Oh, Gott. Sprich mit Gerald."

Die Stones waren schon lange Freunde der Familie. Wir hatten die Sommer zusammen im Ferienhaus meiner Familie in den Hamptons verbracht. Als ich hörte, dass Samantha so verstört war, standen mir die Haare zu Berge. „Was ist passiert?"

„Es ist Langston, Arrie", antwortete Gerald mir. „Er hat hier in Seattle einen Unfall gehabt. Ich weiß, dass du in Minnesota bist, und ich weiß, dass es viel verlangt ist, aber verdammt, wir vertrauen niemandem außer dir. Sie sagen, dass er es vielleicht nicht schafft, Arrie. Ein Sattelzug hat ihn auf dem Highway gerammt. Er ist nicht wiederzuerkennen und soll schwere Hirnverletzungen erlitten haben."

„Ich komme." Auf keinen Fall würde ich einen meiner besten Freunde in den Händen eines anderen Arztes lassen – egal wie lange es her war, dass ich ihn gesehen hatte. „Ist er im Seattle Medical Center?" Normalerweise wäre ich von der Nachricht erschüttert gewesen, aber ich lief auf Autopilot und ging direkt in den professionellen Modus über.

„Nein." Geralds Stimme brach einen Moment, und er konnte keine weiteren Informationen herausbringen.

„Es ist okay, Gerald. Nimm ein paar Atemzüge", riet ich ihm. „Für Langston müssen wir jetzt alle die Ruhe bewahren. Mit kühlem Kopf trifft man bessere Entscheidungen. Wenn er nicht in diesem Krankenhaus ist, wo ist er dann?"

„In einem neuen Krankenhaus. Bei jungen Ärzten", sagte er und machte mich ein bisschen unruhig. „Es heißt Saint Christopher's General Hospital. Sie können ihn nicht verlegen. Ich habe bereits gefragt, ob er mit dem Hubschrauber in dein Krankenhaus gebracht werden kann. Sie haben mir gesagt, dass er überhaupt nicht bewegt werden darf."

Als ich zum Parkhaus aufbrach, wusste ich, dass der Schlaf noch etwas länger warten musste. „Ich werde ungefähr fünf Stunden brauchen, um nach Seattle zu gelangen. Wir sehen uns, sobald ich dort bin."

„Bist du sicher, dass sie zulassen, dass du ihn hier behandelst?", fragte mich Gerald mit besorgter Stimme.

„Meine Assistentin wird sich deswegen gleich mit ihnen in Verbindung setzen." Ich wollte nicht, dass sie sich noch mehr Sorgen machten. „Wir sehen uns bald. Sag Langston, ich bin auf dem Weg und werde alles tun, um ihn am Leben zu halten."

Ich war noch nie so froh darüber gewesen, einen Privatjet zur Verfügung zu haben. Nachdem ich meinen Piloten angerufen und ihm gesagt hatte, er solle mich am Flughafen treffen, rief ich meine Assistentin an, damit sie sich um meine Zulassung in dem neuen Krankenhaus kümmerte.

Als ich im Flugzeug war und mich endlich zurücklehnen und ausruhen konnte, dachte ich an Langston – oder an Lannie, wie ich ihn als Kind genannt hatte. Ich hatte wieder eine der Erinnerungen, die mir immer in den Sinn kamen, wenn ich an ihn dachte.

Er und ich waren Kinder und spielten an dem Seil, das über dem kühlen Wasser unseres Teiches im hinteren Teil unseres Anwesens hing.

Er ließ sich zuerst ins Wasser fallen und sah zu mir herüber. „Komm schon, Arrie!"

Es war das erste Mal, dass ich die Seilschaukel benutzte, und es erwies sich als beängstigender, als ich gedacht hatte. „Ich bin mir nicht sicher. Es ist ziemlich hoch."

„Feigling!", schrie er. „Komm schon, großes Baby! Trau dich."

Seine Neckerei half mir, Mut zu fassen, und ich hielt mich an dem Seil fest, während ich langsam zurückging. Ich blieb stehen, schloss die Augen und rannte vorwärts, so schnell ich konnte. Ich wollte, dass es schnell vorbei war.

Dann spürte ich, wie meine Füße den Boden verließen und die Luft um mich herum strömte. Ich ließ das Seil los und schrie vor Freude, als ich durch den Himmel flog und im kühlen Wasser landete.

Als ich wieder an die Oberfläche kam, lachte ich. „Du hast recht. Es macht Spaß. Lass uns das noch einmal machen."

Lannie drängte mich immer, bis ich alles versuchte, was er getan hatte – egal ob es gut oder schlecht war. Einschließlich des einen Mals, als wir hinter der Garage kifften – es hatte Spaß gemacht, bis der alte Dempsey, der sich um die Autos kümmerte, uns gefunden und gedroht hatte, unseren Eltern davon zu erzählen, wenn wir jemals wieder so etwas machen würden.

Wir hatten so viel zusammen angestellt – und dabei unglaublich viel Spaß gehabt.

Bei dem Gedanken, meinen alten Freund nie wieder zu sehen, gefror mein Herz in meiner Brust zu Eis. Ich musste ihm helfen. Ich musste mein Bestes geben, um ihn zu retten.

Während ich immer noch an Lannie dachte, schlief ich endlich ein. Ich erwachte, als der Steward, Daniel, mich schüttelte. „Wir sind hier, Dr. Dawson."

„Hm?" Ich rieb meine Augen mit dem Handrücken. „Wo?"

„Seattle, Sir." Er trat zurück und zeigte aus dem Fenster in der Nähe meines Kopfes. „Sie haben tief und fest geschlafen." Er deutete auf den Arztkittel, den ich immer noch trug. „Es war ein harter Tag, nicht wahr?"

„Verdammt hart." Ich stand von meinem Sitz auf und ging ins Badezimmer, um mir etwas Wasser ins Gesicht zu spritzen und mir die Zähne zu putzen.

Mein Spiegelbild zeigte mir, dass ich mir einen Moment Zeit nehmen musste, um mich zu rasieren. Ich sah furchtbar aus.

Der Steward führte mich aus dem Jet, nachdem ich mich umgezogen und rasiert hatte. „Sie sehen schon viel besser aus, Dr. Dawson. Gut, dass Sie Kleidung zum Wechseln im Jet aufbewahren, hm?"

„Ja, sehr gut." Meine Zeit als Pfadfinder hatte mir gute Dienste geleistet – ich war immer vorbereitet. Zumindest so oft, wie es meine hektische Karriere als Arzt erlaubte. „Haben Sie einen Wagen für mich gerufen?"

„Ja." Wir liefen durch den überfüllten Flughafen, und er führte mich zum Ausgang und dann zu dem Auto, das er angefordert hatte. „Das ist Henry. Er bringt Sie ins Saint Christopher's General Hospital."

Der Fahrer nickte, als er die Hintertür des Stadtwagens öffnete. „Dr. Dawson, es ist mir eine Freude, Sie kennenzulernen. Es tut mir leid, dass es unter so unglücklichen Umständen geschieht. Daniel hat mir von Ihrem Freund erzählt."

„Ich freue mich auch, Sie kennenzulernen." Ich rutschte auf den Rücksitz und fragte: „Können Sie mich für die Dauer meines Aufenthalts herumfahren? Ich bezahle Ihnen das Doppelte von dem, was Sie jetzt verdienen."

„Betrachten Sie mich als Ihren Chauffeur, Dr. Dawson." Mit einem Lächeln schloss er die Tür, ging zur Fahrerseite und stieg ein.

„Können Sie mir das beste Hotel in der Nähe des Krankenhauses nennen?" Ich hatte festgestellt, dass Fahrer – seien es

Taxifahrer oder private Chauffeure – immer die besten Empfehlungen hatten.

„Sicher", sagte er fröhlich, als der Wagen sich vom Bordstein entfernte. „Meine Nichte arbeitet in einem der besten in dieser Gegend. Ich werde sie bitten, eine Suite für Sie zu reservieren. Etwas Schönes in der obersten Etage. Wäre das okay?"

„Das wäre mehr als okay, Henry. Das wäre perfekt." Jemanden zu finden, der so kompetent war, schien ein Geschenk des Himmels zu sein. „Ich verspreche, dass ich mich für Ihre Hilfe erkenntlich zeigen werde."

Ich verschwendete keine Zeit, meine Worte in die Tat umzusetzen, als er vor dem Saint Christopher's General Hospital hielt und die Tür für mich öffnete. „Hier sind wir, Dr. Dawson."

Ich schüttelte seine Hand und steckte ein paar Hundert-Dollar-Scheine hinein. „Danke, Henry. Ich weiß das wirklich zu schätzen."

Nickend steckte er das Geld in seine Hosentasche. „Ich warte auf dem Parkplatz, Sir." Er gab mir seine Visitenkarte. „Wenn Sie mir eine SMS schicken, bevor Sie nach draußen gehen, erwarte ich Sie am Eingang.'

Ich schaute über meine Schulter, als ich mich beeilte hineinzugehen, und rief: „Sie sind ein wahr gewordener Traum, Henry!"

Zu wissen, dass ich mir zumindest in dieser Hinsicht keine Sorgen machen musste, war eine große Erleichterung. Als ich eintrat, fand ich im Warteraum keine Patienten, was gut oder schlecht sein konnte. „Hallo, ich bin Dr. Arslan Dawson. Meine Assistentin ..."

Ich konnte nicht weitersprechen, weil die Krankenschwester von ihrem Schreibtisch aufsprang. „Gut! Ich habe alles hier." Sie gab mir einen Dienstausweis an einem Band mit meinem Foto und Namen. „Ihre Assistentin hat mir alles online geschickt. Sie sind einsatzbereit, Doktor." Sie öffnete eine Tür, damit ich nach hinten durchgehen konnte. „Mr. Stein wird gut versorgt und ist bis jetzt in einem stabilen Zustand. Der Unfallchirurg hat ihn direkt in den OP geholt, aber Mr. Stones Eltern sind gekommen und haben alles gestoppt. Sie sagten, dass niemand außer Ihnen ihren Sohn operieren darf. Sie ließen sich nicht umstimmen."

„Ja, ich kenne sie schon lange." Das Krankenhaus schien sauber zu sein, was mir ein gutes Gefühl gab. „Wie neu ist diese Einrichtung?"

„Sie ist seit zwei Jahren in Betrieb." Sie blieb stehen und sah mich an. „Doktor, wir haben großartige Leute hier im Saint Christopher's General Hospital. Ich weiß, dass Sie aus der Mayo-Klinik kommen und einer der besten Neurochirurgen des Landes sind. Es ist eine Ehre für unseren Unfallchirurgen und unsere Kardiologin, mit Ihnen zusammenzuarbeiten. Sie sind beide äußerst begabt, Sir. Bei Ihrem Freund muss mehr als nur das Gehirn behandelt werden, und sie möchten unbedingt mit Ihnen zusammenarbeiten, damit es ihm bald wieder bessergeht."

„Und die Stones haben alles aufgehalten?" Ich wusste, dass sie hartnäckig waren, aber ich hatte keine Ahnung, dass sie so weit gehen würden.

Nickend machte sie sich wieder auf den Weg. „Ja."

„Sagen Sie bitte den anderen Ärzten, dass ich sie im Umkleideraum treffen möchte." Lannies Eltern hatten vielleicht nicht verstanden, dass ich Hilfe brauchen würde, aber ich brauchte sie.

„Da sind wir", sagte die Krankenschwester und deutete auf den Umkleideraum. „Wir haben hier Kittel, die Sie verwenden können. Ich sage den anderen Ärzten, dass sie herkommen sollen. Sie werden Sie in den OP begleiten. Viel Glück, Dr. Dawson."

Glück? Ich brauchte kein Glück. Ich brauchte erfahrene Chirurgen, die mir helfen konnten, das Leben meines Freundes zu retten. Ich konnte nur beten, dass ich genau das bekam.

2

REAGAN

Ich saß im Wohnzimmer und schaute mit meinem
fünfjährigen Sohn Skye Zeichentrickfilme an, als mein
Handy endlich klingelte. „Ist er da?"

Jennie aus dem Krankenhaus war am anderen Ende der
Leitung. „Ja, der Neurochirurg, auf den die Stones uns warten
ließen, ist endlich da. Er sagte, Sie und Dr. Kerr können auch
kommen."

Ich sprang auf, beendete den Anruf, küsste Skye auf den
Kopf und nickte dann meiner Mutter zu, um sie wissen zu
lassen, dass ich losmusste. Nur ein paar Häuserblocks vom Saint
Christopher's General Hospital entfernt hatte ich eine
Wohnung gemietet, damit ich in der Nähe meines Arbeits-
platzes war und meinen Sohn besuchen konnte, wann immer
ich Zeit hatte. „Ich muss gehen, Leute. Ich liebe dich, Skye."

„Ich liebe dich, Mom", rief er, als ich aus der Tür rannte.

Es dauerte nur zwei Minuten, bis ich das Krankenhaus
erreichte. Ich liebte die Lage meiner Wohnung. Sie machte es
mir viel einfacher, meinen Sohn großzuziehen.

Ein paar Stunden zuvor war ich angerufen worden, als ein
Unfallopfer eingeliefert worden war. Der Mann hatte einen

Autounfall gehabt – eine Kollision mit einem Truck – und lebensbedrohliche Verletzungen davongetragen. Verletzungen, für die seine Eltern die Behandlung gestoppt hatten.

Ich hatte in meiner Zeit im Krankenhaus einige verrückte Dinge gesehen, aber nichts, was mit diesen Leuten vergleichbar war. Dr. Kerr und ich hatten es geschafft, die inneren Blutungen teilweise zu stoppen, aber sie erlaubten uns nicht, bei ihrem erwachsenen Sohn, der ihnen aus irgendeinem Grund eine medizinische Vollmacht erteilt hatte, mehr zu tun.

Mr. und Mrs. Stone waren uns allen ein echtes Rätsel. Sie holten einen Chirurgen von außerhalb der Stadt für ihren Sohn, während alle auf glühenden Kohlen saßen – es war anders als alles, was ich je erlebt hatte. Kerr und ich hatten gewettet, dass ihr Beharren darauf, noch zu warten, ein schwerwiegender Fehler sein würde. Aber sie hatten ein Dokument, um zu beweisen, dass sie medizinische Entscheidungen für den bewusstlosen Mann treffen konnten, also mussten wir uns an ihre Anweisungen halten.

Ich eilte zum Umkleideraum und nahm mir nicht einmal die Zeit, mich zu fragen, wer dieser Super-Neurochirurg war oder wo er überhaupt herkam. Ich stieß die Tür auf und sah, wie Dr. Kerr sich die Hände wusch. „Hey, Jonas." Ich schaute mich um, entdeckte aber niemanden. „Sie sagten, der Neurochirurg ist hier." Mir wurde klar, dass ich keine Ahnung hatte, ob es sich um einen Mann oder eine Frau handelte. „Oder ist es eine Chirurgin?"

„Reagan?" Ich hörte eine tiefe Stimme hinter mir, und einen Moment fühlte es sich an, als ob mein Herz stehengeblieben wäre. Es war eine vertraute Stimme von vor langer Zeit, aber eine, die ich nie vergessen würde. „Reagan Storey?"

Ich drehte mich um, und ein Gesicht aus meiner Vergangenheit sah mich direkt an. Ein Gesicht, das ich seit sechs Jahren nicht mehr vor mir gesehen hatte. Ich keuchte überrascht und starrte den Mann einen atemlosen Moment an. „Arrie?" Ich atmete aus.

Bevor mir klar wurde, was ich tat, flog mein Körper zu dem Mann, mit dem ich eine kurze, aber intensive sechsmonatige Beziehung gehabt hatte, als ich an der David Geffen School of Medicine an der UCLA anfing. Als wir uns umarmten, fing mein Gehirn endlich wieder an zu arbeiten und erinnerte mich schnell an all die Gründe, warum ich ihm nicht wieder zu nahe kommen durfte.

Ich löste mich aus seinen starken Armen, während er mich geschockt ansah. „Ich kann das nicht glauben."

„Ich auch nicht." Er hatte sich ein bisschen verändert. Mehr Muskeln. Längeres, dunkles, welliges Haar. Schöner als je zuvor. „Wow, Arrie. Einfach wow."

Kopfschüttelnd räusperte er sich. „Ja. Nun, ich muss mir noch einmal die Hände waschen."

„Oh, verdammt." Ich hätte mich nicht auf den Mann stürzen sollen. „Tut mir leid. Daran habe ich nicht gedacht."

„Nein", sagte er, als er den Kopf schüttelte und zurück zum Waschbecken ging. „Schon in Ordnung. Ich habe dich überrascht. Und du mich."

„Ja." Ich schnappte mir einen sauberen Kittel und schloss den Vorhang, um mich umzuziehen, während ich weiterredete. „Also bist du der Neurochirurg aus der Mayo-Klinik, an den die Stone-Familie so fest glaubt. Wer hätte das gedacht?"

„Es tut mir leid, dass sie dich und Dr. Kerr ausgeschlossen haben." Ich zog den Vorhang zurück, nachdem ich mich umgezogen hatte, und er musterte jeden Zentimeter meines Körpers, als ich mir die Hände wusch. „Wow, Reagan."

Ich lächelte über die Reaktion, die er auf meine Kurven hatte – in sechs Jahren hatte sich viel verändert –, und sagte: „Ja, ich habe zugenommen, seit du mich das letzte Mal gesehen hast. Und du auch, muss ich sagen."

Er hielt seine sterilen Hände hoch, um sie trocknen zu lassen, und lächelte mich an. Ich hatte das Gefühl, als würde ich sofort dahinschmelzen. Zumindest hatte sich das kein bisschen geändert. „Wir müssen unbedingt reden, während ich hier bin. Ich bleibe, bis sich mein Freund erholt hat."

Da ich wusste, dass dies bei den schweren Verletzungen seines Freundes Monate dauern könnte, war ich etwas besorgt. „Die ganze Zeit?"

Er nickte. „Ja, ich kann ihn nicht im Stich lassen. Wir kennen uns schon ewig."

„Wie loyal von dir, Arrie." Das Lächeln wollte mein Gesicht nicht verlassen.

„Okay, lass uns da reingehen. Ihr könnt mich auf den neuesten Stand bringen." Arrie ging voran, und ich schritt direkt hinter ihm in den OP, gefolgt von Dr. Jonas Kerr, dem Unfallchirurgen.

Der Mann auf dem OP-Tisch – der Mann, den Arrie seinen Freund genannt hatte – sah schrecklich aus, und ich bemerkte den Ausdruck der Angst auf dem Gesicht meiner alten Flamme. „Er ist schwer verletzt, Dr. Dawson." Ich entschied, dass es am besten wäre, mit seinem medizinischen Titel zur Professionalität zurückzukehren. Es fühlte sich einfach richtig an, mit all den Krankenschwestern und dem übrigen medizinischen Personal um uns herum.

Ich ließ Dr. Kerr die diversen Verletzungen, die Mr. Stone erlitten hatte, auflisten und dachte geistesabwesend an den Moment zurück, als Arrie und ich uns kennengelernt hatten.

Lange, schlaksige Beine gingen an mir vorbei, als ich mich nach den drei schweren Lehrbüchern bückte, die ich fallen gelassen hatte. Mein Ordner war auch heruntergefallen und überall lag Papier verstreut. Es waren die einzigen Beine in meiner Nähe, und sie mussten zu dem Körper gehören, der gegen mich geprallt war. Die Tatsache, dass sie nicht stehenblieben, um mir zu helfen, ärgerte mich. „Ja, geh nur weiter, ich brauche keine Hilfe. Idiot."

Ein Windstoß blies mir die Haare ins Gesicht. Mit eingeschränkter Sicht stolperte ich über das Buch, das ich aufheben wollte, und landete direkt auf meinem Hintern. Ich atmete tief durch und wünschte, mein Tag wäre schon vorbei.

„Vorsicht", sagte eine tiefe Stimme leise.

Ich strich mir die Haare aus der Stirn und sah in wunderschöne blaue Augen, die mich anstrahlten. Zerzauste Haare hingen in dunklen Wellen bis zu seinen breiten Schultern. Als ich nach unten schaute, bemerkte ich dieselben Beine in Bluejeans, die Augenblicke zuvor an mir vorbeigegangen waren. „Oh, du bist stehengeblieben, um zu helfen."

„Nun, wenn man hört, wie man als Idiot bezeichnet wird, ist es vielleicht an der Zeit, eine hilfreiche Hand anzubieten." Er streckte seine Hand aus, und ich ergriff sie. Er zog mich mit Leichtigkeit hoch und fuhr fort: „Ich bin Arslan Dawson. Und du bist ...?"

„Verlegen." Ich wischte den Dreck von meinem Hintern. „Absolut verlegen." Als ich die Bücher, die er für mich aufgehoben hatte, und den Ordner, in den er meine Papiere gestopft hatte, entgegennahm, spürte ich, wie sich meine Wangen erhitzten. „Mein Name ist Reagan. Reagan Storey. Und danke, Arslan." Ich lächelte ihn an, als er eine Haarsträhne zurückstrich, die mir wieder ins Gesicht gefallen war.

„Vielleicht solltest du darüber nachdenken, diese Locken zu einem Pferdeschwanz zusammenzubinden." Seine Hand legte sich auf meine Schulter. „Auf diese Weise ist es weniger wahrscheinlich, dass sie dir in dein hübsches Gesicht fallen und du Dinge fallen lässt. Nur ein kleiner Rat."

Während ich versuchte, mich zu fassen und das Kribbeln zu ignorieren, das seine Hand auf meiner Schulter in mir auslöste, fragte ich: „In welchem Semester bist du?"

„In meinem letzten hier", antwortete er. Ich hatte ihn gerade erst kennengelernt, aber ich hasste es, das zu hören.

„Ich bin in meinem ersten Semester." Meine Lippen verzogen sich vor Enttäuschung.

„Das ist cool." Er sah mich an und fragte: „Hast du Hunger?"

„Es ist Mittag." Mir war flau im Magen, so als würde ein Haufen Schmetterlinge darin herumfliegen. Ich konnte nicht glauben, dass dieser ältere Student – der so viel süßer war als jeder andere, den ich jemals getroffen hatte, und der dabei war, Arzt zu werden – mich bat, mit ihm zu Mittag zu essen.

„Hmm, lass mich raten. Salat und eine Flasche Wasser?", fragte er und versuchte herauszufinden, was ich essen wollte.

„Ähm, nein." Dann war es an mir zu raten, was er wohl gern aß. „Cheeseburger und Pommes?"

Er lachte, als wir zu den Imbisswagen gingen. „Ist das eine Frage? Oder willst du mir sagen, dass du das essen willst?"

Nun, das war nicht wie geplant gelaufen. Ich gab mir einen mentalen Tritt und wünschte, ich hätte mehr Erfahrung darin, mit Medizinstudenten zu flirten, die zu süß waren, um wahr zu sein. „Okay, lass uns von vorn beginnen. Ich hätte gerne Tacos. Wie ist es mit dir?"

„Klingt gut", antwortete er mit einem Lächeln. Er reckte seine Nase in die Luft, als wir zu den Imbisswagen kamen, und sah sich einen davon an. „Ich rieche Koriander, der gut für das Herz-Kreislauf-System ist. Und es liegt auch ein Hauch Limone in der Luft."

Ich steuerte mein eher beschränktes Wissen bei und sagte: „Limone ist ein Antioxidans." Ich zog die Nase kraus und fragte: „Richtig?"

Mit einem Nicken trat er an die Theke. „Kann ich zwei Fisch-Tacos und zwei Flaschen Wasser haben?"

„Kommt sofort", sagte der Mann im Imbisswagen.

Die Wartezeit gab uns Gelegenheit zum Reden, und plötzlich kamen die Schmetterlinge mit aller Macht zurück und wirbelten in meinem Bauch herum. Ich lehnte mich an einen Baum und versuchte, meine plötzliche Nervosität zu verbergen.

Eines der ersten Dinge, die mich dazu gebracht hatten, mich in Arrie zu verlieben, war seine Fähigkeit, immer gelassen zu wirken. Und diese Qualität war am ersten Tag voll zur Geltung gekommen, als er sich an den Baum neben mir gelehnt und seine Hände beiläufig in seine Taschen gesteckt hatte, während ich meine Sachen neben meinen Füßen ins Gras legte. „Also, woher stammst du, Reagan?"

„Seattle." Als ich mich wieder aufrichtete, sah ich, dass er mich mit großem Interesse ansah. „Nun, aus Winthrop. Das ist eine winzige Stadt vor Seattle. Aber kaum jemand kennt es, also sage ich jedem, dass ich aus Seattle komme. Und was ist mit dir, Arslan?"

„Upper East Coast. Wir haben auch Häuser in New York, den Hamptons und Manchester und eine Skihütte in Colorado. Aber ich bin in New York zur Schule gegangen." Ich hörte auf zu atmen, als er wieder nach einer meiner Locken griff und sie um seinen Finger drehte. „Ich mag deine Haare." Bevor ich das alles aufnehmen konnte, sah er mir direkt in die Augen. „Und ich liebe deine grünen Augen. Deine Sommersprossen sind die Krönung des Ganzen."

Ich legte meine Hand über meine Nase, wo ein paar Sommersprossen meine Haut zierten. „Oh, ich hasse meine Sommersprossen. Und meine roten Haare."

„Deine Haare sind nicht rot, sondern kastanienbraun. Das ist ein großer Unterschied. Und deine Sommersprossen machen dich umso entzückender." Er nahm eine Strähne zwischen Daumen und Zeigefinger und sagte mit tiefer, grollender Stimme: „Du musst etwas in deine Haare geben, damit sie sich so geschmeidig anfühlen." Er beugte sich hinab und schnupperte an meinen Haaren. Ich wäre vor lauter Erregung beinahe ohnmächtig geworden. „Mmmh, Kokosöl. Jetzt verstehe ich den Glanz."

„Wirst du Arzt oder Friseur?", scherzte ich.

„Neurochirurg", antwortete er. „Und was willst du werden, Reagan Storey?"

Frau Doktor Arslan Dawson?

Ich schüttelte meinen Kopf, um ihn freizubekommen, und antwortete: „Ich will Kardiologin werden. Wer weiß, vielleicht treffen wir uns eines Tages in einem Operationssaal wieder."

Und hier standen wir in einem OP, genau wie ich es vor sechs Jahren vorhergesagt hatte. „Stimmt's, Dr. Storey?", fragte mich Dr. Kerr und riss mich aus meinen Erinnerungen.

„Wie bitte?" Ich hatte nichts mitbekommen, da ich so tief in meinen Gedanken versunken war.

Dr. Kerr warf mir einen strengen Blick über seinen Mundschutz zu. „Das Herz des Patienten schlägt nicht so, wie es soll. Du glaubst, dass seine Aortenklappe oder möglicherweise die Aorta selbst einen Riss aufweisen könnte."

„Oh ja." Ich sah zu Arrie hinüber und starrte in die azurblauen Augen, die mich zu dem Mann gelockt hatten. „Ich habe seltsame Geräusche gehört, als ich ihn untersuchte – bevor uns gesagt wurde, wir sollten damit aufhören. Andernfalls hätte ich mich gleich darum gekümmert."

„Nun, lass uns keine Zeit mehr verschwenden", sagte Arrie und sah sich dann zu allen anderen im Raum um. „Es ist höchste Zeit, diesen Mann wieder gesund zu machen."

3

ARSLAN

Die Operation verlief in Anbetracht all der Verletzungen, die Lannie erlitten hatte, relativ gut. In naher Zukunft würde es weitere Operationen geben, wenn die Schwellung nachließ. Mein armer Freund würde sich einem langen Kampf gegenübersehen, und er tat mir furchtbar leid.

Nach der Operation wartete noch mehr Arbeit. Ich ging in die Cafeteria, um mir Kaffee und etwas zu essen zu holen, damit ich noch eine Weile durchhielt. Das Versprechen, in ein paar Stunden in einem richtigen Bett schlafen zu können, hielt mich ebenfalls am Laufen.

Als ich in einer Nische saß, an einem Kaffee nippte und ein Sandwich aß, wanderten meine Gedanken schnell von Lannie zu meinem Wiedersehen mit Reagan. Es war großartig gewesen, als wir zusammen waren, und ich würde lügen, wenn ich sagen würde, dass sie leicht zu vergessen war.

Wir hatten uns eines Tages auf dem Campus kennengelernt, und die Chemie hatte einfach gestimmt. Nach diesem ersten Treffen hatten wir den größten Teil unserer Freizeit zusammen verbracht. Dann hatten wir den größten Teil unserer Freizeit zusammen in meinem Bett verbracht. Sie war in den sechs Monaten, in denen wir dateten, praktisch bei mir eingezogen.

Wir hatten uns freundschaftlich getrennt. Wir beide hatten gewusst, was es bedeutete, Arzt zu werden, und dass wir Freiheit brauchten, um unsere Ziele zu erreichen. Wir hatten so viel vor uns, dass wir uns entschieden hatten, nicht in Kontakt zu bleiben.

Ich erinnerte mich an eines der letzten Dinge, die Reagan zu mir gesagt hatte, bevor ich gegangen war: „Wir werden das Schicksal entscheiden lassen, ob wir uns jemals wiedersehen."

Sie hatte immer an das Schicksal geglaubt, und es schien, als hätte es eine Entscheidung getroffen. Nach sechs Jahren. Ein bisschen lang, aber zumindest waren wir jetzt zur selben Zeit am selben Ort. Warum sollten wir nicht Zeit miteinander verbringen, so wie wir es damals getan hatten?

Erinnerungen an Reagans Haut – daran, wie weich sie sich angefühlt hatte, als wir im Bett oder am Strand unter dem Sternenhimmel lagen – ließen meinen Schwanz zucken. Ihr voller Schmollmund gab meinen Küssen immer bereitwillig nach. Sie wurde in meinen Händen zu Wachs, selbst wenn ich sie nur flüchtig berührte.

Sie hatte immer noch lange Haare und das gefiel mir sehr. Mit diesen seidigen Locken zu spielen war eine meiner Lieblingsbeschäftigungen gewesen. Wir mussten nicht immer Sex haben, wenn wir zusammen waren – sie und ich waren uns in einem Maß vertraut, das ich bei niemandem sonst gefunden hatte.

Ich frage mich, ob sie frei ist.

Reagan musste inzwischen jemanden in ihrem Leben haben. Eine großartige Frau wie sie, die so viel zu bieten hatte, musste sehr gefragt sein. Aber vielleicht lief es für sie und ihren jetzigen Freund nicht so gut.

Es gibt immer Hoffnung.

Mehr Zeit mit der Frau zu haben wäre unglaublich. Unsere natürliche Chemie hatte zu dem besten Sex geführt, den ich in meinem Leben gehabt hatte. Ich wusste, dass es jetzt genauso heiß oder sogar noch heißer sein könnte.

Wenn sie frei ist.

Auch ihr Körper hatte sich zum Besseren verändert. Sie war an der medizinischen Hochschule ein mageres kleines Ding gewesen – nicht, dass ich mich damals beschwert hätte. Die Jahre waren gut zu meinem kleinen Spatz gewesen, wie ich sie damals von Zeit zu Zeit genannt hatte.

Als sie in den Umkleideraum gekommen war, hatte Reagan ein locker sitzendes hellgrünes Sweatshirt getragen, das alles kaschierte. Als sie sich einen taillierten Arztkittel angezogen hatte, zeigten sich die Kurven, die sie bekommen hatte. Und ich hatte Schwierigkeiten, meine Erektion zu kontrollieren.

Zum Glück hatte meine professionelle Seite das Ruder übernommen und mich vor einer unangenehmen Situation bewahrt – ich hatte keine Zeugen dafür, dass ich mich zu Dr. Storey hingezogen fühlte. Nicht einmal Reagan schien zu bemerken, wie schnell und einfach sie meine Aufmerksamkeit erregt hatte.

Seit ich Reagan Storey vor all den Jahren zum ersten Mal gesehen hatte, hatte sie es immer geschafft, meine Aufmerksamkeit vollständig auf sich zu ziehen. Sobald ich sie entdeckt hatte – nachdem sie mich einen Idioten nannte, weil ich nicht anhielt, um ihr zu helfen –, konnte ich nicht aufhören, das Mädchen anzusehen.

Ich erinnerte mich so deutlich an jenen schicksalhaften Tag. Ich las auf meinem Smartphone etwas, das ich für den Nachmittagsunterricht nachgeschlagen hatte. Ich war so abgelenkt, dass ich nicht bemerkte, wie ich gegen jemanden prallte, bis ich eine süße, verärgerte Stimme hörte, die mich als etwas nicht besonders Freundliches bezeichnete. Ich steckte sofort mein Handy weg und machte mich daran, dem armen Mädchen zu helfen.

Sie war gestolpert und gefallen, und ich half ihr beim Einsammeln ihrer Sachen und dann beim Aufstehen. Sobald ich all die wunderschönen kastanienbraunen Locken aus ihrem Gesicht gestrichen hatte, war ich erstaunt über die Schönheit, die ich darunter fand.

Eine Woche nach unserer ersten Begegnung waren sie und ich nachts am Strand gewesen. Wir waren spazieren gegangen, während die Sonne unterging, und keiner von uns hatte bemerkt, wie spät es geworden war.

Das Mondlicht hatte sich auf ihren Haaren und ihrem Gesicht gespiegelt und mir den Atem geraubt. „Mein Gott, du bist wunderschön, Reagan." Meine Lippen waren kaum merklich über ihre gestrichen.

Ihre Finger glitten über meine Arme und hinterließen dort Gänsehaut. Ich küsste sie hungrig, weil ich mehr brauchte, als sie mir bisher gegeben hatte. Der Strand war leer, und der Nachthimmel bot uns Deckung, sodass ich sie auf den weichen Sand legte.

In dieser Nacht hörten wir beide auf, uns zurückzuhalten. Wir gaben einander alles. Ihre Hände bewegten sich über meinen gesamten Körper, streichelten ihn, klammerten sich voller Verlangen und Lust daran fest und erforschten Muskeln, die sie bald gut kennenlernen würde. Ihre Lieblingsmuskeln waren mein Bizeps. Reagan saß gern mit ihrer Hand an meinem Bizeps auf mir, während ich mit ihren Haaren spielte.

Wir waren damals so glücklich und zufrieden gewesen, dass ich mich kaum daran erinnern konnte, warum wir uns jemals getrennt hatten. Ich hatte nie wieder jemanden getroffen, der mich besser verstand als sie.

Und das wollte ich wiederhaben. Ich hatte sie im ersten Jahr nach meiner Abreise, um ein Praktikum zu machen, schrecklich vermisst. Die Nächte ohne sie in meinem Bett waren fürchterlich gewesen. Ich hatte versucht, sie zu vergessen, aber keine andere Frau war jemals länger als ein paar Stunden in meinem Bett gewesen. Seitdem hatte niemand mehr dort übernachtet.

Irgendwie hatte Reagan mir diese Erfahrung verdorben – niemand sonst passte so perfekt zu meinem Körper wie sie. Und ich hatte das Gefühl, dass sie immer noch zu mir passen würde – auch mit ihren neuen Kurven.

Ich schloss meine Augen und erinnerte mich an unser letztes gemeinsames Mal. Der Wind blies die durchsichtigen blauen Vorhänge ins Schlafzimmer, als ich Reagan langsam auszog, um unser letztes Zusammensein zu genießen.

Ihre Haut glitzerte feucht, als ich ihr Kleid von ihren Schultern zog und es ihren Körper hinunterrutschen ließ, sodass es sich auf dem Boden um ihre Füße legte. Es wurde kein Wort gesprochen, als wir uns in die Augen sahen und beide wussten, dass an diesem Abend alles enden würde.

Unsere Herzen pochten wild, unsere schweren Atemzüge vermischten sich und unsere Säfte flossen die ganze Nacht wie Wein. Ich hatte noch nie einen Sexmarathon erlebt wie den, den wir in unserer letzten Nacht miteinander teilten.

„Hey, du", erklang Reagans Stimme und vertrieb die Bilder in meinem Kopf.

Meine Augen flogen auf, als Hitze meinen ganzen Körper erfüllte. „Reagan?"

Sie schlüpfte mit einer Tasse Kaffee in der Hand auf die andere Seite der Nische. „Ja, ich bin es." Sie nahm einen Schluck, sah mich über den Rand hinweg an und fing das Lächeln auf, das sich weigerte, meine Lippen zu verlassen. „Also, wie ist es dir ergangen, Arrie?"

„Großartig." Ich schob die andere Hälfte meines Sandwichs zu ihr. „Hier, hilf mir dabei."

Sie nahm einen Bissen. „Mhmm, Pute und Schinken. Und schmecke ich Provolone-Käse?"

„Ja." Der Drang, aufzustehen und mich direkt neben sie zu

setzen – nah genug, dass sich unsere Oberschenkel berühren würden –, überwältigte mich fast. Aber ich musste ein paar Dinge wissen, bevor ich auf einen dieser Impulse reagieren konnte. „Und wie ist es dir ergangen, Reagan? Ist dir in den letzten sechs Jahren etwas Interessantes passiert?"

Die Art und Weise, wie ihre Augen zur Seite blickten, machte mich etwas nervös. „Nun, ich bin Ärztin geworden. Aber sonst ist nicht allzu viel passiert. Was ist mit dir?" Sie zwinkerte mir zu. „Hast du da draußen in der realen Welt die wahre Liebe gefunden, Arrie?"

„Nein", sagte ich mit einem Grinsen. „Jedenfalls noch nicht."

„Die Jahre vergehen jetzt viel schneller, nicht wahr?" Bei ihrem Lachen schmerzte mein Herz, als mir klar wurde, wie sehr ich es vermisst hatte. „Beeile dich besser."

„Ich habe keine Eile." Die Tatsache, dass wir uns wiedergetroffen hatten, machte mich äußerst dankbar dafür, dass ich Single geblieben war. „Und du? Hast du deinen Mr. Right gefunden?"

Sobald sie den Kopf schüttelte, fühlte ich mich erleichtert. „Nein."

Gott sei Dank!

Ich rutschte auf meinem Platz herum, beugte mich vor und bewegte meine Hände über den Tisch zu ihren. „Meinst du damit, dass du seit mir keinen festen Freund hattest?" Ich konnte das kaum glauben.

„Nun, ich habe mich mit ein paar Leuten verabredet, nachdem du gegangen bist", gab sie zu. „Aber um ehrlich zu sein, ist keiner von ihnen jemals an dich herangekommen, Arrie. Du hast mich irgendwie für andere Männer ruiniert."

Ja!

„Komm schon, das sagst du nur so." Mein Ego schwoll auf die Größe einer Wassermelone an.

Sie nahm einen Bissen von dem Sandwich und schüttelte

den Kopf, sodass der Pferdeschwanz hinter ihrem Kopf tanzte. Ich sehnte mich danach, ihre Haare wieder auf einem Kissen zu sehen. Sie nahm einen Schluck Kaffee, um das Essen herunterzuspülen, und sagte dann: „Die Freunde, die ich vor dir hatte, hatten keine Chance gegen dich. Und die nach dir auch nicht. Die Standards, die du gesetzt hast, konnte bislang keiner erfüllen."

Ich konnte nicht glauben, dass sich niemand genug Mühe gegeben hatte, um das Herz dieser Frau zu gewinnen. „Wie hast du es geschafft, dir die Kerle vom Leib zu halten, Reagan? Mit einem Baseballschläger?"

Sie versuchte eindeutig, das Thema zu wechseln, als sie fragte: „Also, wo wirst du wohnen, während du in Seattle bist?"

Bei ihr zu wohnen könnte nett sein, dachte ich mir. „Warum? Willst du mir eine Unterkunft anbieten?" Ich zwinkerte ihr zu, um ihr zu zeigen, dass ich scherzte, aber ich würde ihr Angebot auf jeden Fall annehmen, wenn sie mir eins machte.

Sie schüttelte noch einmal den Kopf. „Meine Wohnung ist ziemlich klein, Arrie. Ich glaube nicht, dass du hineinpasst. Und es ist bei weitem nicht so schön dort, wie du es gewohnt bist."

Ich konnte mit allem klarkommen – die Möbel und der Komfort waren mir egal, und ich war mir sicher, dass sie das wusste. Ich fragte mich, ob mehr hinter ihrer Ablehnung steckte, als sie zugeben wollte. „Wenig Platz war in der Vergangenheit nie ein Problem. Habe ich recht damit, dass es um mehr als die Größe deiner Wohnung geht, Reagan? Gibt es einen Kerl, den du datest und den du nicht beleidigen möchtest, indem du deine alte Flamme bei dir wohnen lässt? Oder ist es etwas anderes? Vielleicht ein Hund, der Männer hasst?" Ich könnte mich mit ihrem Hund anfreunden.

Sie sah auf ihre Tasse Kaffee hinunter, kaute auf ihrer Unterlippe herum und sagte schließlich: „Nun, da ist jemand, aber nicht so wie du denkst." Sie holte tief Luft und sah mich dann endlich wieder an. „Ich habe einen Sohn im Kindergartenalter, Arrie."

„Oh." Ich wusste nicht, was ich dazu sagen sollte. „Ein Junge, sagst du?"

„Ja. Er heißt Skye, und ich lasse keine Männerbekanntschaften in seine Nähe. Ich kann dich auf keinen Fall bei mir wohnen lassen." Sie sah mir in die Augen und blinzelte ein paar Mal. „Das verstehst du, oder?"

„Natürlich." Reagan war Mutter geworden – und eine kluge dazu. „Das ist sehr vernünftig, Reagan. Und der Vater des Jungen? Ist er auch involviert?"

Als ich sah, wie sie den Kopf schüttelte, fühlte ich mich besser. „Nein. Er ist nicht da. Das war er nie."

„Was für ein Arschloch." Ich konnte nicht glauben, dass irgendjemand Reagan Storey fallen lassen würde. „Wenn du mir seinen Namen und ungefähren Standort nennst, werde ich ihn jagen und ihm einen verdienten Tritt in den Hintern geben."

Das Lächeln, das ihr gesamtes Gesicht einnahm, ließ mein Herz höherschlagen. „Das würdest du für mich tun?"

Ohne zu zögern. „Sicher."

„So schön das Angebot auch ist, ich möchte nicht, dass du den Typen hasst." Sie sah zur Seite. „Es ist nicht so, als hätte er vorgehabt, mich zu schwängern. Ich hasse ihn nicht. Kein bisschen."

„Du hast gesagt, er ist im Kindergarten, richtig?", fragte ich, als ich nachrechnete. „Also ist dein Sohn wie alt? Fünf oder so?"

Sie nickte und ich fühlte, wie ein Kribbeln durch meinen Körper zog. Wir hatten uns vor sechs Jahren getrennt. Eine Schwangerschaft dauerte neun Monate. Ich musste nur den Geburtstag des Jungen herausfinden, dann würde ich wissen, ob Reagan Storey mir etwas zu sagen hatte.

Ich könnte Vater sein.

4

REAGAN

Der Blick in Arslan Dawsons blauen Augen sagte mir, dass sein Gehirn bereits die wenigen Informationen verarbeitete, die ich ihm gegeben hatte. Ich musste etwas tun, um das alles zu stoppen. „Also, wegen der morgigen Operation an Mr. Stone ..."

Mit einem Kopfschütteln, als wollte er seine gegenwärtigen Gedanken loswerden, fragte er: „Was meinst du? Ich dachte, wir hätten schon darüber gesprochen. Hast du nicht verstanden, was du tun musst?"

Ich verstand es vollkommen, aber ich musste Arrie von seinem Gedankengang abbringen. „Nun, ich würde gern ausführlicher mit dir darüber diskutieren. Stimmst du zum Beispiel meiner Diagnose zu, dass es einen kleinen Riss in seiner Aortenklappe gibt?" Ich wusste, dass er es tat – das hatte er bereits gesagt –, aber ich griff nach Strohhalmen, um seine Aufmerksamkeit abzulenken.

Er kniff die Augen zusammen und zog eine dunkle Braue hoch. „Ich habe dir doch gesagt, dass ich das auch denke, Reagan. Ich kann mich nicht erinnern, dass du früher so zerstreut warst. Fiel es dir vorhin schwer, dich zu konzentrieren?"

„Ein bisschen." Und das war die Wahrheit. Immerhin hatte er mich total überrascht. „Deine Anwesenheit hat mich aus dem Gleichgewicht gebracht, Arrie. Tut mir leid."

„Dich plötzlich wiederzusehen hat mich auch fassungslos gemacht." Sein Blick wanderte zu meiner Hand, die auf dem Tisch lag, und dann streckte er seine Hand aus, um meine zu bedecken. „Ich habe dich vermisst, Reagan. Das erste Jahr war verdammt schwer. Du hast keine Ahnung, wie oft ich herumgesessen und auf mein Handy gestarrt habe in der Hoffnung, deine Nummer zu sehen, wenn du anrufst. Ich wollte so sehr deine Stimme hören. Aber ich wollte dich nicht daran hindern, deine Ziele zu erreichen."

Es hatte so viele Nächte gegeben, in denen ich das Gleiche getan hatte. Ich drehte meine Hand, sodass sich unsere Handflächen berührten. „Ich auch, Arrie. Ich musste deine Nummer nach sechs Monaten löschen, damit ich dich nicht doch noch eines Tages anrief. Wir hatten uns einvernehmlich getrennt, und ich wollte nicht, dass es Streit darüber gab, was wir tun mussten, um unsere Träume zu verwirklichen."

Ich hatte seine Nummer gelöscht, weil ich jeden Tag mit mir gerungen hatte, ob ich ihn anrufen sollte, um ihm von der Schwangerschaft zu erzählen. Ein Teil von mir glaubte, er hätte ein Recht darauf, es zu erfahren. Der andere Teil von mir wusste, dass er ein hartes Praktikum und eine glänzende Zukunft vor sich hatte. Angesichts all der Probleme, die mit der Schwangerschaft und eventuell mit der Geburt eines Kindes in einem anderen Bundesstaat verbunden waren, wusste ich, dass seine Pläne, Neurochirurg zu werden, davon beeinträchtigt werden würden. Wie hätte ich das zulassen können?

In diesem Alter war ich nicht bereit, für das Scheitern seiner Träume verantwortlich zu sein. Ich fragte mich immer noch, ob ich damals richtig entschieden hatte oder nicht – aber das Schicksal schien mir die Chance zu geben, alles in Ordnung zu bringen.

Sein Mittelfinger strich über meine Handfläche, und ich spürte, wie mein Höschen nass wurde. „Ich habe sechs Monate länger gebraucht als du, um deine Nummer zu löschen. Es scheint, als hätte ich mehr Probleme als du dabei gehabt, unsere Beziehung zu vergessen. Gibt es einen Grund dafür, Reagan? Hattest du etwas, das dich davon abgelenkt hat, wieder mit mir in Kontakt zu treten?"

Sicher. Deinen Sohn.

„Ich wusste, dass du viel zu tun hattest. Das war der einzige Grund, warum ich deine Nummer gelöscht habe. Neurochirurg zu werden lässt einem nicht viel Zeit für andere Dinge, einschließlich einer verliebten Exfreundin." Meine Finger kreuzten sich unter dem Tisch in der Hoffnung, dass er mich beim Wort nehmen und das Thema wechseln würde.

„Ich würde gern Zeit mit dir verbringen, während ich hier bin, Reagan. Ich verstehe, dass du nicht willst, dass ich – als Fremder – mit deinem Sohn zusammen bin, aber wie wäre es, wenn wir beide miteinander ausgehen?" Die Hitze in seinen Augen, als er mich ansah, ließ meinen Körper erzittern.

Er will wieder Sex haben!

Wir hatten von Anfang an fantastischen Sex gehabt. Meine Körpertemperatur stieg bei der Vorstellung, mehr davon zu bekommen, sprunghaft an. Es war ziemlich lange her, dass ich meinen letzten Sexualpartner gehabt hatte, und der Typ war nichts Besonderes gewesen.

Ich spürte plötzlich jedes der sechs Jahre, die vergangen waren, seit ich das gehabt hatte, was Arrie mir geben konnte. Ich hatte in der ganzen Zeit keinen einzigen Orgasmus beim Sex gehabt.

Ich kannte den Mann, der mir gegenübersaß, mit seinem

talentierten Finger über meine Handfläche strich und mich mit lustvollen Augen ansah – ich wusste, dass dieser Mann meinen Körper zum Singen bringen konnte wie kein anderer.

Bevor ich Nein zu mir – und ihm – sagen konnte, unterbrach uns eine Frauenstimme. „Arslan, da bist du ja!"

Arrie sah zu dem Paar, das auf uns zukam, und stand auf. „Samantha, Gerald."

Die Eltern unseres Patienten waren gekommen, um ihren Helden zu finden. Samantha warf ihre Arme um Arrie, während Gerald mich mit entschuldigenden Augen ansah. „Oh, Dr. Storey. Das alles tut mir so leid. Wir hatten solche Angst um unseren Sohn. Wir brauchten jemanden, von dem wir wissen, dass er im OP alles geben würde. Wir wollten, dass unser Sohn seinen Freund bei sich hat. Ich hoffe, Sie sind uns nicht böse."

„Natürlich nicht." Ich stand auf und schüttelte dem Mann die Hand, dann fand ich mich in den Armen seiner Frau wieder.

„Es tut mir auch leid, Dr. Storey." Sie ließ mich los und sah mich an. „Wir haben gerade die Intensivstation verlassen, wo Langston schläft. Er sieht schon wieder fast so aus wie unser Sohn."

Als sie sich zu uns setzten und Arrie zwangen, neben mich zu rutschen, damit sie auf der anderen Seite der Nische Platz hatten, fragte Samantha: „Verzeihen Sie uns, dass wir uns so verhalten haben? Es muss lächerlich auf Sie gewirkt haben."

„Sicher." Ich schürzte meine Lippen und dachte darüber nach, was ich an ihrer Stelle tun würde – und einen der besten Chirurgen der Welt im Freundeskreis hätte. Aber ich wusste, dass ich meinem Sohn von demjenigen Arzt helfen lassen würde, der ihn am schnellsten behandeln konnte. „Zum Glück hat sich der Zustand Ihres Sohnes nicht verschlechtert, als er fast sechs Stunden auf Arrie gewartet hat."

„Arrie?", fragte Gerald und sah den Mann, der neben mir saß, an. „Ihr kennt euch?"

Arrie legte seinen Arm um meine Schultern und lächelte breit. „Dr. Storey und ich waren auf der medizinischen Hochschule ein Paar. Ich war in meinem letzten Semester und sie in ihrem ersten, also haben wir uns getrennt, als ich die Stadt für ein Praktikum verlassen musste. Ich weiß nicht, ob wir es sonst jemals beendet hätten." Er sah mich an. „Du etwa?"

Ich zuckte mit den Schultern und hatte wirklich keine Ahnung. „Wer weiß, was hätte passieren können?" Er war weggegangen. Es war vorbei gewesen, und ich hatte sein Baby bekommen – obwohl er nichts davon wusste. Seit ich meinen Sohn hatte und wusste, was für ein wundervolles Kind er war, fiel es mir schwer, zurückzublicken und über Was-wäre-wenn-Szenarien nachzugrübeln.

Ich wusste, dass Arrie verärgert sein würde, wenn er herausfand, dass ich sechs Jahre lang ein Kind vor ihm versteckt hatte. Ich wollte meine alte Flamme nicht beunruhigen, zumal er sich im Moment darauf konzentrieren musste, seinem Freund beizustehen.

Samanthas Augen funkelten, und sie hielt ihre Faust an ihr Herz. „Oh mein Gott. Mein Langston hat euch beide wieder zusammengebracht. Schau dir das an, Gerald. Schau dir an, was der Unfall unseres Sohnes bewirkt hat. Alles passiert aus einem bestimmten Grund."

Gerald schüttelte den Kopf. „Ihr zwei solltet besser aufpassen. Samantha wird eure Hochzeit planen, bevor ihr wisst, wie euch geschieht."

Die Frau glühte förmlich und war offensichtlich ganz verliebt in die Idee. „Oh, wäre das nicht herrlich? Und wenn Langston aufwacht, könnt ihr beide ihm sagen, dass er euch wieder zusammengebracht hat. Das einzig Gute an dieser Sache. Ihr seid so ein schönes Paar. Nicht wahr, Gerald?"

Meine Wangen erhitzten sich vor Verlegenheit und Sehnsucht danach, dass diese Träumereien wahr wurden. „Lassen Sie uns nichts übereilen. Dr. Dawson hat eine erfolgreiche Karriere in Rochester, Minnesota, und ich habe meinen Job hier. Rochester ist gut fünf Flugstunden entfernt. Früher war die Distanz auch schon ein Problem, und das hat sich anscheinend nicht geändert." Meine Wangen wurden noch heißer, und ich fand es albern, so detailliert über eine so absurde Idee zu sprechen. „Außerdem hatten wir kaum mehr als zwanzig Minuten Zeit, um unsere Verbindung von einst wiederherzustellen. Wer weiß schon, ob wir immer noch so empfinden wie vor all den Jahren?"

„Ich tue es." Er küsste mich auf die Wange. „Und du?"

Falscher Ort, falsche Zeit. „Benimm dich." Ich schlug ihm spielerisch auf die Schulter und fühlte mich ein bisschen besser bei meiner Antwort. Ich sah noch einmal die Eltern seines Freundes an. „Wie auch immer, ich muss auch an meinen fünfjährigen Sohn denken."

„Oh." Samantha sah enttäuscht aus. „Ich verstehe. Wenn Sie ein Kind haben, können Sie keine spontanen Entscheidungen treffen. Das wäre unverantwortlich von Ihnen. Arslan, du musst ihr viel Zeit geben, hörst du?"

Wahrscheinlich mehr Zeit, als er zu geben hat. Nicht, dass es einen angemessenen Zeitraum gab – nicht bei dem, was ich vor ihm versteckt hatte.

Der Mann hatte einen Sohn. Unseren Sohn. Einen Jungen, der genauso aussah wie sein attraktiver Vater, mit dunklem, welligem Haar und stechend blauen Augen. Ein Blick auf den Jungen, und Arrie würde es wissen. Und dann würde er mich hassen, und ich könnte es ihm nicht einmal zum Vorwurf machen.

Die Art, wie Arrie mich mit einem Anflug von Traurigkeit in den Augen ansah, ließ mein Herz schmerzen. „Ja, aber die Zeit war noch nie auf unserer Seite."

„Und du wirst wieder weggehen, sobald es Mr. Stone besser geht", erinnerte ich alle.

Als ich dasaß und wieder mit ihm sprach, wurde mir klar, wie verdammt einfach es wäre, wieder so zu werden, wie wir einmal waren. Aber es gab zu viele Dinge, die dem im Weg standen. Ich musste in Seattle bleiben und unseren Sohn aufziehen, und Arrie musste irgendwann nach Minnesota zurück. Es gab immer noch keine Zukunft für uns.

Und darüber zu reden, wie wir einst gewesen waren, half mir überhaupt nicht. „Ich sollte jetzt gehen. Ich habe meinen Jungen heute kaum gesehen. Vielleicht möchte er seine Mutter sehen, bevor er ins Bett geht. Und meine Eltern sind wahrscheinlich auch bereit, endlich wieder nach Hause zu gehen."

Arrie machte keine Anstalten, mich aus der Nische zu lassen. „Du hast morgen Frühdienst. Hast du einen Babysitter, der dir am Sonntagmorgen hilft?"

Ich lächelte, weil er über so etwas nachdachte, und erzählte ihm von meinem Arrangement. „Die Nachbarin, Phyllis, kommt vorbei, wenn ich früher gehen muss oder einen Notfall habe. Sie bleibt bei Skye, bis meine Eltern kommen."

Arrie sah besorgt aus. „Und wie alt ist diese Phyllis?"

Er hatte väterliche Instinkte, und das brachte mich zum Lächeln, wenn auch etwas unbehaglich. „Fünfzig. Und bevor du nach ihrer Gesundheit fragst – Phyllis ist in guter Verfassung, sowohl mental als auch physisch."

„Du kennst mich gut, Spatz." Er küsste mich auf den Kopf und brachte Samantha zum Seufzen. „Und deine Eltern? Sind sie bei guter Gesundheit? Ich nehme an, du kümmerst dich um sie."

Ich musste lachen. „Du kennst mich auch gut."

Wenn ich ihn nicht jahrelang angelogen hätte, könnten die Dinge für uns so einfach sein. Wir könnten sofort weitermachen, als wäre überhaupt keine Zeit vergangen. Ich hatte mich noch nie in meinem ganzen Leben so wohl bei jemandem gefühlt.

Aber ich wusste, dass ich den Mann nicht haben konnte. Ich würde ihm von unserem Sohn erzählen müssen, und das würde uns auseinanderreißen. Auf keinen Fall würde er mir noch vertrauen, nachdem er von meiner Täuschung erfuhr.

Arrie stand auf, ließ mich aus der Nische und nahm mich bei der Hand. „Ich begleite dich nach draußen." Er sah zurück zu den Eltern seines Freundes. „Ich gehe in mein Hotel, um etwas zu schlafen. Wir sehen uns, nachdem Reagan die Operation an Lannie durchgeführt hat. Ich werde zurückkommen, um zu überprüfen, wie sie gelaufen ist."

„Bye", riefen sie uns zu und sahen beide viel besser aus als noch vor wenigen Stunden.

Als wir durch die Türen gingen, zog Arrie mich zur Seite und drückte mich sanft gegen die Wand. „Es tut mir leid wegen all dem Gerede – ich hätte nicht damit anfangen sollen. Es ist für keinen von uns fair. Ich halte mich künftig zurück."

Sein Körper, der so nah an meinem war, ließ mein Herz schneller schlagen. Ich legte meine Hände auf seine breite Brust. „Ich denke, das wäre am besten."

Lange Zeit sah er in meine Augen und dann auf meinen Mund und dann wieder zurück zu meinen Augen. Und dann drang ein Seufzer durch seine Lippen. „Ja, das wäre wohl am besten."

Als er zurücktrat, fühlte ich mich verloren. Ich blinzelte die Tränen zurück, drehte mich um und beeilte mich, das Krankenhaus und ihn zumindest für diese Nacht hinter mir zu lassen.

Morgen müssen wir das noch einmal wiederholen. Ich weiß nicht, wie lange ich meine Gefühle noch im Zaum halten kann.

ARSLAN

Trotz meiner Erschöpfung, die der einzige Grund war, warum ich die ganze Nacht so gut geschlafen hatte, wachte ich am nächsten Morgen früher auf als erwartet und beschloss, wieder ins Krankenhaus zu gehen. Ich wollte dabei sein, wenn Reagan Lannie operierte. Nicht, weil ich ihr nicht vertraute – das tat ich definitiv –, sondern weil ich für sie und meinen alten Freund da sein wollte.

Als ich mich umzog und mir die Hände gewaschen hatte, sah ich Reagan, wie sie in den Operationssaal ging, und beeilte mich, ihr zu folgen. Sobald ich durch die Tür kam, weiteten sich ihre grünen Augen. „Was machst du hier, Dr. Dawson?"

„Ich möchte nur zusehen, Dr. Storey." Ich stellte mich neben sie und spürte sofort die Anspannung in ihrem Körper. „Alles okay?"

Sie sah mich verwirrt an – das Einzige, was ich sehen konnte, waren ihre Augen, da der Mundschutz den Rest ihres Gesichts verbarg. „Du hast mir nicht gesagt, dass du heute Morgen kommst."

„Ich habe dir auch nicht gesagt, dass ich nicht hier sein würde." Ich wusste nicht, was ihr Problem war. „Los, fang an."

Mit dem Skalpell in der Hand starrte sie auf Lannies Brust und ich sah, wie ihre Finger zitterten. „Oh Gott!"

Ich trat einen Schritt zurück und deutete mit dem Kopf zur Tür. „Raus, Dr. Storey."

Der Blick, den ich von ihr bekam, ließ mich fast zusammenzucken. Aber ich war nicht der Typ Mann, der vor einem Blick Angst hatte. „Was?"

„Raus." Ich zerrte an ihrem Arm, damit sie mir folgte, und wir gingen hinaus. Sie reichte das Skalpell schnell der Krankenschwester, die mich anblickte, als wäre ich wahnsinnig.

Wir gingen in den Umkleideraum und rissen uns beide den Mundschutz vom Gesicht. „Was zum Teufel soll das, Arrie?", zischte sie, sobald die Tür zu war.

„Deine Hände zittern." Ich nahm ihre Hände in meine und sah, dass sie nicht damit aufgehört hatten.

Sie riss sie weg. „Hör auf! Du bist einfach in *meinen* OP gestürmt. Erwartest du etwa, dass mich das nicht aufregt? Bist du wahnsinnig?"

„Warum sollte es dich aufregen, mich dort zu haben, Reagan?" Ich hatte eine Ahnung – ich war mir ziemlich sicher, dass dies über das bloße Wiedersehen mit einem Ex hinausging –, aber ich musste es von ihr hören.

„Weil du es bist, Arrie." Sie warf ihre Hände in die Luft und begann auf und ab zu gehen. „Du bist nicht nur der Freund dieses Mannes, sondern auch ein Neurochirurg aus dem besten Krankenhaus in Amerika! Und du weißt, dass ich mich zu dir hingezogen fühle. Und das sind nur einige Gründe."

Sie hatte mein Interesse geweckt. „Und die anderen Gründe, Reagan? Was ist hier los?"

„Vergiss es. Tu mir einfach einen Gefallen und lass mich das allein tun, Arrie." Sie sah mich mit flehenden Augen an. „Bitte. Ich kann das nicht tun, wenn du mir über die Schulter schaust. Ich kann es einfach nicht."

Sie ließ mir keine Wahl. „Du *wirst* dich beruhigen und das tun, während ich dir über die Schulter schaue, oder ich werde einen anderen Kardiologen holen, der es kann."

Ihr klappte die Kinnlade herunter. „Das ist mein Krankenhaus, Arrie. *Du* bist hier nur ein Besucher. Ich hätte nicht gedacht, dass ich dich daran erinnern muss."

„Du besitzt dieses Krankenhaus nicht", begann ich.

„Du auch nicht", unterbrach sie mich.

„Nein, aber ich bin hier der für Langston Stone verantwortliche Arzt und werde verdammt noch mal alle Operationen und Eingriffe an ihm überwachen, wie es mir beliebt, Dr. Storey." Ich hatte noch nie so mit Reagan umgehen müssen, aber das würde mich nicht davon abhalten, das Richtige für meinen Patienten zu tun.

„Und wenn ich dir sage, dass ich dich nicht dabeihaben will, damit du nicht über mich urteilen kannst?", fuhr sie fort.

Ich schnaubte. „Ich werde nicht über dich urteilen. Wenn du aber etwas Bedenkliches tust, werde ich dich fragen, was du da machst und warum. Und wenn ich nicht damit einverstanden bin, müssen wir es ausführlich besprechen."

„Wie lange willst du diesen Mann in der Narkose halten, Arrie?" Sie verdrehte ihre grünen Augen.

„So lange wie nötig." Ich hatte kein Problem damit. Er würde sowieso nicht so schnell aufwachen. Nicht bei all den Medikamenten, die wir einsetzten, um ihn schmerzfrei schlafen zu lassen. „Also, gehe ich zu einem anderen Kardiologen oder hörst du damit auf, ein Baby zu sein, und hilfst unserem Patienten?"

Als sie zum Waschbecken ging, um sich wieder die Hände zu waschen, zischte sie: „Du machst mich so wütend, Arrie. Du hast keine Ahnung, wie wütend mich das macht."

„Das ist mir egal." Sie musste wissen, dass der Patient Vorrang vor allen anderen Personen im OP haben musste.

„Nimm das nicht persönlich, Reagan. Es ist überhaupt nicht persönlich. Es ist einfach gute Medizin."

„Das sagst du." Sie hielt ihre Hände zum Trocknen hoch und drehte mir den Rücken zu. „Setze mir meinen Mundschutz auf. Ich werde das schaffen. Ich bin eine verdammt gute Chirurgin, und du hast kein Recht, mich auf diese Weise infrage zu stellen. Entweder gibst du mir genug Platz, um meine Arbeit zu erledigen, oder du wirst es bereuen."

Ich setzte ihr den Mundschutz wieder auf, folgte ihr zurück in den OP und ließ ihr mehr Platz als zuvor. Ich blieb still, als sie die Prozedur perfekt ausführte.

Sobald es vorbei war, sah sie zu mir herüber, und ich konnte sehen, dass ihr Zorn auf mich wieder in den Vordergrund rückte, selbst nach allem, was sie gerade getan hatte. Sie sah den Praktikanten an, der alles beobachtet hatte. „Möchten Sie den Patienten vernähen, James?"

Sie wusste, dass ich bleiben würde, um es zu überwachen, und ich nahm an, dass sie auf die Gelegenheit hoffte, das Krankenhaus allein zu verlassen und von mir wegkommen zu können. Ihre Wut hatte ihre Hände vielleicht vom Zittern abgehalten und sie ihre Nervosität vergessen lassen, aber sie war hartnäckiger, als ich erwartet hatte.

Der junge Mann trat vor und Reagan ging zur Tür. „Bleibst du bitte hier, um den Praktikanten zu beaufsichtigen, Dr. Storey?", fragte ich, bevor sie den Raum verließ.

Ohne sich umzudrehen und mich anzusehen, sagte sie: „Warum? Du bist hier. Mr. Stone ist in den besten Händen."

Das war er, aber das war nicht der Punkt. Die Art und Weise, wie alle verstummten, sagte mir, dass Reagan und ich eine Szene machten. Und das machte mich ein bisschen wütend auf mich selbst. Und ehrlich gesagt machte es mich auch wütend auf sie.

Hat sie keine Ahnung, wie man professionell ist?

Ich ließ sie ohne weiteren Kommentar gehen und als Lannie

vernäht war, ging ich los, um Reagan zu suchen. Niemand schien zu wissen, wohin sie verschwunden war. Ich nahm mir die Zeit, Samantha und Gerald zu finden und ihnen zu berichten, wie die Operation verlaufen war.

Endlich entdeckte ich sie in einem der vielen Warteräume. „Es wird eine Weile dauern, bis ich mir den Grundriss dieses Krankenhauses eingeprägt habe. Es scheint, als würde ich ständig im Kreis gehen." Ich trat ein und nahm gegenüber den Eltern meines Freundes Platz. Samanthas Augen waren rot umrandet, und ich wusste, dass sie geweint hatte. „Es geht ihm gut, Samantha."

„Das ist so schwer zu ertragen, Arslan." Sie putzte sich die Nase.

Gerald legte seinen Arm um sie. „Wie ist es heute Morgen im OP gelaufen?"

„Dr. Storey ist eine großartige Chirurgin. Es lief wunderbar." Reagan hatte mich sehr beeindruckt. „Ich habe Reagan verunsichert, als ich heute Morgen im OP aufgetaucht bin, und ich dachte einen Moment lang, ich müsste sie vielleicht ersetzen. Nachdem ich ihre Arbeit gesehen habe, bin ich verdammt froh, dass ich das nicht getan habe. Sie ist bemerkenswert. Fantastisch." Ich schüttelte den Kopf, als ich an all die Worte dachte, die beschreiben könnten, wie großartig Reagan wirklich war.

Gerald grinste über meine Begeisterung. „Klingt so, als wärst du ein bisschen voreingenommen. Glaubst du, es liegt daran, dass du auf sie stehst?"

Ich schüttelte den Kopf. „Nein. So arbeite ich nicht, Gerald. Wenn ich im Arztmodus bin, bin ich ein Profi. Ich habe dort nicht Reagan gesehen, sondern Dr. Storey. Und Dr. Storey hat Dr. Dawson tief beeindruckt."

Samantha strahlte. „Sie muss so stolz sein, dass du so viel von ihrer Arbeit hältst. Hast du einen Kuss bekommen, nachdem du sie gelobt hattest, Arslan?"

„Ich hatte keine Chance dazu." Ich fragte mich, ob ich die Chance auf einen Kuss gehabt hätte, wenn ich ihr gesagt hätte, wie großartig ich ihre Leistung fand. „Sie war ziemlich sauer auf mich, weil ich sie vor der Operation beiseite genommen habe, und sie ist gegangen, bevor ich auch nur ein Wort des Lobes sagen konnte. Und jetzt bin ich mir nicht sicher, ob ich Küsse bekomme, wenn ich es schaffe, sie aufzuspüren."

„Nun, das musst du aber tun, Arslan." Samantha putzte sich erneut die Nase. „Jetzt sag mir, wann wir mit unserem Sohn reden können."

„Nicht so bald." Ich wusste, dass sie das nicht hören wollten. „Diese Dinge brauchen Zeit." Das sagte ich immer zu den Familien meiner Patienten und in diesem Fall war es nicht weniger wahr. „Sobald wir anfangen, die Schmerzmittel zu reduzieren, wird er anfangen, wieder zu sich zu kommen. Aber sein Gehirn funktioniert nicht sofort und ihr dürft ihn zu nichts drängen."

„Ich verstehe." Gerald drückte die Schultern seiner Frau und küsste sie dann auf die Seite ihres Kopfes. „Samantha und ich werden so oft wie möglich an seiner Seite sein. Wir versprechen aber, keinen Druck auf ihn auszuüben. Das ist das Letzte, was wir tun wollen. Sag uns einfach, was wir tun sollen, und wir werden deine Ratschläge genau befolgen."

„Großartig." Zumindest musste ich nicht mit ihnen streiten, wie ich es schon oft mit anderen getan hatte.

„Ich werde nachsehen, ob Lannie wieder auf die Intensivstation gebracht wurde, und wenn ja, werde ich sicherstellen, dass es ihm gut geht. Dann hole ich mir etwas zu essen."

Gerald nickte. „Wir werden hier sein und warten."

Ich wusste, warum sie das tun wollten, aber als ich aufstand, um zu gehen, versuchte ich, sie davon abzubringen. „Ich weiß, dass ihr denkt, dass es das Beste ist, aber lasst mich euch sagen, dass dies nicht der Fall ist. Lannie wird heute nicht aufwachen. Ihr solltet jetzt mit mir nach ihm sehen und dann nach Hause

gehen, euch ausruhen und versuchen, etwas Normales zu
machen. Gegen sechs Uhr abends könnt ihr zurückkommen
und ihn fünfzehn Minuten lang sehen. Geht dann nach Hause
und tut das, was ihr immer getan habt, bevor der Unfall passiert
ist. Ihr müsst nicht hier einziehen. Es wird Lannie ohnehin nicht
helfen. Und ich werde angerufen, wenn etwas passiert. Ihr wisst,
dass ihr euch darauf verlassen könnt, dass ich mich bei euch
melde, wenn das geschieht."

Samantha seufzte, als sie aufstanden, um mir zu folgen. „So
etwas haben wir noch nie erlebt. Wir haben keine Ahnung, was
wir tun sollen."

„Ich weiß." Ich führte sie zu ihrem Sohn. „Es ist eine schwierige Zeit, und ihr fühlt euch bestimmt verloren und ziemlich
hilflos. Aber er ist in guten Händen, und ihr könnt euch darauf
verlassen, dass alles für ihn getan wird. Und ihr habt mich. Ihr
wisst, dass ich euch niemals im Stich lassen würde. Für mich
sind wir eine Familie. Und ihr wisst, wie wir Dawsons sind,
wenn es um die Familie geht."

Gerald lächelte. „Ihr wendet keinem Familienmitglied den
Rücken zu. Nicht einmal denjenigen, die es verdient haben
könnten."

Gerald kannte unsere Familie gut. Er kannte sogar Cousin
Jimmy aus Brooklyn, der die Damen der Nacht mochte und mit
Gangstern Poker spielte. Ich kannte die Stones schon so lange
wie jedes meiner Familienmitglieder.

Ich könnte sie niemals im Stich lassen. Ich könnte Lannie
niemals im Stich lassen. Es war mir unmöglich, nicht alles für
die Menschen zu geben, die ich liebte.

REAGAN

Nachdem ich meine Kaffeetasse nachgefüllt hatte, setzte ich mich an einen Tisch ganz hinten im Buchladen des Krankenhauses. Ich wusste, dass Arrie mich niemals an diesem Ort finden würde. Ich war immer noch wütend auf den Mann und versteckte mich hinter einer großen Hardcover-Ausgabe von *Der weiße Hai* – einem Buch, das ich sonst nie gelesen hätte.

Umso überraschter war ich, als das Geräusch leiser Schritte direkt an meinem Tisch verstummte. Eine tiefe Stimme, glatt wie Tennessee Whisky und süß wie Honig, erreichte meine Ohren. „Es tut mir leid."

Kein übler Anfang für ein Gespräch.

Ich legte das Buch beiseite und sah zu Arrie auf. Sein hübsches Gesicht zeigte einen entschuldigenden Ausdruck. „Was?" Ich musste sicherstellen, dass er wusste, was er falsch gemacht hatte.

„Ich habe dich vor allen Leuten rausgeschickt und den Eindruck erweckt, dass du nicht so unglaublich talentiert bist, wie es tatsächlich der Fall ist." Er zog den anderen Stuhl heraus und setzte sich. „Ich hatte keine Ahnung, was für eine begabte

Chirurgin du werden würdest, und ich gebe zu, dass ich mir Sorgen um meinen Freund gemacht habe. Und es tut mir leid, dass ich dich nicht über meine Absicht informiert habe, dich zu beobachten. Ich hätte dich nicht so überraschen sollen."

Er hält mich für begabt!

Ich versuchte, mein Ego nach seinen Worten im Zaum zu halten, und erwiderte demütig: „Danke."

„Nein. Ich danke dir, Reagan." Er verschränkte seine Finger mit meinen. „Danke, dass du für meinen Freund alles so perfekt gemacht hast. Ich werde ihn auf jeden Fall wissen lassen, wie viel Glück er hat, dich als Kardiologin zu haben."

Ich hatte das Gefühl, dass das Lächeln, das seine Entschuldigung und sein Lob verursacht hatten, mein Gesicht niemals wieder verlassen würde. „Arrie, du musst das nicht sagen. Die Zeit hätte mein verletztes Ego geheilt."

Er schüttelte den Kopf, und seine dunklen Haare flossen um seine Schultern. Ich erinnerte mich, wie weich sich diese Wellen an meiner Wange angefühlt hatten, wenn wir uns liebten. „Reagan, ich habe jedes Wort, das ich sagte, ernst gemeint. Du bist eine großartige Chirurgin. Du solltest darüber nachdenken, in der Mayo-Klinik anzufangen."

Ich biss mir auf die Unterlippe und konnte nicht glauben, dass er mich für so gut hielt. „Das soll wohl ein Scherz sein. Hör auf."

„Das ist kein Scherz." Mein Herz beschleunigte sich, als er unsere ineinander verschränkten Hände an seine Lippen zog und meine Hand küsste. „Du könntest deinen Lebenslauf an den Direktor schicken. Ich könnte ein gutes Wort für dich einlegen und dir einen sehr schönen Ort zum Wohnen in Rochester verschaffen. Ich habe dort ein kleines Anwesen. Ein Haus mit zehn Schlafzimmern auf fünfzehn Morgen Land. Es ist gemütlich, und ich nenne es mein Zuhause. Es gibt dort viel Platz für dich und den kleinen Skye. Ich könnte auch ein

Kindermädchen für deinen Sohn einstellen. Was sagst du? Willst du es versuchen?"

Ich hatte keine Ahnung, wie er sich gerade noch dafür entschuldigt hatte, ein Idiot gewesen zu sein, und mir jetzt eine neue Lebenssituation anbot – eine, die ihn, mich und unseren Sohn einschloss. „Du bist ziemlich schnell für einen Mann, der gestern gesagt hat, wir müssen es langsam angehen."

Er hielt immer noch meine Hand, als würde er sie niemals wieder loslassen, und fragte: „Willst du es nicht nach oben schaffen und mit den Besten zusammenarbeiten?"

Seufzend wusste ich, dass er nichts davon verstand, ein Kind zu haben. „Meine Eltern waren schon vor seiner Geburt für meinen Sohn da. Dad arbeitet in Seattle. Ich kann Skye nicht nehmen und einfach weggehen."

Er sah weg, und ich wusste, dass er darüber nachdachte, wie wir beide bekommen konnten, was wir wollten. Aber ich wusste etwas, das er nicht wusste. Ich konnte kein Leben mit einem Mann führen, der das Recht hatte, mich zu hassen. Es war nur eine Frage der Zeit, bis er es herausfand.

Seine Augen kehrten zu meinen zurück, und ein Lächeln bildete sich auf seinen vollen Lippen. „Es gibt auch Platz für deine Eltern. Dein Vater muss bald im Rentenalter sein. Er könnte früher in Rente gehen. Mietfrei zu wohnen würde seinen Ruhestand erschwinglich machen."

„Mein Dad würde das niemals tun. Er ist nicht so ein Mann." Mein Vater leitete mehrere Ersatzteilläden für Autos und betrachtete sich als unverzichtbar. „Und Skye hat gerade die Vorschule begonnen. Er hat hier Freunde gefunden. Ich kann ihn nicht entwurzeln."

Und ich bin nicht einmal bereit dafür, dass du ihn siehst. Dann wird alles zusammenbrechen.

Die Art und Weise, wie seine Augen hin und her schossen,

als er in meine schaute, machte mich ein wenig nervös. „Reagan,
lass mich ihn treffen. Lass mich deine Eltern treffen."

Er nahm mir den Atem. „Ich ... aber ..." Wie sollte ich ihm
sagen, dass ich das nicht tun konnte?

„Warum willst du nicht, dass ich sie treffe? Ich bin mehr als
ein Fremder oder eine Affäre, Reagan." Er ließ meine Hand los
und verschränkte die Arme vor seiner breiten Brust. „Ich habe
dich in den Weihnachtsferien mit nach Hause genommen, als
wir zusammen waren. Ich habe dich meiner ganzen Familie
vorgestellt. Du erinnerst dich noch an Colorado, oder?"

„Wie könnte ich das vergessen?" Hitze schoss bei der Erinnerung durch mich hindurch. „Draußen war es so kalt und
drinnen so heiß." Ich musste mir Luft zufächeln.

Er legte den Kopf schief und sah ein wenig verletzt aus. „Du
hast mich nie eingeladen, mit dir nach Hause zu kommen."

„Ich bin in jenen sechs Monaten nicht nach Hause gegangen." Ich nahm an, dass er sich nicht daran erinnerte. „Ich bin
jede Minute bis zu deinem Abschluss bei dir geblieben. Bis du
gehen musstest."

„Warum habe ich das Gefühl, als würdest du hier um den
heißen Brei herumreden, Reagan?" Sein Griff kehrte zu meiner
Hand zurück und wurde fester. „Du weißt, wie entschlossen ich
sein kann, wenn ich mir etwas in den Kopf gesetzt habe."

Das tat ich. Also wusste ich auch, dass ich ihn bremsen
musste. „Arslan Dawson, hast du kein Wort von dem gehört, was
ich gesagt habe? Ich kann nichts überstürzen. Ich werde mich
nicht drängen lassen. Mein Sohn – sein Glück, seine Stabilität –
bedeutet mir mehr als alles andere." Das war noch nie wahrer
gewesen. Wenn ich Skye über den Mann stellen konnte, der
meine Welt erschüttert hatte, bevor er geboren wurde, dann
lebte ich wirklich für dieses Kind.

Arrie senkte den Kopf und ließ meine Hand los. „Es tut mir
leid. Ich weiß nicht, warum ich dir das antue." Er hob seinen

Kopf, um mich anzusehen, und senkte seine Stimme, als er sprach. „Reagan, du warst so fair, als ich damals gehen musste. Du hast nie versucht, mir Schuldgefühle zu machen. Um ehrlich zu sein, habe ich mich manchmal gefragt, wie viel ich dir überhaupt bedeutet habe. Es schien dir so leicht zu fallen, mich gehen zu lassen."

Es war nie meine Absicht gewesen, Arrie glauben zu lassen, dass er mir egal war. Diesmal griff ich nach seiner Hand. „Arrie, ich wollte nicht, dass du dich schlecht fühlst, weil du gehen musstest. Ich habe immer an dich geglaubt – an all das Gute, das du tun könntest, und die Leben, die du retten könntest. Ich wollte nie, dass du von all den Tränen erfährst, die ich deinetwegen vergossen habe. In der letzten Woche, als wir zusammen waren, weinte ich jeden Moment, den ich für mich allein hatte. An dem Tag, als du gegangen bist, bin ich ins Wohnheim zurückgekehrt und habe so heftig geweint, dass meine Mitbewohnerin gegangen ist, ohne sich auch nur zu verabschieden. Der Sommer kam, und ich fuhr zu meinen Eltern und verließ das Haus kaum."

Er strich mit dem Daumen über meine Knöchel und seufzte. „Ich denke, wir waren beide nie gut darin, darüber zu reden, wie wir uns gefühlt haben. Wir haben die berühmten drei kleinen Worte nie gesagt." Seine azurblauen Augen hielten mich fest. „Ich habe es getan, weißt du."

„Ich auch." Ich schluckte und schüttelte den Kopf, um den Knoten, der sich in meinem Hals gebildet hatte, loszuwerden. „Wenn wir diese Worte laut ausgesprochen hätten, hätte das die Sache nur erschwert. Ich wollte nur gute Erinnerungen an dich haben."

Nickend stimmte er mir zu. „Ja, es hätte höchstwahrscheinlich ein Drama gegeben. Danke, dass du es mir einfacher gemacht hast, Reagan. Das Letzte, was ich wollte, war, dass einer von uns seine Ziele aufgeben musste. Wenn du keine so starke

Fassade errichtet hättest – wer weiß, wer dieses Opfer hätte bringen müssen."

Beide von uns. Darauf hätte ich Geld gewettet.

Ich hatte immer meine Theorien darüber gehabt, was passiert wäre. „Wahrscheinlich wäre ich diejenige gewesen, die ihren Traum aufgegeben hätte. Ich wäre mit dir gegangen, wo immer du sein musstest, und meine Prioritäten hätten sich dahingehend geändert, nur mit dir zusammen zu sein."

„Was für ein Verlust für die Welt das gewesen wäre." Sein Lächeln sagte mir, dass er es ernst meinte. „Du bist wirklich begabt. So weh es damals auch tat, ich würde es wieder genauso machen. Die Welt braucht dich und mich, Reagan. Uns beide. Ich wünschte, wir könnten herausfinden, wie wir das tun können, wozu wir geboren wurden, und gleichzeitig zusammen sein können."

In einer perfekten Welt ...

Ich schüttelte den Kopf und wusste, dass dieser Tag niemals kommen würde. „Ich denke, wir hatten bereits alle Zeit, die wir jemals zusammen bekommen werden." Ich löste meine Hand von seiner und dachte, ich sollte Grenzen ziehen. „All diese Berührungen werden es uns nur schwerer machen, wenn du zurückkehren musst. Es ist nicht wie vor sechs Jahren, als ich Zeit hatte, über den Verlust von dir und dem, was wir hatten, zu weinen."

„Ich wünschte, es müsste nicht so sein." Er lachte leise, um die Stimmung aufzuhellen. „Nun, wenn dein Sohn älter wird, wirst du vielleicht entscheiden, dass es in Ordnung ist, der Mayo-Klinik eine Chance zu geben. Und hoffentlich sind du und ich dann immer noch Single. Dann können wir sehen, ob wir immer noch dasselbe füreinander empfinden."

Ich wusste, dass das niemals passieren würde. Ich hatte schon Angst davor, wie Arrie mich ansehen würde, wenn er erfuhr, wie lange ich etwas so Entscheidendes wie sein Kind von ihm ferngehalten hatte – deshalb hatte ich es ihm immer noch nicht gesagt. Deshalb musste ich mich immer wieder daran erinnern, dass er es eines Tages erfahren musste, so schwer es auch sein mochte. Hass und Wut in seinen Augen zu sehen würde mich töten. Ich war mir dessen sicher, aber es war fast das Einzige, dessen ich mir sicher war.

„Wir werden immer unsere Erinnerungen haben, Arrie. Nichts kann uns das nehmen." Ich stand auf, um das Buch wieder ins Regal zu stellen. Ich musste nach unserem Patienten sehen und dann nach Hause gehen, um Zeit mit Skye zu verbringen.

Ich spürte Arrie hinter meinem Rücken und dann waren seine Hände auf beiden Seiten meiner Hüften, während er seine Lippen an meinen Nacken legte. „Ich wünschte, du würdest einfach einwilligen, etwas zu wagen, Reagan. Ich bin fest davon überzeugt, dass wir aus einem bestimmten Grund wieder zusammengeführt worden sind. Wie standen die Chancen dafür?"

Schlecht. Sehr schlecht.

Aber ich konnte nicht an eine glückliche Zukunft mit ihm denken, wenn ich wusste, dass es unmöglich war. „Arrie, ich kann nicht."

Er ließ mich los, drehte sich um und ließ mich ohne ein weiteres Wort stehen. Mein Körper zitterte, und mein Herz fühlte sich an, als ob es in zwei Teile zerbrochen wäre. Ich hatte Kopfschmerzen, weil ich genau wusste, dass er der richtige Mann für mich gewesen wäre – wenn ich in unserer letzten Nacht nicht schwanger geworden wäre.

Die Gefühle waren in jener Nacht zu stark gewesen. Wir waren Risiken eingegangen wie nie zuvor. Wir hatten in jener Nacht so oft Sex gehabt und zum ersten Mal nicht verhütet. Ich hatte ihm versichert, dass es nicht der richtige Zeitpunkt für mich war, schwanger zu werden – und ich hatte gedacht, dass dies wirklich der Fall war, aber ich musste mich verrechnet haben.

Ich war leichtsinnig gewesen und hatte die Entscheidung getroffen, die Verantwortung dafür zu übernehmen. Mir war noch nie in den Sinn gekommen, dass ich Arrie wiedersehen könnte. Ich hätte nie gedacht, dass ich ihm immer noch so viel bedeuten könnte.

Und das Schlimmste war, dass er mir auch viel bedeutete. Ohne dieses Geheimnis hätte ich keine halbe Sekunde gebraucht, um das Angebot des Mannes anzunehmen. Wenn die Mayo-Klinik mich haben wollte, hätte ich sofort meinen Umzug nach Minnesota geplant. Ich hätte Arrie gebeten, bei mir zu bleiben, bis es seinem Freund besser ging. Danach hätten wir ein gemeinsames Leben begonnen.

Aber ich hatte viel zu lange gelogen. Und obwohl ich die Geburt meines Sohnes nie bereuen könnte, trauerte ich um das Happy End, von dem ich wusste, dass es mir und Arrie immer verwehrt bleiben würde.

ARSLAN

Nach unserem Gespräch überließ ich Reagan sich selbst. Je mehr Zeit verging, desto frustrierter wurde ich. Ich verstand die Tatsache, dass sie keine Männerparade um ihren Sohn aufführen wollte, aber sie und ich wussten beide, dass ich nicht irgendein Typ war.

Ich bin der *Typ!*

In dieser Nacht hatte ich alle möglichen Träume von ihr und mir, erinnerte mich an die Vergangenheit, dachte an die Gegenwart und stellte mir sogar die Zukunft vor. Eine Zukunft, in der sie und ich alles hatten – eine Familie und sogar ein paar entzückende Hunde.

Als ich am nächsten Morgen ins Krankenhaus kam, sah ich Leute mit Pilgerhüten und Papiertruthähne an den Wänden der Lobby. „Frohes Thanksgiving!", rief mir die Frau an der Rezeption zu.

„Ja, Ihnen auch." Ich hatte den Feiertag ganz vergessen.

Auf dem Weg zur Intensivstation fand ich Samantha und Gerald im Wartebereich. „Guten Morgen, Arslan", sagte Samantha sanft. „Frohes Thanksgiving."

Ich schob meine Hände in die Taschen und versuchte, kein Spielverderber zu sein, obwohl mir dieser Feiertag überhaupt nichts bedeutete. „Ja, das habe ich gerade schon gehört. Um ehrlich zu sein, habe ich es ganz vergessen." Ich deutete mit dem Kopf auf den Flur, der zu den Patientenzimmern führte, und fragte: „War Dr. Storey heute Morgen bei ihm? Wisst ihr das?"

Eine Krankenschwester beantwortete meine Frage: „Dr. Storey war sehr früh hier, um nach Mr. Stone zu sehen. Sie hat heute frei, weil Feiertag ist."

Und das bedeutete, dass ich sie heute nicht sehen würde. „Okay. Danke."

„Können wir mit dir zu ihm gehen, Arslan?", fragte mich Gerald. „Wir haben ihn heute Morgen nicht gesehen. Die Krankenschwester sagte, sie führen Tests durch. Weiß du, welche Tests das sind?"

Ich hatte keine Ahnung. „Einer seiner anderen Ärzte muss sie angeordnet haben. Lasst mich zuerst nach ihm sehen. Ich werde euch holen, wenn es möglich ist. Ich möchte einfach nicht, dass ihr etwas seht, das euch belasten könnte."

Eine Krankenschwester kam gerade aus Lannies Zimmer, als ich dort ankam. Ich ergriff seine Krankenakte, und sie fragte: „Wollen Sie die MRT-Ergebnisse sehen, Dr. Dawson?"

Als ich mir die Krankenakte näher ansah, entdeckte ich zwei Namen unter den Anweisungen für das MRT, Storey und Kerr, und keiner hatte daran gedacht, mich darüber zu informieren. „Ja, ich möchte sie sehen."

„Ich hole sie." Sie eilte davon, während ich die Krankenakte zurücklegte.

Kerr und Reagan waren an diesem Morgen zusammen hier gewesen und hatten beschlossen, die MRT um vier Uhr morgens durchführen zu lassen. Sie hatten zu diesem Zeitpunkt nicht mit mir sprechen können – zumindest verstand ich jetzt besser, warum mich niemand gefragt hatte.

Die Krankenschwester kam mit einem großen Umschlag zurück. „Hier sind sie, Doktor. Die Ärzte Kerr und Storey sagten mir, dass sie erst morgen zu Ihnen gehen würden, da sie heute beide frei haben. Frohes Thanksgiving übrigens."

„Gleichfalls. Also haben sie einen Test angeordnet, dessen Ergebnisse sie den ganzen Tag nicht sehen werden?" Für mich klang das leichtfertig.

„Dr. Storey hat gesagt, dass Sie da sind, um sie sich anzusehen." Sie lächelte mich an.

Zumindest hatte sie an mich gedacht.

Ich nahm den Umschlag und ging in Lannies Zimmer. Er war nicht mehr so blass, und das machte mich glücklich. Als ich mir die MRT-Ergebnisse ansah, freute ich mich noch mehr.

Keine Blutungen im Gehirn, keine Blutungen um sein Herz und die Schwellung war auch stark zurückgegangen. Ich ging zu seinen Eltern in den Warteraum. „Du lächelst", sagte Samantha, als sie beide aufstanden.

„Ich habe allen Grund dazu." Ich bedeutete ihnen, mir zu folgen. „Kommt. Er ruht sich noch aus. Die anderen Ärzte haben heute Morgen eine MRT angeordnet, und die Ergebnisse sind ein Grund zur Freude. Nirgendwo in seinem Körper gibt es Blutungen. Die Heilung schreitet gut voran."

Samantha und Gerald waren erleichtert, als wir das Zimmer ihres Sohnes betraten. Gerald tätschelte mir den Rücken. „Wir haben dir zu danken, Arslan."

Ich musste auch meine Kollegen loben. „Und den Ärzten Kerr und Storey. Sie sind wirklich fantastisch."

Samantha ging zu ihrem Sohn und strich ihm die Haare glatt, bevor sie fragte: „Arslan, würdest du bitte heute Abend mit uns essen gehen? Wir haben um acht Uhr im *Thirteen Coins* reserviert. Das ist eine Tradition für uns. Es wäre schrecklich, wenn wir diesen Abend ganz allein ohne Langston verbringen müssten."

„Natürlich werde ich kommen. Wie nett von euch, mich einzuladen." Ich wusste, dass Feiertage für die Familien der Patienten im Krankenhaus schwierig sein konnten. „Ich werde dort sein. Aber zuerst muss ich etwas Passendes kaufen, da ich nur Freizeitkleidung mitgebracht habe. Ich muss sowieso ein paar Einkäufe machen."

„Was für ein Tag zum Einkaufen, Arslan", sagte Samantha mit einem Lächeln. „Ich fürchte, fast alle Geschäfte haben geschlossen."

Daran hatte ich nicht gedacht. „Nun, in meinem Hotel ist eine Boutique. Vielleicht kann ich dort etwas finden."

Ich ging hinaus und rief Henry an, damit er mich vor dem Krankenhaus abholte. „Hey, ich komme jetzt raus."

„Ich bin gleich da", sagte er.

Da es ein Feiertag war, musste ich dem Mann unbedingt frei geben. Als ich ins Auto stieg, sagte ich ihm, wohin ich wollte: „Bringen Sie mich zum Flughafen. Ich will sehen, welche Kleidung ich noch im Jet habe, dann werde ich für die nächsten Tage ein Auto mieten. Sie können eine wohlverdiente Pause machen, Henry."

„Oh, es macht mir nichts aus, Sie zu fahren, Sir. Nicht ein bisschen." Er lächelte, und ich wusste, dass es ihm wirklich nichts ausmachte.

Aber ich wusste auch, dass er eine Familie hatte. „Ich möchte, dass Sie Zeit mit Ihrer Familie verbringen können. Sie werden trotzdem bezahlt, als ob Sie mir zur Verfügung stehen würden."

„Nein, Sir", sagte er. „Ich kann kein Geld nehmen, das ich nicht verdient habe."

„Es ist Urlaubsgeld, Henry." Ich würde meine Meinung nicht ändern. „Wir sollten uns beeilen. Genug geredet."

Als er merkte, dass er sich nicht durchsetzen konnte, fuhr er mich zum Flughafen, wo er mich mit guten Urlaubswünschen und einem Dank für die freie Zeit verließ.

Im Jet fand ich etwas, das der Steward vergessen hatte, als er meine Sachen ins Hotel gebracht hatte. Einen schwarzen Armani-Anzug. Er hatte höchstwahrscheinlich geglaubt, ich hätte keinen Bedarf für so etwas Edles.

Es war perfekt, und ich nahm ihn zusammen mit den Lederschuhen, die ich dort fand, und mietete mir ein Auto.

Später, als ich zum Eingang des Restaurants ging, konnte ich den Duft von Truthahnbraten in der Luft riechen und lächelte. Ich hoffte, dass Reagan und ihre Familie einen guten Tag hatten, und ich wünschte, ich hätte ihre Telefonnummer, um ihr das zu sagen.

Ich ging hinein und wurde von der Hostess begrüßt. „Haben Sie eine Reservierung?", fragte sie.

„Ja, für Stone." Ich fuhr mit meiner Hand über mein Jackett, als ich mich umsah.

„Hier entlang, Sir." Sie führte mich zum hinteren Teil des Restaurants und ich sah Reagan, die dort mit Samantha und Gerald zusammensaß. Und Dr. Jonas Kerr.

Sie saß direkt neben dem Mann und lachte, als hätte er gerade das Lustigste auf der Welt gesagt. „Jonas, das ist so witzig."

„Tut mir leid, dass ich zu spät komme." Ich setzte mich auf die andere Seite von Dr. Kerr.

„Schon okay", sagte Samantha. „Wir sind erst ein paar Minuten hier."

Ein paar Minuten, die mich den Platz neben Reagan gekostet hatten. „Ich wusste nicht, dass sie euch auch eingeladen haben."

Reagan sah mich mit einem Lächeln an. „Ja, Mr. und Mrs. Stone waren so nett, uns mit einzubeziehen."

Jonas bedankte sich auch bei unseren Gastgebern. „Ich bin

dankbar für die Einladung. Meine Tante Betty hat beschlossen, dieses Jahr eine Thanksgiving-Feier zu veranstalten, und es war nicht das, was ich erwartet hatte. Sie hat gedünstete Forellen mit wässrigem Reis und einigen anderen seltsamen Beilagen gekocht. Bei dem Geruch von Truthahn bekomme ich Appetit auf echtes Thanksgiving-Essen."

Reagan legte ihre Hand auf seinen Arm. „Oh, Jonas, nicht diese Frau. Was hat sich deine Mutter dabei gedacht, ihr die Planung zu überlassen? Erinnerst du dich daran, wie sie dieses Mittagessen für uns veranstaltet hat?"

Das Gesicht, das er machte, brachte Reagan wieder zum Lachen. „Oh ja, als wir damals angefangen haben." Er sah unsere Gastgeber an. „Tante Betty ist Leiterin des Auxiliary Clubs und hat ein Mittagessen für alle Ärzte im Krankenhaus veranstaltet, als es damals eröffnet wurde. Sie hatte etwas zubereitet, das sie Hühnchen-Spaghetti nannte."

Reagan fuhr fort: „Es war schrecklich. Hähnchenschenkel – wohlgemerkt immer noch am Knochen – überzogen mit etwas, das sie als hausgemachte Spaghetti-Sauce bezeichnete. Es müssen alte Tomatenkonserven und sonst nichts gewesen sein. Auf jedem Teller waren ein Haufen verkochter Nudeln, ein gekochter Hähnchenschenkel und diese schreckliche Sauce."

Jonas deutete mit dem Daumen auf Reagan. „Und diese Lady hat herausgefunden, wie sie ihr Essen wegwerfen konnte, ohne dass meine Tante es merkte."

„Ich musste mir etwas einfallen lassen. Das wusste ich, sobald ich das Essen gesehen hatte." Reagan sah mich an, und es gefiel mir, dass sie endlich auf mich achtete. „Ich habe eine leere Plastiktüte gefunden, die jemand in den Mülleimer geworfen hatte. Zum Glück trug ich ein Kleid. Nachdem ich das Essen in die Tüte befördert hatte, ohne dass sie es sah, versteckte ich sie unter meinem Kleid und ging ins Badezimmer, um sie loszuwerden."

Jonas schüttelte den Kopf. „In der Zwischenzeit musste der Rest von uns dieses Zeug aufessen. Wir hatten alle eine Lebensmittelvergiftung."

„Ich wurde nicht krank, aber am nächsten Tag musste ich so hart arbeiten wie noch nie, weil die Mehrheit der Ärzte sich ständig übergab." Reagan legte ihre Hand auf Jonas' Schulter, und ich genoss es wirklich nicht, das zu sehen. „Aber das war es wert."

Der Kellner kam und brachte die bereits vor meiner Ankunft bestellten Getränke. „Oh, wir haben einen Neuankömmling." Er stellte die Getränke ab. Ich bemerkte, dass alle außer Gerald Cocktails bestellt hatten. „Und was darf ich Ihnen bringen?"

„Wasser." Ich trank nie Alkohol, wenn ich Auto fuhr. Und als ich sah, wie Reagan während des Abendessens einen Drink und dann noch einen zu sich nahm, traf ich die Entscheidung, dass ich sie auch nach Hause fahren musste.

Nach dem Essen gingen wir alle zum Parkplatz, und ich trat neben Reagan. „Ich bringe dich nach Hause, Reagan."

Sie blieb abrupt stehen. „Hä? Ich meine, nein."

Protest war zwecklos. „Doch. Komm schon." Ich nahm ihre Hand und zog sie hinter mir her. „Du hattest zwei Drinks und das sind zwei Drinks zu viel, um noch fahren zu können."

„Arrie, mir geht es gut." Sie klang ernst, aber ich würde nicht nachgeben.

„Und ich möchte, dass es so bleibt." Ich schloss das Auto auf und öffnete die Beifahrertür. „Komm. Du weißt, dass ich meine Meinung nicht ändern werde."

Sie schaute zum Nachthimmel auf und schien nachzudenken. Als sie mich wieder ansah, fragte sie: „Und wie soll ich morgen früh zu meinem Auto kommen?"

„Ich kann dich hierherbringen. Dann kannst du es abholen."

Ich hatte eine Antwort auf alles, was sie sich einfallen lassen könnte.

„Nein, ich nehme morgen früh ein Taxi hierher", sagte sie kopfschüttelnd, stieg aber ins Auto. Ich schloss die Tür und war froh, zumindest diese Schlacht gewonnen zu haben. Und dann waren wir endlich wieder allein.

8

REAGAN

„Hast du dieses Auto gemietet?", fragte ich Arrie, als er auf den Freeway fuhr, ohne mich nach meiner Adresse zu fragen.

„Ja. Ich wollte meinem Fahrer eine Auszeit geben, da heute ein Feiertag ist." Er sah zu mir herüber und legte dann seine rechte Hand auf die Konsole zwischen uns. „Erinnerst du dich, wie wir uns immer an den Händen hielten, wenn wir irgendwohin fuhren?"

Als ich auf seine Hand schaute und begriff, dass es eine Einladung war, schüttelte ich meinen Kopf. „Ja, aber wir sind nicht mehr zusammen."

Die Art und Weise, wie sein Kiefer sich anspannte, sagte mir, dass er es nicht mochte, daran erinnert zu werden. „Nun, wir sitzen zusammen in diesem Auto und meine Hand sehnt sich danach, deine zu halten."

Als ich seine Hand nahm, obwohl ich wusste, dass es eine schreckliche Idee war, musste ich zugeben, dass ich mich auch danach gesehnt hatte. „Arrie, macht es dir etwas aus, wenn ich frage, wohin du mich bringst?"

„Zu meinem Hotel." Er packte meine Hand fester, als ich versuchte, sie wegzuziehen.

„Arrie, nein!" Ich schüttelte unnachgiebig den Kopf und protestierte weiter. „Ich kann die Nacht nicht mit dir verbringen." Technisch gesehen könnte ich es. Skye war im Haus meiner Eltern geblieben, wo wir zu Mittag gegessen hatten. Er würde dort übernachten. Wenn ich mit Arrie zusammen sein wollte, konnte ich es. Aber ich wusste, dass einer Nacht viele weitere folgen würden.

„Du hast offensichtlich einen Babysitter, Reagan. Wenn er nicht ohnehin vorhat, die ganze Nacht zu bleiben, kannst du anrufen und ihn fragen." Er hob meine Hand an seine Lippen und küsste sie sanft. „Warum kommst du nicht mit? Du hast es immer geliebt, in schönen Hotels zu übernachten. Ich wette, das tust du immer noch. Und dieses Hotel ist schön. Außerdem gibt es einen Whirlpool, in dem wir uns entspannen können."

So sehr ich auch mit ihm zusammen sein wollte, wusste ich, dass ich es nicht konnte. „Hör zu, das ist süß von dir. Wirklich. Und ich kann sehen, dass du diesmal versuchen möchtest, es funktionieren zu lassen."

„Ich kann dafür sorgen, dass es funktioniert, Reagan." Er nahm eine Ausfahrt, und ich war froh zu sehen, dass er von seinem Hotel aus schnell zu meiner Wohnung gelangen konnte. Ich wollte ihn nicht dazu zwingen, quer durch die Stadt zu fahren, um mich zu Hause abzusetzen – was er tun musste, da ich nicht die Nacht bei ihm verbringen würde.

Aber sein Selbstvertrauen machte mich neugierig, und ich musste fragen: „Und wie genau würdest du das machen?"

„Ich muss nicht zur Mayo-Klinik zurückkehren. Ich kann bei dir im Saint Christopher's General Hospital arbeiten." Sein Lächeln sagte mir, dass er dachte, er habe die perfekte Lösung gefunden.

Aber das war nur die Hälfte des Problems – obwohl er das noch nicht wusste. „Dieses Krankenhaus zahlt nicht annähernd so gut wie deines. Finanziell ergibt deine Idee keinen Sinn."

Achselzuckend sagte er: „Ich brauche das Geld, das ich als Arzt verdiene, nicht einmal. Mein Vater ist vor einigen Jahren gestorben und ich habe mein Erbe bereits erhalten. Ich bin Milliardär, Reagan."

Dass er etwas so Wichtiges wie den Tod seines Vaters nicht erwähnt hatte, erfüllte mich mit Verwirrung. „Arrie, es tut mir so leid. Warum hast du mir nicht früher von seinem Tod erzählt?"

„Ich weiß es nicht." Er schaute geradeaus, als würde es ihn stören, darüber zu reden. „Ich denke einfach nicht gern daran. Und ich hasse es, daran zu denken, dass Mom Dads besten Freund nur sechs Monate nach seinem Tod geheiratet hat."

„Darf ich fragen, wie er gestorben ist?" Als Ärztin war ich neugierig auf solche Dinge. Arries Vater war Mitte fünfzig gewesen, ein bisschen zu jung, um an natürlichen Ursachen zu sterben.

„Er und Mom waren in Mexiko, und er bekam eine Lungenentzündung." Seine Augen starrten in die Nacht. „Mom sagt, es hat nur zwei Tage gedauert, bis er daran starb. Wir mussten nach Mexiko fliegen, um seine Leiche abzuholen, und stellten fest, dass er eingeäschert worden war, noch bevor wir dort ankamen. Die Eile hat mich angewidert."

„Das kann ich mir vorstellen. Und es tut mir so leid, Arrie. Das muss eine schreckliche Zeit für dich gewesen sein." Ich zog unsere ineinander verschränkten Hände hoch und hielt seine Hand an mein Herz. „Und deine Mutter fand es richtig, wieder zu heiraten und dir dein Erbe zu überlassen?"

„Das musste sie." Er seufzte. „Dad hat sein Testament erst einen Monat vor seinem Tod geändert. Fast als hätte er gewusst, was kommen würde. Er hinterließ die eine Hälfte meiner Mutter und die andere Hälfte mir. Du siehst also, ich kann tun, was ich will. Und ich will lieber mit dir zusammen sein, als in der Mayo-Klinik zu arbeiten."

„Du solltest nichts überstürzen. Du kennst mich gar nicht mehr. Es ist sechs Jahre her, Arrie. Und ich habe einen Sohn. Er nimmt meine ganze Zeit außerhalb der Arbeit in Anspruch. Es ist nicht genug Zeit für einen Mann in meinem Leben." In dieser Hinsicht war ich nicht ganz ehrlich – ich hätte ihn hineinzwängen können, wenn ich ihn nicht so lange angelogen hätte.

Aber anscheinend hatte er auch daran gedacht. „Wenn wir zusammenleben würden, hättest du viel Zeit für uns beide."

„Ich denke nicht, dass es eine gute Idee wäre, bald zusammenzuziehen. Nicht mit einem Kind." Dieser Teil war keine Lüge. Skye wäre völlig verwirrt, wenn ein fremder Mann bei uns einziehen würde.

„Wir daten einen Monat, dann stellst du uns einander vor, und er wird überglücklich sein mit dem Haus, das ich für uns besorge." Er hielt in dem Parkhaus des Hotels, anstatt den Parkservice zu benutzen. Er stellte das Auto ab und schenkte mir dann seine volle Aufmerksamkeit. „Ich habe letzte Nacht nur von uns geträumt. Wir haben etwas, du und ich. Wir sind füreinander bestimmt. Ich habe geträumt, wir hätten eine Familie und sogar ein paar wirklich süße Hunde."

„Also bist du jetzt ein Hellseher?", neckte ich ihn. Aber ihn sagen zu hören, dass er eine Familie haben wollte, bedeutete mir sehr viel. „Und diese Kinder ... wie viele hatten wir?"

„Einen Jungen und ein Mädchen. Und sie waren bezaubernd. Noch bezaubernder als die Hunde." Er küsste meine Hand.

„Und wann würden wir diese Kinder haben?" Ich wusste, dass ich ein gefährliches Spiel spielte, konnte mich aber nicht beherrschen.

„Natürlich nach der Hochzeit." Seine Lippen berührten sanft meine Hand. Er hatte immer federleichte Küsse über meinem ganzen Körper verteilt. Und ich wollte diese Küsse wieder spüren. So sehr.

„Und wann würde diese Hochzeit sein?" Ich hörte auf zu atmen, als seine Augen meine trafen.

„Ich habe auch darüber nachgedacht. Ich denke, wir sollten einen Monat daten und drei Monate zusammenleben. Dann machen wir ernst und heiraten." Er strich mit seiner Zunge über meine Hand und ließ mich vor Verlangen erschauern.

„Du hast alles schon geplant, nicht wahr?" Ich konnte meine Augen nicht von seinen losreißen. Ich wollte zu allem Ja sagen, wusste aber, dass ich es nicht konnte. „Arrie, es ist nicht so einfach. Und bei all deinen Plänen hast du nicht darüber nach-gedacht, wie sich das alles auf meinen Sohn auswirken wird. Er ist seit sechs Jahren meine Welt, wenn man die Schwangerschaft mitzählt. Ich bin das Zentrum seines Universums. Wenn ich dich hinzufüge, würde ihm das etwas wegnehmen."

„Wir könnten eine Familie sein, Reagan. Wie würde ihm das etwas wegnehmen?" Er zog mich näher zu sich und beugte sich vor, sodass sich unsere Lippen fast berührten. „Ich will dich, und ich will auch ihn."

Mein Herz hörte auf zu schlagen, aber ich versuchte, so zu tun, als ob seine Worte mich nicht erschüttern würden. „Er ist ein ziemlicher Wildfang. Du hast ihn noch nicht einmal getrof-fen. Du musst mir glauben, wenn ich dir sage, dass du mich nicht mehr so gut kennst wie früher. Ich bin jetzt anders."

„Wie?" Er zog sich zurück, um mich anzusehen. „Wie kannst du anders sein?"

„Nun, zunächst einmal schlafe ich nicht mehr nackt." Ich dachte, das könnte ihn abschrecken.

„Wegen des Kindes. Ja, das verstehe ich. Aber wenn wir zusammenleben, schließen wir unsere Tür ab, und du kannst einen Bademantel bereithalten, wenn er dich mitten in der Nacht braucht oder wenn er versucht, nach einem Albtraum zu uns zu kommen." Sein Lächeln sagte mir wieder, dass er dachte, er hätte eine Antwort auf alles.

„Manchmal muss ich mich zu Skye legen, damit er einschlafen kann." Ich wusste, dass Männer solche Dinge hassen. „Und morgens ist es ein Albtraum, seit er in die Vorschule geht. Er hasst es, früh aufzustehen, und beklagt sich ständig darüber."

„Klingt, als müsste er früher ins Bett gehen." Er nickte, als hätte er das gesamte Problem gelöst, und fuhr fort: „Ich habe väterliche Instinkte. Ich möchte dir mit deinem Sohn helfen. Was ich ganz sicher nicht will, ist, dich ihm wegzunehmen. Ich würde ihn so behandeln, als wäre er mein eigenes Kind, Reagan. Du weißt, dass ich das tun würde. Wer ein Teil von dir ist, den kann ich auch lieben."

Das wurde zu viel. Wenn er weiter so über Skye sprach, würde ich mit der Wahrheit herausplatzen. Ich wusste, dass ich es sollte, aber tief im Inneren war ich noch nicht bereit dafür, dass meine Zeit mit Arrie endete. „Wo wir gerade von diesem großen Wort ‚Liebe' sprechen", sagte ich und versuchte, ihn von Skye abzulenken. „Wir haben einander noch nie gesagt, dass wir uns lieben, und du redest hier von der Ehe. Du überstürzt ein paar Schritte in dieser Sache, Arrie." Obwohl ich wusste, dass wir diese Schritte nie machen würden, musste ich ihn darauf hinweisen.

„Schritte?" Er lachte. „Wir hatten schon vor sechs Jahren so viele davon gemacht. Jetzt müssen wir nur noch die Worte sagen, von denen wir beide wissen, dass sie wahr sind. Ich habe dich bereits meiner Familie vorgestellt, daher musst du mich nur noch deiner vorstellen. Sie können mich kennenlernen, wir fangen an, uns zu verabreden – wie ich bereits sagte – und dann folgt eine kurze Verlobungszeit, während der du und Skye in das Haus einziehen, das ich hier kaufen werde."

Ich beendete seinen kleinen Plan: „Und dann gibt es eine fantastische Hochzeit. Skye kann der Ringträger sein, und Mom kann den Hochzeitsmarsch auf der Kirchenorgel spielen."

Kopfschüttelnd, aber mit einem Lächeln im Gesicht, erzählte er mir von seiner Idee einer perfekten Hochzeit. „Nein. Nichts Riesiges. Auch keine Kirche. Erinnerst du dich an unsere erste Nacht am Strand?"

„Wie könnte ich jemals unser erstes Mal vergessen, Arrie?" Mein Körper wurde heiß bei der Erinnerung. „Nichts als du und ich und die Sterne über uns. Nicht einmal der Sand an meinem Rücken störte mich in dieser Nacht. Es hätte nicht romantischer sein können, wenn wir es geplant hätten. Ich denke oft an diese Nacht." Nun, diese Nacht und die Nacht, bevor er weggegangen war – die Nacht, als ich schwanger wurde.

„Ich möchte an *diesem* Strand heiraten, Reagan. Er scheint perfekt für uns zu sein." Seine Augen funkelten, und ich wusste sofort, dass ich niemals in der Lage sein würde, einen anderen Mann so zu lieben, wie ich ihn liebte.

Arslan Dawson war unvergleichlich. „Du bist perfekt, Arrie. Und ich sollte mit Leichtigkeit in deine Arme sinken – und in dein Leben. Und ich würde es auch tun, wenn …"

Der Glanz verließ seine Augen, als er flüsterte: „Wenn du kein Kind hättest."

Ich nickte und war froh, dass er es verstanden hatte. „Ich bin Mutter, und das ist wirklich alles, was ich jetzt bin, außer Ärztin. Es gibt einfach keine Zeit für irgendjemanden oder irgendetwas in meinem Leben. Es tut mir leid, Arrie. Wirklich. Das ist nicht der richtige Zeitpunkt für mich, um mich mit jemandem einzulassen. Nicht einmal mit dem besten Mann der Welt."

„Also ist mich zu lieben nicht Grund genug, mir die Chance

zu geben, dir zu beweisen, dass es funktionieren kann?" Er
starrte in meine Augen, und ich spürte ihn in meiner Seele.

Arrie und ich waren bereits auf eine der tiefsten möglichen
Arten verbunden – nur wusste er das nicht. Und trotzdem wollte
er mich und den Sohn, den ich vor ihm versteckt hatte. Aber ich
wusste, dass sich alles ändern würde, wenn er die Wahrheit
erfuhr.

„Manchmal ist Liebe nicht genug, Arrie."

9

ARSLAN

Reagans Argument ergab für mich keinen Sinn. „Viele alleinerziehende Mütter haben Beziehungen. Ich weiß, Arzt zu sein beansprucht mehr Zeit als die meisten Karrieren, aber das können wir ändern. Es liegt ganz bei uns, wie viel Zeit wir mit der Arbeit verbringen. Wir können die Dinge langsamer angehen, wenn du willst."

Ihre Brust hob sich bei einem schweren Seufzer. „Arrie, bring mich bitte nach Hause. Zu meinem Zuhause. Ich möchte nicht die ganze Nacht mit dir über Zeit, Kinder, alleinerziehende Mütter oder andere Dinge streiten, bei denen wir uns sicher nicht einig sind."

„Also kommst du nicht einmal für eine Weile in mein Hotelzimmer?", fragte ich, nur um sicherzugehen. „Weil ich mich seit dem Moment, als ich meine Augen auf dich gerichtet habe, nach dir sehne. Und beim Abendessen war ich die ganze Zeit hart für dich."

Sie lachte, während sie den Kopf schüttelte. „Denkst du nach allem, was ich gesagt habe, wirklich immer noch, wir können unverbindlichen Sex haben?"

Ich wusste, dass wir nicht einfach Sex haben und es dabei

belassen könnten. Diese Sache zwischen uns war tiefer als das. „Sagen wir einfach, ich denke, wenn du mich an dich heranlässt, wirst du erkennen, dass wir all diese anderen Dinge schaffen können, und dann lässt du mich in dein Leben."

„Ich habe Angst, dass du damit recht hast", gab sie zu. „Und genau deshalb kann ich das nicht. Bring mich einfach nach Hause. Bitte."

Nachdem ich in dieser Nacht zumindest mein Ziel erreicht hatte, sie dazu zu bringen, sich meine Pläne anzuhören, startete ich das Auto wieder und verließ das Parkhaus. „Also, wo wohnst du?"

„Nur ein paar Blocks vom Krankenhaus entfernt. Fahre in diese Richtung, und ich weise dir den Weg." Sie schaute aus dem Fenster und dann zurück zu mir. „Und nur weil du jetzt weißt, wo ich wohne, heißt das nicht, dass du ohne Einladung vorbeikommen kannst. Verstanden?"

Sie lebte mit diesem Kind so zurückgezogen. „Du musst mehr raus, Reagan. Das ist kein gesunder Lebensstil für dich oder deinen Sohn. Du solltest nicht dein ganzes Leben um ihn herum aufbauen und alles andere abblocken. Er braucht mehr als nur Mom, Grandma, Grandpa und die Nachbarn."

„Er hat mehr. Er hat seinen Lehrer, seine Freunde in der Vorschule und sogar den Trainer, für den er Tee-Ball spielt." Sie lächelte, als ob ich mich darüber freuen sollte.

Aber das tat ich nicht. „Also kannst du dir Zeit für all diese Leute nehmen, aber nicht für mich?"

Mein erster Gedanke, dass ich der Vater ihres Sohnes sein könnte, schwand mit jedem Tag mehr. Zwischen Reagan und mir war immer noch etwas. Wenn dieser Junge von mir wäre, dann hätte Reagan es mir inzwischen definitiv gesagt.

Ihre Ausweichmanöver und ihr Widerstand mussten von etwas anderem herrühren. Vielleicht erinnerte sie meine Anwesenheit daran, dass sie mit jemand anderem geschlafen hatte, nachdem wir uns getrennt hatten. Aber das war kein Verbrechen oder eine Sünde gegen unsere Beziehung oder dergleichen.

Wir hatten uns getrennt und damit beide die Freiheit gehabt, Dinge mit anderen Leuten auszuprobieren. Ich konnte nicht einmal im Entferntesten wütend darüber sein, dass sie mit anderen Männern zusammen gewesen war oder mit einem von ihnen ein Baby gehabt hatte. Aber vielleicht war sie wütend auf sich selbst.

Sie deutete auf den Eingang eines Apartmentkomplexes und sagte: „Halte dort an. Ich wohne in der ersten Apartment-Einheit. Parke vor Nummer acht."

Ich hielt an und parkte das Auto. „Ich begleite dich hinein."

„Nein!" Ihre Hand ruhte auf dem Türgriff. „Das schaffe ich allein."

„Was ist dein Problem, Reagan?" Das sah ihr überhaupt nicht ähnlich. „Hier ist niemand, der uns beobachtet. Warum kann ich dich nicht hineinbegleiten? Ich werde dich zu nichts zwingen. Das weißt du doch." Dann kam mir ein Gedanke. „Oder hast du Angst, dass du dich nicht von dem abhalten kannst, was wir beide so verzweifelt wollen?" Ich sah sie mit einem hoffnungsvollen Grinsen an.

Sie verdrehte ihre grünen Augen. „Komm schon, Arrie."

Ich verstand das so, dass sie nun doch beschlossen hatte, mich einzuladen, also öffnete ich meine Tür. „Okay, ich bin froh zu sehen, dass du zur Vernunft gekommen bist."

Sie packte mich am Arm und hielt mich im Auto. „Nein! Ich habe das anders gemeint – nicht so, wie du denkst."

Jetzt wurde ich wirklich frustriert. „Warum willst du mich nicht in deinem Zuhause haben, Reagan?" Was könnte sie dort verstecken? „Hast du etwas da drin, das ich nicht sehen soll?"

„Nein." Aber ihre Augen wichen meinen aus, und ich dachte, ich könnte recht haben. „Ich will nur reingehen und

mich ins Bett legen, aber ich weiß, dass du das nicht zulassen wirst."

„Ich würde dich liebend gern ins Bett bringen." Ich griff nach ihrer Hand, aber sie presste sie eng an ihren Körper, damit ich sie nicht zu fassen bekam.

„Arrie, all diese Berührungen helfen mir nicht. Das habe ich dir schon einmal gesagt. Es tut mir leid, aber das ist eine schreckliche Idee." Sie fuhr mit den Händen über ihre Arme, als wäre ihr kalt. „Ich muss reingehen. Es ist zu kalt, um die ganze Nacht hier zu sitzen. Danke für die Heimfahrt. Bis morgen bei der Arbeit."

Ich musste etwas klarstellen. „Wenn meine Berührungen dich krank machen, dann kannst du mir das einfach sagen und mit diesem Mist aufhören."

Ihr klappte die Kinnlade herunter. „Arrie! Du weißt, dass das nicht stimmt."

Ich wusste, dass meine Berührungen sie nicht krank machten. Ich wollte nur etwas tun, um sie zu ärgern und an den Punkt zu bringen, an dem sie ehrlich zu mir und sich selbst war. „Ich habe das Gefühl, du hegst eine Abneigung gegen mich, aber du willst es nicht eingestehen. Ich gebe zu, es würde weh tun, aber ich würde zumindest wissen, warum du so bist."

„Ich mache das wegen meines Sohnes, Arrie. Verdammt!" Jetzt sah sie sauer aus. „Weißt du was? Du hast keine Ahnung, was es bedeutet, Eltern zu sein."

„Dann zeige es mir, Reagan. Dein Sohn hat keinen anderen Vater in seinem Leben. Ich habe dir gesagt, dass ich für dich und ihn da sein möchte. Trotzdem stößt du mich immer noch weg." Zumindest bedeutete der Streit, dass wir uns intensiver über ihre Probleme unterhalten konnten und nicht so höflich miteinander umgehen mussten.

„So machen das andere Leute nicht, Arrie. Sie lassen nicht einfach einen alten Freund bei sich einziehen und sagen ihrem

Kind, dass es einen neuen Vater hat. Wir sind bereits eine glückliche Familie. Wir brauchen keine Veränderungen." Bei ihrer Wut musste ihr heiß geworden sein, weil sie ihre Jacke auszog. „Kannst du dir vorstellen, von deiner Mutter gesagt zu bekommen, dass jemand beschlossen hat, deinen Dad zu spielen?"

Ich wusste mehr darüber, als ihr klar war. „Ich denke, du hast mir vorhin nicht besonders gut zugehört. Ich habe dir gesagt, dass meine Mutter den besten Freund meines Vaters nur sechs Monate nach seinem Tod geheiratet hat. Also ja, das kann ich mir vorstellen, denn genau das ist mir passiert. Mom kam mit Bill an ihrer Seite zu mir und erzählte mir, dass er jetzt für uns da sein würde und dass ich mir keine Sorgen machen müsse, weil mein Vater weg ist. Also musst du mir nicht erklären, wie ich mit deinem Sohn umgehen soll. Mir ist bewusst, wie sich das als Erwachsener anfühlt. Ich kann mir den Schmerz und die Verwirrung ausmalen, die ein kleines Kind empfinden würde."

Plötzlich wurden ihre grünen Augen weich, und sie streckte die Hand nach meiner Schulter aus. „Oh Gott, Arrie. Es tut mir leid. Ich habe zugehört. Ich hatte es einfach vergessen. Das ist nicht leicht für mich. Ich weiß, dass du meinen Sohn niemals in eine solche Position bringen würdest. Aber ich muss ihn an die erste Stelle setzen. Über meine eigenen Bedürfnisse und Wünsche."

„Also bin ich ein Bedürfnis und ein Wunsch, den du dir für deinen Sohn verweigern wirst?", fragte ich und zog meine Schulter weg. „Reagan, du weißt, dass Paare auf der ganzen Welt es schaffen, ihre Familien zusammenzubringen, oder? Es ist nicht unmöglich. Ich bin nicht derjenige, der deinen Sohn zu einem Hindernis macht – du bist diejenige, die darauf besteht, dass er ein Problem ist. Und das lässt mich denken, dass du etwas versteckst."

„Das tue ich nicht!", rief sie etwas zu laut. „Was könnte ich verstecken, Arrie?"

„Ich weiß es nicht! Und du willst es mir nicht sagen! Vielleicht hast du Skye gesagt, dass du niemals einen anderen Mann als Ersatz für seinen miesen Vater, der dich verlassen hat, nach Hause bringen wirst." So seltsam das auch klang – ich hatte schon Dinge gehört, die genauso verrückt waren.

„Darüber weißt du nichts." Sie zog ihre Jacke wieder an. „Und ich bin es leid, mit dir zu diskutieren."

„Ich bin es auch leid, Reagan. Wie lange soll ich noch für das kämpfen, von dem ich weiß, dass wir beide es wollen? Wie lange soll ich noch versuchen, dich dazu zu überreden, wieder eine normale Beziehung mit mir zu haben?" Ich hatte keine Ahnung, wann ich die Idee von uns beiden ein für alle Mal loslassen würde, aber ich wusste, dass ich nicht für immer daran festhalten konnte.

„Tu einfach das, wofür du hergekommen bist. Kümmere dich um deinen Freund und fliege dann zurück nach Minnesota. Die Mayo-Klinik zu verlassen wäre ein großer Fehler. Du würdest eine angesehene Position und so viele zukünftige Karriere-Chancen wegwerfen, Arrie." Sie sah mich an, als könnte sie das einfach nicht zulassen.

Ich war verwirrt. Reagans Grund dafür, warum wir nicht wieder zusammen sein konnten, änderte sich ständig. Erst war es ihr Sohn, dann war es die Entfernung und als Nächstes war es meine Kündigung bei der Klinik. Ich wurde das seltsame Gefühl nicht los, dass sie nach Strohhalmen griff.

„Sagst du mir jetzt endlich die verdammte Wahrheit? Warum willst du es nicht versuchen, Reagan Storey? Ich möchte nur die Wahrheit aus deinem Mund hören. Dann kann ich vielleicht aufhören, darüber nachzudenken, wie deine Lippen früher wie Satin über meine Haut gestrichen sind. Wie sie sich früher so leicht küssen ließen, dass ich immer wieder erstaunt war."

Schwer atmend sah sie mich mit etwas in ihren Augen an, das ich nur als Angst beschreiben konnte. „Wirf mir nicht vor, dass ich lüge. Bitte."

„Was kann ich sonst noch sagen?" Ich hatte keine Ahnung. „Es fühlt sich an, als ob du nicht ehrlich zu mir bist oder etwas vor mir versteckst."

„Du solltest aufhören, an mich zu denken, und dich daran erinnern, warum du in Seattle bist. Du bist nicht meinetwegen hergekommen", sagte sie. „Ich habe dich nie gesucht, obwohl es ziemlich einfach gewesen wäre. Und du hast mich nie gesucht. Es ist reiner Zufall, dass wir dieses Gespräch führen. Und wie bisher werden uns unsere Karrieren immer wieder auseinanderreißen. Vergib mir, dass ich meinen Sohn nicht in diese Sache hineinziehen will. Aber vergib mir am meisten dafür, dass ich nicht wieder erleben möchte, wie ich dich verliere. Arrie, es hat mich fast umgebracht, dich zu verlieren. Du hast keine Ahnung. Ich kann das nicht noch einmal durchmachen. Und ich kann nicht zulassen, dass mein Sohn es durchmacht."

Nichts, was ich zu ihr gesagt hatte, war in ihrem Gehirn angekommen. Und ich wusste, dass an ihrem Gehirn nichts falsch war – sie war brillant. „Irgendetwas stimmt hier nicht, Reagan. Bis du mir sagen kannst, was das ist, haben wir wirklich nichts mehr zu besprechen, oder?"

Sie tastete erneut nach dem Türgriff. „Du hast recht. Und ich bin fertig damit, über diese Sache zu reden. Deine Träume für uns sind schön. Leider werden sie nicht funktionieren. Nicht für mich. Ich habe meine Gründe, und ich habe sie dir ausführlich erklärt. Ich hoffe, wir können gemeinsam unseren Patienten behandeln, ohne dass diese Sache zwischen uns kommt. Gute Nacht." Sie stieg aus dem Auto und ging zu ihrer Wohnung.

Ich stieg ebenfalls aus und rannte los, um sie einzuholen.

„Lass mich dich zu deiner Tür begleiten. Ich möchte nicht, dass jemand denkt, dass sich niemand für dich interessiert."

„Niemand beobachtet mich, und niemand wird so etwas denken. Ich führe ein ruhiges Leben, Arrie." Sie steckte ihren Schlüssel in das Schloss und drehte ihn um. Dann ging sie hinein, verriegelte die Tür und schloss mich von allem aus – ihrem Zuhause und ihrem Leben.

10

REAGAN

Zitternd vor Angst, Frustration und einem Selbsthass, der alles andere überschattete, lehnte ich mich gegen die Tür und wusste, dass Arrie auf der anderen Seite stand, zutiefst verwirrt und möglicherweise auch verletzt.

Ich schaltete das Licht ein und schaute mir die diversen Fotos unseres Sohnes an, die ich stolz im Wohnzimmer und auf beiden Seiten des Flurs aufgehängt hatte. Ich hätte Arrie nicht hereinlassen können, ohne mein Geheimnis preiszugeben.

Als er mich beschuldigte, etwas zu verstecken, brachte mich der Blick in seinen Augen fast um. Wenn er wirklich wüsste, was ich versteckt hatte und wie ich jahrelang gelogen hatte und es immer noch tat, würde er mich hassen.

Das wusste ich jetzt ganz genau. Und ich wusste, dass ich das nicht ertragen könnte. Er hatte mir die perfekte Gelegenheit für ein Geständnis gegeben, aber ich konnte es einfach nicht – nicht, nachdem ich seine Träume für uns gehört hatte. Nicht, während ich in seine schönen Augen blickte, die ich mehr als alles andere für den Rest meines Lebens betrachten wollte.

So mit ihm zu streiten hatte mich erschüttert. Arrie und ich waren gut miteinander ausgekommen, als wir zusammen waren. Unsere Auseinandersetzungen damals waren albern gewesen. Zum Beispiel, wer für die Pizza bezahlen würde, die wir ab und zu bestellten. Er hasste es, mich für irgendetwas bezahlen zu lassen.

Und einmal hatten wir uns gestritten, weil ich uns zum Big Bear fahren wollte, um dort den Tag zu verbringen. Er hatte behauptet, mein Fahrstil mache ihm auch so schon Angst. In meinem kleinen Subaru Forrester einen Berg hochzufahren, hatte sich für ihn wie eine Horrorshow angehört.

Ich lächelte, als ich an diese Zeiten dachte, und ging durch meine Wohnung, um alle Fotos abzunehmen und auf dem Sofa zu stapeln. Die Idee, die Bilder zu verstecken, erschien mir am klügsten.

Ich wusste nicht, wie ich es dem Mann jetzt erklären sollte. Vielleicht könnte ich warten, bis er die Stadt verließ, und ihm dann eine E-Mail oder einen Brief schicken. Oder vielleicht würde er einfach irgendwann bei mir auftauchen, jetzt, da er wusste, wo ich wohnte. Und wenn er vorbeikam, wenn ich nicht zu Hause war, könnte es sein, dass Mom oder Phyllis ihn hereinließen.

Nachdem alle Bilder von den Wänden entfernt waren, legte ich sie oben in meinen Schrank. Er müsste wie verrückt schnüffeln, um sie zu finden, und Arrie war nicht so.

Tief in meinem Inneren war ich von unserer Auseinandersetzung völlig erschüttert. *Werde ich für immer allein leben?*

Ich konnte mir keinen anderen Mann als Arrie für mich vorstellen. Wäre es am Ende all das wert? Eine Liebe wie unsere zu verlieren?

Und was war mit Skye? War es fair ihm gegenüber, seinen Vater noch einen Moment länger aus seinem Leben fernzuhalten? Vor allem jetzt, da ich wusste, dass Arrie Vater werden wollte? Und wusste, dass er ein Vater für *meinen* Sohn sein wollte?

Ich schloss den Schrank, zog mich aus und fiel ins Bett. Mein Verstand war durcheinander, mein Körper war voller sexueller Frustration und mein Leben war in einem Zustand, der sich katastrophal anfühlte. Ich versuchte erfolglos einzuschlafen.

Wenn ich an die Träume dachte, von denen Arrie mir erzählt hatte – Träume, dass er und ich eine Familie gründen würden –, fragte ich mich, warum es mir immer noch so schwerfiel, mein Geheimnis preiszugeben.

Als ich wieder darüber nachdachte, wie ich mit Arrie klarkommen könnte, tauchte eine weitere Angst in mir auf. Er könnte so sauer auf mich sein, dass er versuchen würde, mir Skye wegzunehmen.

Er hatte genug Geld, um sicherzustellen, dass er unseren Sohn bekam. Ich wusste nicht, ob Arrie so etwas tun würde, aber ich kannte den Mann nicht mehr so gut wie früher. Ich hatte versucht, ihm zu sagen, dass er die Frau, die ich geworden war, auch nicht kannte, aber er schien mir nicht zu glauben.

Trotz der Veränderungen, die sich in uns vollzogen hatten, wusste ich eines: Wir hatten beide Liebe in uns. Meine Liebe zu ihm war in den sechs Jahren, in denen wir getrennt gewesen waren, nie verschwunden. Es war eine Liebe, von der ich gedacht hatte, dass ich sie für immer in meinem Herzen behalten könnte.

Aber die Dinge liefen nicht so, wie ich es mir immer vorgestellt hatte. Ich hätte nie gedacht, dass Arrie mich wieder in seinem Leben haben wollte.

Ich hatte gedacht, ein Mann wie er – wunderschön, begabt, reich, mit sexuellen Talenten, die die Götter ihm gegeben haben mussten – wäre inzwischen verheiratet und hätte Kinder. Ich war erstaunt, dass er immer noch Single war.

Das Geräusch von etwas, das gegen mein Schlafzimmerfenster prallte, erschreckte mich. „Oh mein Gott, wirft er etwa Kieselsteine gegen mein Fenster?"

Ich blieb im Bett, lauschte und hörte es dann wieder. Also stand ich auf, ging zum Fenster und zog den Vorhang nur ein kleines Stück zurück. Als ich auf den Parkplatz hinausschaute, war Arries Auto nicht mehr da.

Ich konnte draußen nichts Ungewöhnliches erkennen – dort war niemand, der etwas gegen das Fenster hätte werfen können. Aber dann hörte ich etwas aus einem anderen Teil der Wohnung. Ich holte einen Bademantel aus meinem Schrank, bevor ich mich danach umsah, was diese Geräusche verursacht hatte.

Ich öffnete langsam meine Schlafzimmertür, lauschte und hörte etwas in Skyes Schlafzimmer auf der anderen Seite des Flurs. Ich öffnete die Tür, als ein weiterer Stein gegen das Fenster schlug.

Wut ließ mich durch den Raum rennen und den Vorhang aufreißen, um denjenigen zu stellen, der dachte, es sei in Ordnung, irgendetwas mit dem Zimmer meines Sohnes zu tun. Aber meine Augen fanden nur Büsche, die in dem Wind wehten, der plötzlich aufgekommen war.

„Ah, ein Sturm ist im Anmarsch." Ich erklärte mir die Geräusche damit, dass der Wind kleine Steine aufgewirbelt haben musste, und ging wieder ins Bett.

Das Seltsame war, dass ich solche Geräusche den Rest der Nacht nicht mehr hörte. Ich erwachte morgens bei strahlendem Sonnenschein, duschte und zog mich an, bevor ich ein Taxi rief, das mich zu dem Restaurant bringen sollte, wo ich mein Auto abholen würde, um damit zum Krankenhaus zu fahren.

Während ich auf die Ankunft des Taxis wartete, nutzte ich die Gelegenheit, einen Rundgang durch meine Wohnung zu machen. In der Nähe meines Fensters erregte ein Haufen kleiner Steine meine Aufmerksamkeit. Als ich die anderen Fenster inspizierte, sah ich einen weiteren kleinen Haufen in der Nähe von Skyes Fenster.

Vielleicht war es doch nicht der Wind gewesen, sondern gelangweilte Teenager. Ich hatte nach draußen geschaut und niemanden gesehen, aber drei Türen weiter gab es vier Teenager, die aussahen, als ob sie anderen gern Streiche spielten.

Das muss es gewesen sein.

Das Taxi kam und ich rief Mom auf dem Weg zu meinem Auto an. „Morgen, Mom. Wie hat sich Skye letzte Nacht geschlagen?"

„Großartig. Er ist eingeschlafen, nachdem er sich *Thanksgiving mit Charlie Brown* angesehen hatte", sagte sie. „Und wie war das Abendessen mit den Eltern deines Patienten?"

„Nun." Ich dachte, dies wäre ein guter Zeitpunkt, um ihr die Lage zu erläutern. „Der berühmte Arzt, den die Stones unbedingt haben wollten, ist ein alter Freund von mir von der medizinischen Hochschule. Kannst du das glauben?"

„Wow. Was für ein Zufall", sagte sie und wiederholte meine Gedanken, als ich Arrie zum ersten Mal wiedergesehen hatte. „Seid ihr beide euch wieder nähergekommen?"

„Nein." Ich hatte meinen Eltern nie den Namen von Skyes Vater gesagt. Ich hatte ihnen gesagt, dass es keine Rolle spielte und der Mann eine Zukunft hatte, in der ich keinen Platz hatte.

„Es tut mir leid, das zu hören." Ich konnte geradezu hören, wie die Räder in ihrem Kopf anfingen, sich zu drehen. Sie wusste, dass Skyes Vater jemand sein musste, den ich im Studium kennengelernt hatte. „Ist er es, Reagan?"

Ich fühlte mich noch nicht bereit, darüber zu reden, als versuchte ich so zu tun, als hätte ich nichts gehört. „Oh, nein. Mom, ich bekomme einen Anruf aus dem Krankenhaus. Wir sprechen später weiter."

Als ich den Anruf beendete, fragte ich mich, was ich meiner Mutter und meinem Vater sagen sollte. Ich wollte nicht, dass Arrie etwas über Skye erfuhr, bis ich bereit war, es ihm zu sagen. Aber bei dieser Geschwindigkeit war ich mir nicht sicher, ob

Arrie nicht zuerst bei mir auftauchen würde. In diesem Fall mussten meine Eltern wissen, dass Skye von ihm ferngehalten werden musste.

Mein Handy klingelte, und ich sah eine Nummer, die nicht darauf gespeichert war. Ich ging trotzdem ran. „Hier spricht Dr. Storey."

„Hatten Sie ein schönes Thanksgiving, Dr. Storey?", fragte mich ein Mann.

Ich blinzelte und hielt den Atem an, als ich die Stimme des Anrufers erkannte. „Mr. Haney?"

Er bestätigte seine Identität nicht. „Haben Sie den Feiertag mit Ihrem süßen kleinen Sohn verbracht, Dr. Storey?"

„Mr. Haney, ich weiß, dass Sie das sind. Ich weiß, dass Sie viel durchgemacht haben, aber Sie können mich nicht weiterhin anrufen." Der Mann hatte seine achtjährige Tochter fast ein Jahr zuvor verloren. Er hatte bereits seine Frau, die Mutter seiner Tochter, bei der Geburt verloren. Seine arme Frau hatte eine seltene Herzerkrankung gehabt, und ihr Herz hatte die Geburt nicht verkraftet. Noch schlimmer war, dass das Baby die genetische Herzerkrankung geerbt hatte.

Hypertrophe Kardiomyopathie ließ die Herzmuskulatur des kleinen Mädchens hart werden, wodurch es für ihr Herz immer schwieriger wurde, Blut zu pumpen. Sie war jahrelang auf der Transplantationsliste unseres Krankenhauses, aber das arme Kind war kurz nach seinem achten Geburtstag gestorben, während es auf ein passendes Herz wartete.

„Ja, ich habe viel durchgemacht, nicht wahr?", fragte er. „Der Verlust meiner Frau, dann acht Jahre später der meiner Tochter. Ich würde sagen, ich habe mehr durchgemacht, als ich jemals hätte durchmachen sollen. Und ich habe Ihnen für den Verlust meiner Tochter zu danken, nicht wahr, Dr. Storey?"

Er hatte mich sofort für ihren Tod verantwortlich gemacht.

„Sir, ich kann jetzt nicht mit Ihnen reden. Ihr Verlust tut mir

sehr leid. Ich bete jede Nacht für Ihre Tochter." Ich betete für sie
und den einen anderen Patienten, den ich in den letzten Jahren
verloren hatte. „Leben Sie wohl."

„Halt", sagte er, aber ich wischte über den Bildschirm, um
den Anruf trotzdem zu beenden.

Kurz nach ihrem Tod hatte er mich viel zu oft angerufen – er
hatte geweint, mir gedroht und um Verzeihung gebeten. Der
arme Mann brauchte Hilfe, weigerte sich aber, sie anzunehmen.
Ich hatte keine Ahnung, wann oder ob diese Anrufe jemals
enden würden, aber ich hatte gehofft, dass sie von selbst
aufhören würden. Ich wollte die Polizei nicht einbeziehen.
Nicht, wenn der Mann so viel durchgemacht hatte.

Als ich an meinem Auto ankam, sah ich einen Zettel unter
dem Scheibenwischer. Ich zog ihn heraus und stellte fest, dass
Arrie ihn dort hinterlassen hatte. Er musste hierher zurückge-
fahren sein, nachdem er mich in meiner Wohnung abgesetzt
hatte. Die Telefonnummer und die kurze Entschuldigung, die
auf dem Papier standen, ließen mich lächeln.

„Verdammt, warum muss er mein Herz so berühren?" Ich
stieg in mein Auto und speicherte seine Nummer in meinem
Handy, aber ich rief ihn nicht an oder schrieb ihm eine SMS.

Die Auseinandersetzung in der vorigen Nachte hatte drin-
gend benötigten Abstand zwischen uns gebracht. Ich könnte
ihm persönlich sagen, dass ich seine Entschuldigung annahm,
es zwischen uns aber nichts änderte. Aber schon als ich darüber
nachdachte, mit ihm persönlich zu sprechen, wurde mir flau im
Magen.

Es wäre am besten, wenn ich so wenig Kontakt wie möglich
mit Arrie hätte, während er noch hier war. Ich hoffte, dass der
Abstand in Zukunft dazu beitragen würde, die Dinge ein bisschen weniger kompliziert zu machen, wenn ich ihm schließlich
von Skye erzählte.

Mit diesen Gedanken kam ich im Krankenhaus an und

stellte sicher, dass Arrie nicht in der Nähe war, als ich nach Mr. Stone sah. Was ich fand, als ich in das Zimmer meines Patienten kam, schockierte mich. „Sie sind wach!"

Seine Eltern saßen neben ihm. Mr. Stones Vater lächelte. „Er hat seine Augen geöffnet. Er kann noch nicht sprechen oder schreiben, um mit uns zu kommunizieren, aber wir wissen, dass er es bald können wird."

Ich ging zu seinem Bett und hörte sein Herz ab. Ich fand einen stetigen Herzschlag, der mich strahlend lächeln ließ. Ich sah Mrs. Stone an. „Weiß Arrie schon Bescheid?"

Sie schüttelte den Kopf und sagte: „Er ist noch nicht hier gewesen. Ich hoffe, es geht ihm gut. Ich weiß, dass er Sie letzte Nacht nach Hause gefahren hat. Hat er erwähnt, dass es ihm nicht gut geht?"

Er hatte viel zu mir gesagt. Zu viel. Und deswegen hatte ich eine ziemlich gute Vorstellung davon, warum er nicht hergekommen war. „Ich werde ihn anrufen. Er wird hier sein wollen."

Als ich den Raum verließ, spürte ich eine schwere Last auf meinen Schultern. Ich hatte den Mann verletzt. Ich wollte ihn nie verletzen – ich hatte schrecklich schwierige Entscheidungen in meinem Leben getroffen, um dies zu vermeiden –, aber ich hatte es trotzdem getan.

11

ARSLAN

ein Herz schmerzte und mein Kopf war voller Ideen, was ich sonst noch tun könnte, um Reagan dazu zu bringen, mir und meinen Versprechungen zu vertrauen. Ich blieb am nächsten Morgen ihm Hotel, weil ich mich zu nichts aufraffen konnte. Wenn etwas mit Lannie war, würde mich das Krankenhaus anrufen. Ich sah kein Problem damit, mir Zeit zu lassen.

Der Streit mit Reagan hatte mir zugesetzt. Wir hatten uns auf der medizinischen Hochschule nie viel gestritten, und es fühlte sich schrecklich an. Zumal ihre Ausreden so fadenscheinig wirkten. Es war, als würde sie ihren Sohn als Schutzschild benutzen und so tun, als ob meine Anwesenheit im Leben des Jungen schädlich wäre.

Es musste eine Möglichkeit geben, sie dazu zu bringen, einzusehen, dass mein Engagement für sie und ihren Sohn alles nur besser machen würde. Auch mein eigenes Leben.

In den Jahren seit unserer Trennung hätte ich nie gesagt, dass ich einsam war. Aber ich musste zugeben, dass die Arbeit den größten Teil meiner Tage in Anspruch nahm. Gesellschaftliche Ereignisse waren selten – und im Allgemeinen waren es die einzigen Male, bei denen ich die Notwendigkeit sah, ein Date zu finden. Ich tat kaum jemals mehr, als zu arbeiten und dann nach Hause zu gehen.

Das Wiedersehen mit Reagan erinnerte mich an all den Spaß, den wir früher gehabt hatten. In jenen sechs Monaten hatten wir so viel mehr getan, als ich in den sechs Jahren, die seither vergangen waren, mit anderen Frauen getan hatte. Ich wollte das zurück. Ich wollte das aufregende Gefühl, das Reagan mir gab.

Mit Reagan konnte ich bei fast allem Spaß und Aufregung finden. Einmal hatte ich eine neue Pizzeria entdeckt, in der eine Gemüsepizza mit Zucchini serviert wurde, von der ich wusste, dass Reagan sie lieben würde. Ich plante also ein ganzes Date an diesem Ort, und ihr Lachen, als sie bemerkte, dass ich so viel Aufhebens um etwas so Kleines machte, hatte mein Herz zum Tanzen gebracht. Das Lachen von niemand anderem hatte diese Wirkung auf mich. Sie hob meine Laune auf unvorstellbare Weise.

Die Art, wie sie mich letzte Nacht ausgeschlossen hatte, hatte genau das Gegenteil bewirkt. Ich fühlte mich leer. Ich hatte immer noch nicht die Hoffnung verloren, aber ich hatte keine weiteren Ideen, wie ich sie dazu bringen könnte, mich wieder an sich heranzulassen.

Ich hatte nach dem Verlassen ihrer Wohnung bei ihrem Auto angehalten und eine Nachricht mit meiner Telefonnummer und einer kurzen Entschuldigung hinterlassen. In der Hoffnung, dass sie mich anrufen würde, behielt ich mein Handy in der Tasche des Bademantels, den ich trug.

Ich fühlte mich ein bisschen wie ein Idiot, weil ich auf den Anruf einer Frau wartete. Für mich war Reagan jedoch weit mehr als nur eine Frau. Reagan war *die* Frau für mich.

Wie sechs Jahre vergehen konnten, ohne dass ich es bemerkt hatte, war mir ein Rätsel. Also gab ich der Arbeit die Schuld daran. Als sie erwähnte, dass ich nie nach ihr gesucht hatte und umgekehrt, tat es weh. Es tat mir weh, dass ich sie verletzt hatte, indem ich nicht versucht hatte, sie zu finden.

Warum habe ich nie versucht, sie zu finden?

Reagan war von Zeit zu Zeit in meinen Gedanken aufgetaucht. Und sie kam mir bei meinen sexuellen Fantasien fast immer in den Sinn. Warum hatte ich mir nie die Zeit genommen, herauszufinden, ob ich sie aufspüren konnte?

Achselzuckend schaute ich aus dem Fenster in den kalten grauen Himmel und fragte mich, ob ich mich überhaupt anziehen sollte. „Wozu?"

Meine Tasche vibrierte und ich zog mein Handy heraus, um eine Nummer zu sehen, die ich nicht kannte. „Dr. Arslan Dawson."

„Arrie, ich bin es", antwortete ihre süße, sanfte Stimme.

„Reagan, es tut mir so leid." Ich wusste nicht, was ich sonst sagen sollte. „Es ist so schwer, dich wiederzusehen."

„Ja, ich weiß", flüsterte sie. „Arrie, ich nehme deine Entschuldigung an. Aber das muss aufhören. Ich hasse es, mit dir zu streiten. Das wollte ich nie. Aber ich kann nicht das sein, was du willst. Das ist allerdings nicht der Grund für meinen Anruf."

Verdammt.

„Okay, ich glaube, ich habe keine andere Wahl, als das zu akzeptieren." Ich wusste nicht, was ich zu diesem Zeitpunkt noch tun könnte. „Also, warum rufst du mich an? Und kann ich deine Nummer speichern?"

„Oh." Sie zögerte. „Nun, zu Arbeitszwecken, ja."

Ich biss die Zähne zusammen und wollte ihr sagen, dass das nicht genug war, aber ich schaffte es, meine Zunge im Zaum zu halten. „Okay."

„Arrie, ich habe großartige Neuigkeiten", sagte sie, und ich hörte das Lächeln in ihrer Stimme. „Dein Freund ist wach."

Ich brauchte eine Sekunde, um das zu verarbeiten. „Lannie ist wach?"

„Ja. Und seine Untersuchung hat mich sehr glücklich gemacht. Sein Blutdruck und seine Herzfrequenz sind ausgezeichnet. Du solltest ihn besuchen." Sie räusperte sich und fuhr dann fort: „Ich gehe jetzt sowieso nach Hause."

Ihre Worte ließen mich denken, dass der einzige Grund, warum sie wegging, darin bestand, mich zu meiden. „Ist das so, weil *ich* da sein werde, Reagan?" Ich wollte nicht, dass es so war.

„Nun, ja", bestätigte sie meinen Verdacht. „Arrie, es ist am besten, wenn wir viel Abstand zwischen uns haben."

„Du weißt, dass es nicht so ist, aber ich denke, ich kann nichts dagegen tun. Du weißt, dass das, was wir beide wollen, keine Distanz zwischen uns ist." Das Wissen, dass ich nicht wieder einen Streit anzetteln sollte, hinderte mich nicht daran, meinen Standpunkt zu verdeutlichen. „Ich kann nur daran denken, deinen nackten Körper an meinen zu drücken. Deine vollen Lippen auf meinen zu spüren würde mich zum glücklichsten Mann der Welt machen. Und ich habe das Gefühl, es würde dir genauso gehen."

„Das ist nicht hilfreich, Arrie." Sie seufzte schwer. „Mein Sohn ..."

Ich ließ sie nicht weitersprechen – ich hatte diese Ausrede schon oft genug gehört und sie wurde nicht überzeugender. „Hör auf, Reagan. Hör auf, diese Ausrede zu benutzen. Das ist alles, was es ist – eine verdammte Ausrede. Wenn du mich nicht mehr willst, sag es. Sei ehrlich und hör auf, dich hinter deinem Sohn zu verstecken."

„Ich verstecke mich nicht, und du machst mich wütend", schnaubte sie. „Du willst, dass ich dir etwas erzähle, das nicht wahr ist, damit du dir selbst eine Ausrede dafür ausdenken kannst, warum das mit uns nicht möglich ist. Ich werde dir nicht sagen, dass ich dich nicht mehr will, weil das eine Lüge wäre,

und wir beide das wissen. Hier geht es um meinen Sohn und
darum, dass ich weiß, wie stark sich das auf ihn auswirken wird.
Es liegt nicht an dir, Arrie. Ich habe seit seiner Geburt keine
einzige Beziehung gehabt."

„Warte", sagte ich verblüfft. „Es ist also fünf Jahre her, dass
du Sex mit jemandem hattest?"

„Ich werde das nicht mit dir diskutieren. Nimm meine Worte
und mach daraus, was du willst. Ich werde mit niemandem eine
Beziehung eingehen. Zumindest jetzt nicht. Ich muss gehen.
Komm und sieh nach deinem Freund, Arrie. Seinetwegen bist
du in Seattle." Sie beendete das Gespräch, als ich mit offenem
Mund dasaß.

Könnte es das sein, was die Frau die ganze Zeit vor mir versteckt
hat? Dass sie seit mir enthaltsam lebt und sich dafür schämt?

Jetzt hatte ich einen Grund, mich anzuziehen und ins Krankenhaus zu gehen, und ich beeilte mich, meinen alten Freund
wiederzusehen. Er lächelte mich schwach an, als ich in sein
Zimmer kam. „Mann, das ist das Beste, was ich seit langer Zeit
gesehen habe."

Seine Eltern saßen auf beiden Seiten des Bettes, aber ich
ging direkt zu Lannie und beugte mich vor, um ihn so gut wie
möglich zu umarmen, während sein schwer verletzter Körper
auf dem Bett fixiert war.

Gerald musste die Schachtel Taschentücher neben sich
Samantha geben, die zu weinen begonnen hatte. „Hier,
Schatz."

„Ich bin so froh, dass wir dich angerufen haben, Arslan",
wimmerte Samantha. „Bei eurem Anblick wird mir ganz warm
ums Herz."

Ich bewegte meinen Finger zur Mitte von Lannies Hand und
fragte: „Kannst du deine Hand für mich schließen?"

Er sah mir direkt in die Augen, als er versuchte, sich auf das
zu konzentrieren, was ich ihn gefragt hatte. Und nach einer

Minute schloss sich seine Hand um meinen Finger. Sein Vater sah die Aktion und rief aus: „Ja! Weiter so, mein Sohn."

Ich schaute in Lannies dunkelbraune Augen und nickte. „Dir wird es bald besser gehen, mein Freund. Ich werde bei jedem Schritt an deiner Seite sein. Ich hoffe, du wirst es nicht leid, mein Gesicht zu sehen."

Er bewegte seine Augen hin und her, und ich wusste, was er meinte, obwohl er es noch nicht sagen konnte. Obwohl Reagan sich so seltsam verhielt, machte Lannies Genesung mein Herz glücklich.

Nach einer gründlichen Untersuchung ließ ich Lannie schlafen und holte mir einen Kaffee. Dr. Kerr saß allein an einem Tisch, und ich ging zu ihm. Ich wollte sehen, ob ich von ihrem Kollegen Informationen über Reagan bekommen könnte. „Hey, Dr. Dawson."

„Arslan", sagte ich und nahm Platz.

Er nickte. „Ich bin Jonas."

„Gut." Ich nahm einen Schluck von meinem heißen Kaffee und stellte ihn auf den Tisch. „Jonas, was kannst du mir über Reagan erzählen?"

Mit einem wissenden Grinsen sagte er: „Wir arbeiten zusammen, seit das Krankenhaus eröffnet wurde. Sie ist eine fantastische Kardiologin. Und jetzt weiß ich, dass ihr beide zusammen studiert habt. Mehr weiß ich nicht über sie. Diese Frau ist sozial gesehen ein Buch mit sieben Siegeln."

Also sagte sie wahrscheinlich die Wahrheit über ihr nicht vorhandenes Sozialleben. „Was ist mit ihrem Sohn?"

„Was soll mit ihm sein?" Jonas zuckte mit den Schultern. „Ich weiß nur, dass sie einen hat." Er tippte auf den Tisch neben seiner Kaffeetasse. „Verdammt, ich weiß nicht einmal, wie er heißt oder wie alt er ist."

Zumindest hatte sie mir genug vertraut, um mir diese Dinge von Anfang an zu erzählen. Die Art und Weise, wie Reagan und

Jonas sich beim Abendessen verstanden hatten, hatte mir den Eindruck vermittelt, dass sie einander viel näher standen, als es tatsächlich der Fall war. „Also ist Reagan niemand, den du als Freundin betrachten würdest?"

Kopfschüttelnd grinste er. „Nein. Ich würde sie nicht als Freundin bezeichnen. Freunde reden über andere Dinge als die Arbeit. Ich meine, wir haben schon einige Dinge zusammen durchgemacht und reden auch manchmal darüber, aber wir unterhalten uns nie über Privatangelegenheiten."

Ich musste wissen, ob sie überhaupt Freunde bei der Arbeit hatte. „Weißt du, ob sie irgendwelche Freundinnen hat?"

Er tippte an sein Kinn, als er nachdachte. „Sie versteht sich gut mit allen, Arslan. Sie gibt nicht viele Informationen über sich preis, wenn überhaupt. Und ich habe sie noch nie mit jemandem rumhängen sehen. Soweit ich weiß, hat sie auch keine Dates. Ich habe gehört, dass sie zuerst Mutter und dann Ärztin ist. Und das war es auch schon."

Ich fand das traurig – das war ganz anders als die junge Studentin, die ich gekannt hatte. Sie hatte Freunde gehabt. Sie hatte Dinge gehabt, die sie mehr interessierten als ihr Medizinstudium.

Hatte die Schwangerschaft psychisch etwas mit ihr gemacht? Hatte dieses Arschloch, das sie verlassen hatte, ihr etwas gesagt, das sie glauben ließ, dass sie niemals jemanden im Leben des Kindes haben könnte?

Ich konnte mir so etwas vorstellen. Zumal Reagan sehr stur sein konnte.

Sie würde mir erzählen müssen, was zwischen ihr und dem Vater des Jungen passiert war. Wenn dieser Mann endlich Verantwortung übernehmen musste, würde ich alles tun, um dafür zu sorgen, dass er es tat. Der Junge hatte es verdient, seinen Vater zu kennen. Ich hatte angenommen, dass der Mann beschlossen hatte, sie zu verlassen, aber vielleicht war es tatsächlich Reagan gewesen, die ihn weggestoßen hatte.

Reagan tat alles, um mich von sich fernzuhalten, und sie liebte mich. Was würde sie da erst mit einem Kerl machen, mit dem sie geschlafen hatte, für den sie aber nichts empfand?

Natürlich würde sie ihn wegstoßen. Sie würde nicht den Rest ihres Lebens mit ihm zu tun haben wollen. Sie wollte nicht einmal ein paar Wochen lang mit mir zu tun haben, und wir hatten etwas fast Perfektes gehabt.

„Danke für das Gespräch, Jonas. Wir sehen uns." Ich stand auf, um zu gehen, blieb stehen und sah ihn an. „Ich denke darüber nach, hier im Saint Christopher's General Hospital anzufangen. Was denkst du, wie meine Chancen stehen?"

Lachend versicherte er mir: „Hervorragend. Es wäre schön, dich an Bord zu haben, Arslan."

Nickend ging ich davon und überlegte, wie ich mich Reagan Storey am besten annähern sollte. Wenn nicht zu ihrem Wohl, dann zum Wohl ihres Sohnes.

REAGAN

N achdem ich das Krankenhaus verlassen hatte, um Arrie nicht zu begegnen, ging ich zu meinen Eltern. Ich fühlte mich zu Hause nie ganz sicher vor einem Überraschungsbesuch von Arrie. Mom brachte mir eine Tasse heiße Schokolade, als ich am Küchentisch saß. „Hier, Schatz."

Dad und Skye spielten im Wohnzimmer, sodass ich mit meiner Mutter sprechen konnte. „Mom, ich bin bereit, dir von Skyes Vater zu erzählen."

„Er ist der Arzt, der gerufen wurde, um euren Patienten zu behandeln, nicht wahr?" Sie lächelte und war eindeutig stolz darauf, dass sie es herausgefunden hatte.

Nickend stellte ich die Tasse ab und verschränkte die Hände auf meinem Schoß. „Mom, ich habe diese Informationen so lange geheim gehalten, dass ich nicht weiß, wie ich sie jetzt öffentlich machen soll. Ich fürchte, er wird mich hassen."

„Erzähl mir von deiner Beziehung zu ihm." Sie stellte ihre Tasse ab und sah mich an, als wäre sie bereit, mein Leben zu reparieren.

Als ob es repariert werden könnte. „Wir haben uns verliebt, obwohl keiner von uns es laut aussprach. Wir wussten, dass es enden musste. Er machte am Ende des Jahres seinen Abschluss und ich musste noch drei weitere Jahre studieren. Wir waren uns einig, dass es am besten wäre, einander loszulassen, damit jeder das tun konnte, was er musste, ohne den anderen einzuschränken."

Sie hob eine Augenbraue und nickte. „Das war sehr reif von euch beiden. Und jetzt verstehe ich all die Tränen, als du im ersten Sommer von der medizinischen Hochschule nach Hause gekommen bist. Dein Herz war gebrochen, und der Mann, den du geliebt hast, war weg."

„Und ich wusste noch nicht einmal von der Schwangerschaft." Wenn ich an diesen schrecklichen Herzschmerz zurückdachte, musste ich zugeben, dass es jetzt fast genauso weh tat wie damals. „Mom, er will mich zurück. Er möchte, dass wir genau dort weitermachen, wo wir aufgehört haben. Er erwähnte sogar, dass wir in nicht allzu ferner Zukunft zusammenziehen und heiraten sollten. Und er möchte Skyes Vater sein."

Sie blickte auf und dachte einen Moment darüber nach, bevor sie mich wieder ansah. „Reagan, das scheint ein bisschen übereilt zu sein. Denkst du nicht?"

„Doch, natürlich." Ich nahm einen Schluck von der heißen Schokolade und wünschte mir, sie wäre etwas Stärkeres. Ich wollte nur eine Weile aufhören, mir den Kopf zu zerbrechen. Vielleicht würde das helfen. Einfach aufhören, an irgendetwas zu denken.

Mom tippte mit ihren langen Nägeln neben sich auf den Tisch, als sie laut nachdachte. „Okay, ihr beide hattet also eine Beziehung, die ihr einvernehmlich für eure Karrieren beendet habt. Und dann trefft ihr euch nach sechs Jahren wieder. Dieser Mann weiß, dass er dich in seinem Leben will, und ist sogar bereit, dein Kind anzunehmen. Ein Kind, das von ihm ist, was er aber nicht ahnt."

„Du hast es verstanden." Ich stellte die Tasse ab und wartete auf ihre weisen Worte.

„Ich denke, du weißt, was du tun musst, Reagan." Sie hatte einen Plan. „Du musst ihm die Wahrheit über Skye sagen und dann sehen, was passiert."

Das wollte ich nicht hören!

„Mom. Er wird mich hassen. Es würde mich zerstören zu sehen, wie er mich mit Hass in den Augen ansieht. Ich kann es einfach nicht." An ihrem stoischen Ausdruck konnte ich erkennen, dass meine Worte auf taube Ohren stießen.

„Alles, was ich von dir gehört habe, waren Dinge über *dich*. Nicht über Skye, nicht über diesen Mann, den du angeblich einmal geliebt hast." Sie musterte mich mit einem Blick, der in meine Seele eindrang, und fragte: „Liebst du ihn immer noch?"

Ich rang meine Hände auf meinem Schoß und nickte. „Mom, er ist der beste Mann der Welt. Und die Tatsache, dass ich ihm das angetan habe, beschämt mich zutiefst. Ich weiß, dass ich immer wieder darüber rede, wie sich die Dinge auf mich auswirken. Aber ich möchte diesen Mann nicht verletzen. Ich tue alles, um ihn nicht zu verletzen."

„Lass mich raten", sagte sie mit einem Augenzwinkern. „Du tust ihm ohnehin weh, indem du nicht mit ihm zusammenkommst. Und du machst das, damit er nichts über Skye erfährt. Und du weißt, dass das auch nicht das Richtige ist. Daher all diese Sorgen. Schau, wie du deine Hände verdrehst, Reagan. Du zerreißt dich, nur um ein Geheimnis zu bewahren, das kein Geheimnis mehr sein sollte."

„Ich kann nicht." Plötzlich wurde mir klar, dass ich diese beiden Wörter in diesem Gespräch mehr gesagt hatte als jemals sonst in meinem ganzen Leben.

Und meine Mutter, die diese Worte selbst nie sagte, hatte das ebenfalls bemerkt. „Das kannst du nicht? Seit wann? Schatz, du hast Medizin studiert, während du ein Baby aufgezogen hast. Du *willst* vielleicht nicht deinen Stolz herunterschlucken und diesem Mann sagen, dass du ihm sechs Jahre lang ein wichtiges Geheimnis vorenthalten hast, aber genau das musst du tun. Vielleicht möchtest du den Schmerz in seinen Augen nicht sehen – den Schmerz, den du ihm zugefügt hast –, aber genau das muss passieren."

Ich hasste es, wenn Mom recht hatte. „Aber es ist so schwer. Ich glaube nicht, dass ich die Worte sagen kann, Mom."

„Übe es, sie zu sagen, Reagan." Mit einem Augenzwinkern fragte sie: „Liebst du deinen Vater?"

Sie wusste, dass ich es tat. „Natürlich."

„Wenn ich getan hätte, was du tust, dann hättest du ihn nie gekannt. Und wie anders wäre dein Leben jetzt, wenn das passiert wäre?" Sie lächelte. „Darf ich dich daran erinnern, dass dein Vater dir die Idee, Ärztin zu werden, in den Kopf gesetzt hat, als du ein kleines Mädchen warst? Er hat dir die Arztausrüstung gekauft und dich seine Reflexe testen lassen."

„Dad hat mich immer in jeder Hinsicht unterstützt." Er hatte mich nicht dazu gedrängt, irgendetwas zu tun, sondern mir bei allem geholfen, was mich interessierte. „Und das macht es noch schwieriger, Mom. Skyes Vater hat starke väterliche Instinkte. Ich weiß, dass er wütend auf mich sein wird, weil ich ihn all die Jahre von seinem Sohn ferngehalten habe."

„Ja, vielleicht, Reagan. Und er hätte jedes Recht dazu, nicht wahr?" Mom war immer jemand gewesen, der die Dinge beim Namen nannte. „Aber das ist etwas, mit dem du dich auseinandersetzen musst. Du wirst damit fertig werden. Es wird nur noch schlimmer, je länger du damit wartest, es ihm zu sagen."

So sehr ich mich auf Arries Reaktion konzentriert hatte, wusste ich doch, dass sie nicht das Einzige war, was mich zurückhielt. „Mom, Skye könnte auch wütend auf mich sein. Wenn ich es ertragen muss, dass beide wütend auf mich sind, weiß ich nicht, wie ich damit umgehen kann. Abgesehen von dir und Dad sind sie die einzigen Menschen, die ich auf dieser Welt liebe. Von der Hälfte der Menschen, die ich liebe, gehasst zu werden, erscheint mir unerträglich."

Mit einem Seufzer griff sie über den Tisch und hielt meine Hände. „Reagan, dein Sohn liebt dich. Er wird dir vergeben. Und ich glaube nicht, dass es lange dauern wird. Wenn dieser Mann dich liebt – und ich nehme an, dass er es tut, denn wer zum Teufel bittet sonst jemanden nach so kurzer Zeit, ihn zu heiraten? –, dann wird er dir auch vergeben. Es kann etwas länger dauern, da er erwachsen ist, aber ich wette, er wird dir vergeben. Dann könnt ihr daran arbeiten, eine Familie zu werden. Sieht Skye ihm ähnlich?"

Nickend lächelte ich. „Er sieht fast genauso aus wie er."

„Wow, ein hübscher Arzt, Reagan. Du hast Glück." Sie sah auf, als Skye in den Raum rannte. Sie legte einen Finger an ihre Lippen und wir einigten uns stillschweigend darauf, nichts vor ihm zu sagen. „Was hast du vor, Skye?"

„Ich will draußen spielen, aber Grandpa sagt, es ist zu kalt für ihn." Er sprang auf meinen Schoß. „Mom, kannst du mich zum Spielen nach draußen bringen?"

Die Temperatur war gefallen, nachdem in der Nacht eine Kaltfront gekommen war. „Ich habe Angst, dass du krank wirst, wenn ich dich bei dieser Kälte rausbringe."

„Aber mir ist langweilig." Er kletterte auf den Stuhl neben mir, stellte sich darauf und sprang auf und ab.

„Oh nein, tu das nicht, Skye Storey!" Ich packte ihn und setzte ihn zurück auf meinen Schoß. „Du weißt es besser, als auf Möbel zu springen."

Seine Unterlippe ragte hervor, als er schmollte und die Arme vor der Brust verschränkte. „Deshalb will ich nach draußen gehen."

Mom legte den Kopf schief. „Weißt du, es wird die ganze

Woche sehr kalt sein. Könnte ich etwas empfehlen, um Skye zu helfen, die Wintertage zu überstehen, Reagan?"

„Was denn, Mom?", fragte ich und wusste, dass es auch ihr helfen würde, da sie ihn während seiner einwöchigen Vorschulferien beaufsichtigte.

„Du könntest ihm eines dieser Kindle-Geräte besorgen. Für Kinder gibt es eine Text-in-Sprache-Funktion. Damit kann er selbst Geschichten lesen." Sie nahm ihren eigenen Kindle vom Tisch neben sich und zeigte mir, wie es funktionierte.

Beeindruckt fragte ich Skye: „Was denkst du? Möchtest du so etwas? Ich kann dir ein paar Kinderbücher herunterladen. Würde das Spaß machen? Würde dich das unterhalten, solange es draußen kalt ist?" Ich kitzelte ihn und brachte ihn zum Lachen.

„Ja, Mom, das würde Spaß machen!" Er sprang von meinem Schoß und stellte sich vor mich. „Kannst du mir ein Buch über Piraten besorgen? Ich liebe Piraten. Ich will einer sein, wenn ich groß bin. Ich habe vergessen, dir zu erzählen, dass ich neulich beschlossen habe, Pirat zu werden. Und ich brauche einen Papagei, der auf meiner Schulter sitzt. Und eine Augenklappe."

Lachend konnte ich nicht glauben, wie schnell er von einem Cowboy zu einem Piraten geworden war. „Also muss ich dir kein Pferd und keine Kuh mehr besorgen? Jetzt sind es ein Papagei und eine Augenklappe?"

Nickend nahm er meine Hand und versuchte, mich hochzuziehen. „Ja. Und ein Schiff. Ein Pirat muss ein Schiff haben oder er ist nur ein Verrückter, der bunte Kleider trägt und überall einen Papagei dabei hat."

„Ah, ein Schiff." Ich stand auf und wusste, dass er und ich losmussten. „Kein Problem. Ich kaufe dir eins. Wen interessieren diese lästigen Studentendarlehen, die ich aufgenommen habe? Mein Sohn möchte ein Pirat sein, das hat Vorrang."

Skye legte seine Arme um mein Bein und umarmte mich

fest. „Ich bin froh, dass du meine Mutter bist und mich mehr liebst als deine Studentendarlehen."

Ich ertappte meine Mutter dabei, wie sie uns ansah. „Reagan, dein Sohn liebt dich. Das wird er immer tun. Und der Andere hoffentlich auch. Was auch immer passiert, du weißt, was das Richtige ist."

Ich strich mit meiner Hand durch Skyes dunkle, gewellte Haare und flüsterte: „Ich weiß, was das Richtige ist. Ich kann das Richtige tun." Ich musste mir Mut machen.

Skye hörte meine Worte. „Ist es das Richtige, in den Laden zu gehen und mir das Ding zu besorgen, das Grandma hat?"

„Ja." Ich nahm seine Hand. „Lass uns unsere Mäntel anziehen und dir einen Kindle besorgen. Dann kannst du lesen, bevor jemand in deiner Klasse auch nur die Hälfte der Wörter lernt, die du schon kennst."

Er reckte seine kleine Faust in die Luft und rief: „Ja! Ich werde ein Genie sein, genau wie meine Mom!" Skyes Gedanken wanderten schnell zu seinem Bauch. „Und können wir auf dem Heimweg Cheeseburger essen? Ich will schon den ganzen Tag einen."

Er hält mich für ein Genie?

Ich fühlte mich so weit von dieser Kategorie entfernt, dass es nicht einmal lustig war. Ein Genie hätte bereits herausgefunden, wie es mit meiner Situation umgehen sollte. Ich hingegen wusste immer noch nicht genau, wie ich das Richtige tun sollte.

Aber ich würde es tun müssen, so viel wusste ich. Und zwar bald.

Seine Idee für das Abendessen schien einfacher zu sein als das, was ich geplant hatte. „Sicher, wir können das tun, nachdem wir deinen Kindle gekauft haben." Es sah so aus, als wäre unsere Abendgestaltung damit entschieden.

13

ARSLAN

Nachdem ich den größten Teil meines Tages mit Lannie und seinen Eltern verbracht hatte, beschloss ich, zurück ins Hotel zu gehen. Ich legte meine Hand auf mein Telefon in der Tasche meines Kittels und schob es hin und her. Ich wollte Reagan anrufen, um sie zum Abendessen einzuladen.

Natürlich wusste ich, dass ich das nicht tun konnte. Aber die Versuchung war da. Und der Gedanke, sie zum Essen auszuführen, weckte in mir das Verlangen nach etwas, das wir im Studium oft zusammen gegessen hatten. Fettige Cheeseburger.

Die Frau an der Rezeption war nicht beschäftigt, also blieb ich stehen und fragte: „Wissen Sie, ob es hier einen guten Ort gibt, wo man einen herrlich fettigen Cheeseburger bekommt?"

Sie deutete auf den Ausgang und sagte: „Nach einem Häuserblock biegen Sie links ab. Wenn Sie drei Blocks weiterfahren, sehen Sie einen Burger-Laden namens *Tall Tales*. Er sieht fast aus wie eine Buchhandlung, ist es aber nicht."

„Seltsamer Name für einen Burger-Laden." Ich nickte. „Vielen Dank."

Die frische Luft traf mich, als ich das Krankenhaus verließ, und ich zog meine Jacke enger um mich. Ich war froh, dass ich mir die Zeit genommen hatte, den Arztkittel abzulegen und Jeans und einen Pullover anzuziehen, und eilte zum Parkhaus und zu meinem Mietwagen.

Wenn ich bleiben wollte, musste ich ein Auto kaufen. Und ich musste mich für ein Haus entscheiden. Je länger ich darüber nachdachte, desto mehr wusste ich, dass ich hierhergehörte.

Die Mayo-Klinik war vielleicht das beste Krankenhaus für Neurochirurgie in den USA, aber Neurochirurgen wurden überall gebraucht. Einschließlich des neuesten Krankenhauses in Seattle. Das Saint Christopher's General Hospital hatte noch keinen. Es war mir egal, wie hoch die Bezahlung war. Wir würden perfekt zusammenpassen.

Ich hatte das Gefühl, dass Reagan irgendwann zu mir zurückkommen würde. Sie und ich hatten das, was es brauchte, um eine Beziehung am Laufen zu halten. Sie musste nur über ein paar Dinge hinwegkommen. Zum Beispiel ihre Bindungsangst. Das musste der eigentliche Grund für ihre Weigerung sein, mir ihren Sohn vorzustellen. Ich konnte aber geduldig sein.

Henry zu behalten wäre auch klug. Er könnte ihren Sohn für uns zur Schule fahren und ihn abholen. Das würde ihre Eltern bei der Kinderbetreuung entlasten. *Ich wette, das würde ihnen gefallen.*

Als ich zu dem Burger-Laden fuhr, stellte ich fest, dass es keinen Parkplatz gab, also fuhr ich um den Block herum und parkte hinter ein paar Müllcontainern. Ich bezweifelte stark, dass irgendwelche Müllwagen um sechs Uhr abends hier vorbeifuhren. Jedenfalls an einem Freitag.

Ich ging zu dem Burger-Laden und trat ein. Die Türklingel ertönte. In dem langen, schmalen Gebäude saßen nur wenige Menschen.

Eine ältere Frau kam in einer mit Fett bespritzten schwarzen

Schürze hinter einer Wand hervor. „Willkommen bei *Tall Tales.*
Was kann ich Ihnen bringen?"

Die Speisekarte befand sich auf einer Tafel an der Wand
über ihrem Kopf. „Hi. Ich hätte gern einen doppelten Cheeseburger. Bitte mit Senf und Mayonnaise."

„Darf ich unsere Zwiebelringe als Beilage vorschlagen?",
fragte sie. „Sie sind hausgemacht."

„Hört sich gut an." Ich mochte gute hausgemachte Zwiebelringe. „Und ich sehe, dass Sie auch Shakes anbieten. Ich nehme
einen Erdbeer-Shake."

„Groß?", fragte sie.

„Mittel, bitte." Ich wollte es nicht übertreiben. Das Essen war
bereits kalorienreich und voller Fett – ich musste doppelt so
hart trainieren, bevor ich ins Bett ging.

Es geschah nicht oft, dass ich mich so gehenließ. Aber dieses
Verlangen würde erst dann verschwinden, wenn es befriedigt
war. „Verstanden. 15,35 Dollar", sagte sie.

Ich gab ihr einen Zwanzig-Dollar-Schein. „Behalten Sie den
Rest."

„Oh mein Gott!" Sie schien überrascht zu sein. „Vielen
Dank. Setzen Sie sich, wo Sie wollen. Ich bringe Ihnen Ihr
Essen, wenn es fertig ist."

Ich schaute auf die leeren Bücherregale, die an den Wänden
zu beiden Seiten des Restaurants standen. „Keine Bücher, hm?"

Sie drückte eine kleine Glocke, um meine Bestellung
weiterzugeben. „Nein, wir haben keine Bücher. Wir haben
dieses Gebäude übernommen, als die Besitzerin des Buchla-
dens nach Los Angeles gezogen ist. Sie hat ihre Bücher
mitgenommen."

Ich ging den ganzen Weg zum hinteren Teil des Raums und
nahm Platz. Hinten war es dunkler, und ich mochte die Anony-
mität. Ich sah mir die leeren Regale an und überlegte, wie schön
es wäre, sie mit Büchern gefüllt zu sehen. Vielleicht nicht, um

sie zu verkaufen, sondern damit die Gäste sie lesen konnten, wenn sie wollten.

Versunken in die Idee, die Regale zu füllen, bemerkte ich gar nicht, wie die ältere Frau an meinen Tisch kam. „Hier ist Ihre Bestellung."

„Vielen Dank. Hey, wenn jemand Bücher spenden würde, hätten Sie etwas dagegen, sie in die leeren Regale zu stellen?" Ich konnte nicht verhindern, dass die Idee aus meinem Mund kam.

„Wer sollte das tun?", fragte sie.

„Ich." Ich lächelte sie an. „Diese Regale sehen so aus, als müssten sie gefüllt sein. Ich glaube, die Leute würden kommen, um etwas zu essen und zu lesen. Ich kümmere mich um alles, wenn Sie es erlauben."

„Nun, das ist ein schöner Gedanke. Sind Sie neu in der Stadt? Ich habe Sie noch nie gesehen", sagte sie.

„Ich bin Dr. Dawson." Ich reichte ihr die Hand. „Als Neurologe weiß ich, dass das Gehirn viel Anregung und Stimulation braucht."

Sie verschränkte die Arme vor sich und wiegte sich auf den Fersen. „Sind Sie Arzt in diesem neuen Krankenhaus?"

„Ich bin gerade dort, aber nur vorübergehend. Ich betreue einen Patienten." Ich sah einen Funken in ihren dunklen Augen, der mir sagte, dass sie über mein Angebot nachdenken würde. „Aber ich werde sehen, ob ich dauerhaft bleiben kann. Es wäre mir eine Ehre, der Stadt zu helfen. Ich könnte mit einer Bücherspende für die Regale beginnen. Ich würde jemanden einstellen, der sich jeden Tag darum kümmert, dass alles ordentlich ist und die Regale abgestaubt werden. Es würde Sie nichts kosten, auch nicht die Zeit Ihrer Mitarbeiter."

Ihre Lippen verzogen sich zu einem Lächeln. „Ich mag Ihre Idee, Dr. Dawson." Sie legte ihre faltige Hand auf meine Schulter. „Wenn Sie ein fester Bestandteil des Krankenhauses und unserer Stadt werden, würde ich es begrüßen, wenn Sie Ihren Vorschlag umsetzen. Wenn Sie wissen, ob Sie bleiben oder nicht, sagen Sie Bescheid, und wir können loslegen."

„Großartig!" Ein Projekt zu haben machte mich immer glücklich. Eines zu haben, das das Gehirn der Menschen stimulierte, machte es noch besser. „Wer weiß, es könnte sogar Ihren Umsatz steigern."

„Das wäre mir nur recht." Sie zeigte auf die Wand hinter meinem Rücken. „Dahinter sind viele Quadratmeter, für die wir bezahlen, ohne Verwendung dafür zu haben. Wenn wir mehr Gäste hätten, könnten wir diese Wand herausnehmen und mehr Sitzplätze schaffen. Das wäre wunderbar."

Ich ergriff die Gelegenheit, um gesunde Ernährung zu propagieren. „Und wenn Sie ein paar gesunde Optionen auf Ihre Speisekarte setzen würden, könnten Sie auch die Lebensdauer Ihrer Kunden verlängern."

Mit einem Lächeln im Gesicht ließ sie mich wissen, was sie darüber nachdachte. „Eins nach dem anderen, Doc. Mein Enkel steht am Grill und wiegt dreihundert Pfund. ‚Gesunde Ernährung' ist nicht einmal in seinem Wortschatz."

„Nun, daran müssen wir arbeiten, nicht wahr?", sagte ich und nahm dann einen Bissen von dem Burger. „Oh, aber ein großes Lob für diesen Burger. Was für eine Sünde. Aber eine köstliche."

Sie verließ mich und rief mir zu: „Ich werde dem Koch Ihr Kompliment ausrichten, Doc. Und bitte zögern Sie nicht, mich Rosy zu nennen. Ich denke, wir werden eine lange und gewinnbringende Freundschaft haben. Sobald Sie sich entschieden haben, ob Sie bleiben oder nicht."

Mein Verstand schien diese Entscheidung bereits für mich getroffen zu haben, als ich immer mehr Samen in der Stadt pflanzte, die die Liebe meines Lebens ihr Zuhause nannte. Eine Stadt, in der wir bestimmt lange glücklich sein könnten.

Ich holte mein Handy aus der Tasche und suchte nach einer lokalen Immobilienfirma. Als ich eine fand, ging ich die Angebote durch und sah eine Menge verfügbarer Immobilien, die perfekt für uns wären.

Natürlich wäre ich für Reagans Meinung dankbar, da ich wollte, dass es auch ihr Zuhause war. Aber ich konnte eine Vorauswahl treffen. Wenn sie sah, dass ich hierblieb, würde sie vielleicht erkennen, dass es nutzlos war, weiter gegen das Unvermeidliche anzukämpfen.

Die Türklingel sagte mir, dass jemand hereingekommen war, und ich sah von meinem Handy auf, um eine Frau und ihr Kind zu entdecken, die zur Theke gingen. Als ich die Frau erkannte, huschte ein Lächeln über meine Lippen. „Reagan", sagte ich leise vor mich hin.

Und ihr Sohn auch. Sie hielt die Hand eines kleinen Jungen mit dunklem, welligem Haar. Ich hörte, wie Rosy sie begrüßte. „Hi. Was kann ich Ihnen heute Abend bringen?"

Der kleine Junge zog an ihrer Hand. „Mom, kann ich mich hinsetzen und mein neues Ding anschauen?"

„Sicher, setz dich hin, wo du willst", sagte Reagan. „Ich bringe das Essen, wenn es fertig ist."

„Okay." Der kleine Junge ging langsam nach hinten – auf mich zu. Er schaute auf einen Kindle, der in einer hellblauen Schutzhülle steckte, und setzte sich direkt gegenüber von mir in eine Nische.

Wir waren im wahrsten Sinne des Wortes einen Meter voneinander entfernt, sodass ich das Kind trotz des schwachen Lichts perfekt sehen konnte. Ich schaute auf Haare, die genau den gleichen dunklen Farbton hatten wie meine, und Augen, die so blau waren wie meine.

Reagan Storey, was hast du versteckt?

Obwohl ich normalerweise nicht mit Kindern sprach, die ich nicht kannte, konnte ich nicht widerstehen. „Hi."

Er sah zu mir auf, lächelte und zeigte mir, dass er einen Vorderzahn verloren hatte. „Oh, hi."

„Ist das ein Kindle, den du da hast?", fragte ich und dachte, es sei ein guter Anfang.

„Ja, Sir. Meine Mom hat ihn mir gerade gekauft. Ich kann damit Bücher lesen und anhören." Er drehte sich um und drückte auf eine Taste, die das Buch zum Leben erweckte. Eine Stimme las die Geschichte laut vor.

„Cool." Ich schaute zurück zu Reagan und dachte, was für eine großartige Mutter sie sein musste.

Nun, bis auf den Teil, wo es darum ging, ihrem Sohn seinen Vater vorzuenthalten.

„Ja", sagte er. „Ich liebe es jetzt schon. Und ich habe ein Piratenbuch bekommen. Ich will ein Pirat sein, wenn ich groß bin."

„Ein Pirat?", fragte ich, als ich ihn wieder ansah.

„Ja. Und Mom besorgt mir einen Papagei und eine Augenklappe." Er sah zurück auf sein Gerät. Dann hob er den Kopf und sah mich an. „Oh, und ein Schiff. Sie muss mir auch ein Schiff kaufen, denn Piraten brauchen eins."

„Natürlich", stimmte ich ihm zu. „Mein Name ist Arrie."

„Ich bin Skye." Er lächelte mich an und las dann weiter.

Ich schaute zurück zu Reagan, die uns immer noch den Rücken zuwandte. Ich beobachtete, wie Rosy ihr ein Tablett mit den Getränken und dem Essen gab, das sie bestellt hatte. Reagan drehte sich um und suchte nach ihrem Sohn.

Einen Moment sah sie mich direkt an. Dann fiel ihr Blick auf ihren Sohn, bevor sie mich wieder anstarrte und bemerkte, wie nah wir uns waren. Und dann fiel ihr das Tablett aus den Händen, die Getränke und das Essen flogen überall hin, und ihr stand der Mund offen.

Ertappt.

14

REAGAN

Was zum Teufel macht er hier?

Benommen wandte ich meinen Blick von Arrie ab, der nur wenige Meter von unserem Sohn entfernt saß. Die Limonade bildete eine Pfütze um meine Füße, Zwiebelringe rollten auf dem Boden herum und unsere Burger waren explodiert, was sie ungenießbar machte. „Verdammt!"

Die Frau rannte um die Theke herum. „Oh, ich werde das sauber machen und Ihre Bestellung erneut aufgeben."

„Das tut mir so leid. Und können Sie diesmal die Bestellung zum Mitnehmen machen?" Ich wollte nicht hier bleiben.

„Sicher", sagte sie, als sie sich bückte, um das Chaos, das ich angerichtet hatte, zu beseitigen. „Absolut kein Problem."

Als mein Herz immer schneller in meiner Brust pochte, versuchte ich, die Panikattacke zu stoppen und atmete tief durch. Dann machte ich mich auf den Weg zum hinteren Teil des Raums, um meinen Sohn zu holen – während ich versuchte, das Lächeln auf Arries Gesicht nicht zu bemerken.

Ich ging nicht ganz zu seinem Tisch, blieb stehen und streckte die Hand aus. „Komm schon, Skye. Ich muss unser

Essen zum Mitnehmen abholen." Ich bewegte meine Finger, damit er zu mir kam.

„Willst du nicht Hallo sagen, Reagan?", fragte Arrie mich. „Das ist ein bisschen unhöflich, findest du nicht?"

Es war sehr unhöflich, aber ich hatte andere Prioritäten – hauptsächlich, mich von dem Mann zu entfernen, der wahrscheinlich meine Panikattacke auslöste. „Ich habe einen Anruf erhalten, und wir müssen los. Ein Notfall."

Er grinste. „Du hast dein Handy nicht aus der Tasche genommen, Süße."

Offensichtlich hatte er mich beobachtet, seit ich hereingekommen war. Oder noch besser, seit *wir* hereingekommen waren. „Ich habe telefoniert, bevor wir hierhergekommen sind."

Er kniff die Augen zusammen und sah mich einen Moment an, bevor er an mir vorbeischaute. „Sie können ihre Bestellung hierher bringen, Rosy. Sie bleiben."

„Klar, Doc", rief ihm die Frau hinter der Theke zu.

„Du kennst sie?", fragte ich und blieb stehen. Ich wollte mich nicht setzen und ihm Zeit geben, mein Geheimnis herauszufinden.

„Ja." Er deutete auf die Sitzbank gegenüber meinem Sohn. „Nimm Platz, Reagan."

Meine Beine zitterten, und ich dachte, dass es nicht schaden würde, wenn ich mich hinsetzte. Er schien nicht aufzugeben. Und sobald ich saß, griff Arrie nach seinem Essen und rutschte neben mich, sodass ich zwischen ihm und der Wand war.

„Ähm, was machst du da?"

„Ich leiste euch Gesellschaft beim Abendessen." Er legte unter dem Tisch seine Hand auf mein Knie. „Ich wusste, dass du mich einladen würdest." Er nahm eine Haarsträhne und wickelte sie um seinen Finger. „Ich wollte dich und deinen Sohn ohnehin bitten, heute mit mir zu Abend zu essen. Seltsam, wie die Dinge manchmal ihren Lauf nehmen, hm?"

Wenn ich es nicht besser wüsste, würde ich denken, Arrie hätte das Ganze geplant. Da ich wusste, dass das unmöglich war, musste ich es auf mein Pech schieben. „Du Glückspilz."

Arrie nickte Skye zu, der nichts bemerkt hatte, weil seine Augen auf dem Kindle in seinen Händen klebten. „Also, Skye und ich haben uns schon kennengelernt, als du an der Theke beschäftigt warst."

„Großartig." Ich griff nach unten, um seine Hand von meinem Knie zu schieben. „Wir sollten wirklich gehen."

Gerade als ich das sagte, brachte die Frau namens Rosy unser Essen. „Hier, bitte." Sie lächelte Arrie an. „Ich habe mir erlaubt, den Burger des Jungen in Viertel zu schneiden. Ich habe das für meine Kinder immer gemacht. So ist es einfacher, ihn zu essen."

Arrie schien erfreut zu sein. „Danke, Rosy." Er griff in seine Tasche, als ich nach meiner Handtasche griff, um die Bestellung zu bezahlen. Aber er war schneller und ließ Geld in ihre Hand gleiten. „Hier. Das sollte reichen. Behalten Sie den Rest."

Ich wurde fast ohnmächtig, als sie einen Hundert-Dollar-Schein hochhielt. „Oh, danke, Doc!"

Ich starte Arrie finster an, als die Frau wegging, und flüsterte: „Ich hätte ihr auch mehr als die Essenskosten bezahlt, weil sie mein Chaos beseitigen musste, weißt du."

„Ich bin mir sicher, dass du das getan hättest", sagte er, wickelte dann die Strohhalme aus, die sie auf den Tisch gelegt hatte, und steckte einen in Skyes Limonade und den anderen in meine. „Also los."

Skye sah endlich von seinem Gerät auf. „Oh, das Essen ist da." Er legte den Kindle neben sich und nahm eines der Burger-Viertel in seine kleinen Hände. „Oh cool. Schau, Mom, sie haben ihn für mich geschnitten." Seine Augen wanderten zu Arrie. „Hey, Arrie, kennst du meine Mutter?"

„Ja. Ich bin auch Arzt", erklärte Arrie leichthin. „Sie und ich behandeln denselben Patienten im Krankenhaus. Außerdem sind wir zusammen zur medizinischen Hochschule gegangen – das war, bevor du geboren wurdest."

Skye nahm einen Bissen und sah mich an. Er kaute auf seinem Essen herum und sagte: „Er ist nett, Mom."

„Sprich nicht mit vollem Mund." Ich legte meinen Ellbogen auf den Tisch und stützte meinen jetzt hämmernden Kopf in meine Hand.

Skye bemerkte es viel zu schnell. „Keine Ellbogen auf dem Tisch, Mom."

Ich nahm ihn weg und nickte. „Du sprichst immer noch mit vollem Mund, Skye."

Er hob seinen kleinen Finger, um zu bestätigen, was ich gesagt hatte, und Arrie nutzte den Moment der Stille, um zu sagen: „Ich denke auch, dass du nett bist, Skye."

„Danke", sagte mein Sohn, nachdem er sein Essen heruntergeschluckt hatte. Er musterte Arrie und sagte dann: „Deine Augen sehen aus wie meine."

„Das denke ich auch", stimmte Arrie zu. „Tatsächlich scheinen wir auch die gleiche Haarfarbe zu haben." Er fuhr mit der Hand durch seine dichten, dunklen Wellen.

Ich sah Skye an und beobachtete, wie er das Gleiche tat. „Seltsam", hörte ich ihn flüstern.

Ich hatte das Gefühl, in eine Episode von *Twilight Zone* geraten zu sein, und versuchte, den Zauber zu brechen: „Mein Großvater mütterlicherseits hatte die gleichen Haare und Augen wie du, Skye. Es ist gar nicht so selten, dass dunkle Haare und blaue Augen zusammen vorkommen." Sicher, ich log, aber ich musste etwas tun, um ihre Vergleiche zu beenden.

Arrie stupste mich an der Schulter an und flüsterte: „Du hast einen bestimmten Typ, Reagan. Ich wette, Skyes Vater und ich könnten Zwillinge sein." Er sah mit einem Grinsen auf seinem

Gesicht tief in meine Augen, als könnte er meine Gedanken hören.

Er weiß Bescheid.

Meine Welt würde gleich zusammenbrechen. Arrie wusste, dass ich gelogen hatte, obwohl er ruhig und gelassen wirkte, was mich nur noch mehr erschreckte. Warum sollte er sich auch aufregen? Er konnte jetzt tun, was er wollte. Er hatte das Geld, um alles zu bekommen, was er wollte. Er konnte sich mein Kind nehmen, um die Zeit aufzuholen, die ich ihm gestohlen hatte.

Ich wollte nicht, dass er meine Nervosität sah, also tat ich mein Bestes, um so ruhig zu bleiben, wie er wirkte. Selbst wenn er so weit ging, seinen Arm um mich zu legen und meinen Sohn – okay, unseren Sohn – etwas zu fragen, was er nicht fragen sollte. „Hat deine Mutter jemals über mich gesprochen, Skye?"

Mein Sohn schüttelte den Kopf. „Nein."

„Das überrascht mich", fuhr Arrie fort. „Siehst du, sie und ich haben zusammen studiert. Wir sind sozusagen alte Flammen, weißt du?"

„Du meinst, meine Mutter war deine Freundin?", fragte Skye mit großen Augen.

Arrie nickte. „Ja. Wir waren verliebt."

Skye verzog das Gesicht. „Igitt! Mädchen stinken. Ich werde nie eine Freundin haben."

„Gut", sagte ich und beugte mich dann vor, um Arrie zuzuflüstern: „Bitte hör auf."

„Nein", flüsterte er zurück. Er sah wieder zu Skye. „Also, Kleiner. Deine Mutter hat mir gesagt, du spielst Tee-Ball."

„Ja." Skye nahm einen Schluck von seiner Limonade. „Ich bin ziemlich gut. Spielst du auch?"

„Nicht mehr", sagte Arrie. „Aber früher in der High-School. Ich wollte am College spielen, war aber zu beschäftigt. Deine Mutter war damals auch beschäftigt. Es ist nicht einfach, Arzt zu werden, und es kostet viel Zeit und Konzentration." Arrie sah mich an. „Nicht wahr, Reagan?"

Ich konnte sehen, was er tat – er versuchte herauszufinden, warum ich alles vor ihm geheim gehalten hatte. „Es braucht viel Zeit und immense Konzentration. Vor allem bei Praktika."

Arrie nickte und schaute dann zurück zu Skye, der gerade den Rest seines Burgers verschlungen hatte. Ich hingegen brachte keinen Bissen von meinem Essen herunter. Mein Magen hatte sich umgedreht. „Ich würde mir gern ein paar deiner Spiele ansehen, Kleiner. Lade mich bitte zum nächsten ein."

„Cool!" Skye strahlte Arrie an. „Mom, kannst du ihn einladen, wenn ich ein Spiel habe?"

„Okay." Ich spielte mit dem Strohhalm in meinem Getränk und fragte mich, was ich ohne Skye tun würde.

Selbst wenn Arrie ihn mir nicht komplett wegnehmen würde, müsste ich ihn teilen. Das bedeutete Wochenenden allein ohne meinen Sohn im Haus. Und dann würde es Ferien geben, in denen Arrie ihn bekam und ich nicht. Und schließlich ganze Sommer, die er bei seinem Vater verbringen würde.

Ich hatte keine Ahnung, warum Arrie seinen Arm um meine Schultern gelegt hatte. Wahrscheinlich wollte er mir zeigen, dass er mich jetzt besaß. Oder vielleicht wollte er mir den Hals umdrehen, und dies war das Nächstbeste, was er in der Öffentlichkeit tun konnte.

Ich wartete darauf, dass etwas Schreckliches geschah, aber das tat es nicht. Arrie machte seine Forderungen jedoch deutlich. „Reagan, denkst du, es wäre okay, wenn ich euch besuchen würde?"

„Oh, nicht heute Abend." Dafür war ich nicht bereit. Noch nicht.

Niemals.

„Es ist noch nicht spät. Ich bin mir sicher, dass Skye an Feiertagen nicht in die Vorschule geht." Arrie lächelte mich an, aber ich wusste, dass ich ihm nicht vertrauen konnte. „Bitte. Auf dem Weg zu euch besorge ich Eiscreme."

„Schokolade?", fragte Skye, bevor ich ein Wort sagen konnte.

Arries Augen wanderten zu seinen. „Wenn es das ist, was du willst, kann ich Schokoladeneis mitbringen, und wir können uns alle etwas im Fernsehen anschauen. Was sagst du?"

„Au ja!", verkündete Skye. „Mom, Arrie bringt Eis mit. Kannst du uns heiße Schokolade machen? Wir werden so viel Spaß haben! Darf ich den Film aussuchen?"

„Sicher, warum nicht?" Ich wusste, wann ich verloren hatte.

„Dann will ich *Peter Rabbit* sehen", entschied Skye schnell. „Es ist kein Cartoon, also werden Erwachsene es mögen. Aber es ist lustig, und Kinder mögen es auch."

„Wie nett von dir", sagte Arrie und griff dann über den Tisch, um ihm über die Haare zu streichen. „Was für ein tolles Kind du bist." Arrie sah mich an. „Du hättest uns schon vor langer Zeit bekanntmachen sollen, Reagan. Wir werden gute Freunde sein."

„Ja, Mom", stimmte Skye zu. „Ich mag Arrie. Du hättest mich deinem alten Freund schon lange vorstellen sollen."

„Ja, das kann ich jetzt sehen." Ich biss mir auf die Unterlippe, als ich versuchte, nicht in Tränen auszubrechen.

Arrie wusste jetzt von seinem Sohn, und er würde seinen Zorn für einen späteren Zeitpunkt zurückhalten, wenn Skye nicht hören konnte, wie er mich für das verurteilte, was ich getan hatte. Dann musste ich Skye erzählen, dass Arrie sein Vater war, und auch dieser Verurteilung ins Auge sehen.

Der Abend war schon eine Katastrophe, und ich wusste, dass es nur noch schlimmer werden würde. Für mich jedenfalls.

Skye und Arrie hatten sich schnell angefreundet. Genauso leicht war es Arrie und mir damals gefallen, uns ineinander zu verlieben. In gewisser Weise freute ich mich darüber, wie leicht sie es gefunden hatten. Andererseits hatte ich das Gefühl, dass ihre Kameradschaft sie gegen mich aufbringen würde. Immerhin war ich es gewesen, die sie die ganze Zeit auseinandergehalten hatte.

„Ich bin fertig, Mom", informierte mich Skye. „Können wir jetzt gehen?"

„Ja, können wir jetzt gehen, Reagan?", fragte Arrie. Er schaute auf mein Essen. „Sieht so aus, als hättest du sowieso keinen Hunger."

Was nützt es, zu essen, wenn ohnehin gleich alles zusammenbricht?

15

ARSLAN

Zu wissen, dass Reagan ein so großes Geheimnis vor mir verborgen hatte, hätte mich höllisch wütend machen sollen. Irgendwie tat es das aber nicht.

Ich ging mit Reagan und ihrem Sohn – unserem Sohn – nach draußen und brachte sie zu ihrem Auto. Skye sprang hinein und schnallte sich auf dem Rücksitz an. Ich beugte mich vor, um Reagan auf die Wange zu küssen, was sie erschrocken nach Luft schnappen ließ: „Nein!"

Ich fand ihre Reaktion merkwürdig und sagte nichts dazu. „Ich komme zu euch, sobald ich das Eis besorgt habe."

Skye rief vom Rücksitz aus: „Kannst du auch Sprühschlagsahne kaufen? Ich liebe sie!"

„Okay." Ich schloss Reagans Tür, nachdem sie sich hinter das Lenkrad gesetzt hatte. „Bis in ein paar Minuten, Baby."

Es fühlte sich großartig an, sie wieder so zu nennen. Die Wahrheit über Skye zu erfahren – und damit eine Antwort darauf zu bekommen, warum sie uns eine Chance verweigert hatte –, fügte irgendwie alle Teile auf eine Weise zusammen, mit der ich nie gerechnet hatte. Sie und ich würden sehr bald wieder zusammen sein – vielleicht sogar noch in dieser Nacht.

Nachdem ich das Dessert besorgt hatte, ging ich zu ihr und war froh zu sehen, dass das Licht auf der Veranda für mich eingeschaltet war. Das war die Reagan, die ich damals gekannt hatte. Sie stieß mich nicht mehr weg und legte Gott sei Dank kein kryptisches, unhöfliches Verhalten mehr an den Tag.

Dieser Mist war vorbei. Jetzt, da ihr Geheimnis keines mehr war, konnte all das enden. Ich verstand endlich ihr seltsames Verhalten, und das machte mich glücklich.

Kein Rätselraten mehr. Kein Versuch mehr, herauszufinden, wie ich sie dazu bringen könnte, zu realisieren, dass wir eine gemeinsame Zukunft hatten. Nichts mehr davon.

Ich läutete an der Tür und hörte Skye rufen: „Komm rein, Arrie."

Ich öffnete die Tür und sah Reagan nicht sofort. „Hey, Skye." Ich zog die Sprühschlagsahne aus der Tüte. „Ich habe sie bekommen."

Sein Lächeln ließ meine Brust anschwellen. *Verdammt, ich habe ein entzückendes Kind!*

Er ging auf mich zu und öffnete den Mund wie ein kleiner Vogel. „Schnell, gib mir etwas davon, bevor Mom es sieht."

Ich nahm den Deckel ab und gab ihm etwas von dem zuckerhaltigen Zeug, dann sah ich Reagan aus den Augenwinkeln. „Oh oh."

Skye schluckte, als sich seine Augen weiteten, dann rannte er durch den Flur davon. „Tut mir leid, Mom."

Sie wischte sich die Hände an einem Küchentuch ab und rief ihm zu: „Schon okay, Skye." Dann sah sie mich mit schmalen Lippen an. „Er tut so, als hätte ich ihn geschlagen oder so."

„Nein, nein." Ich ging in die Küche, woher sie gerade kam. „Wenn du mir zeigst, wo die Schalen stehen, mache ich uns Eisbecher."

Sie zeigte auf einen Schrank. „Da drin. Nichts für mich."

Sie hatte ihren Appetit verloren. Ich verstand warum, aber es gefiel mir nicht. „Weißt du, das ist nicht so schlimm ...“

Skye rannte in die Küche. Der Zucker wirkte bereits. „Kommt schon, Leute. Der Film beginnt gleich!“ Er zeigte auf die Dose mit der Schlagsahne. „Viel davon für mich, Arrie.“ Dann schoss er wieder hinaus.

Reagan sah ihn an und dann zurück zu mir. „Wir sollten nichts sagen, was er belauschen könnte. Bitte.“ Ihre Augen flehten mich förmlich an, was ich für eine so einfache Bitte völlig übertrieben fand.

„Einverstanden.“ Sie drehte sich zum Gehen um, und ich spürte die Traurigkeit, die sie ausstrahlte.

Vielleicht war die Schande, ertappt worden zu sein, für ihr Verhalten verantwortlich. Ich hatte keine Ahnung, was es für einen Menschen bedeuten konnte, so lange an einem Geheimnis festzuhalten. Im Restaurant hatte ich gehofft, dass sie sich tatsächlich erleichtert darüber fühlen würde, dass es endlich herausgekommen war. Aber was auch immer sie empfand, ich würde ihr helfen, darüber hinwegzukommen.

Alles, was wirklich zählte, war, dass wir jetzt wieder zusammen waren. Ich würde die verpasste Zeit aufholen. Und wir würden zusammen glücklich werden.

Alles hatte sich so entwickelt, wie es sollte. Ich würde immer einen Grund haben, nach Seattle zu kommen. Unser Sohn und die Frau, die ich nie aufgehört hatte zu lieben, hatten hier ihr Zuhause. Und es würde auch mein Zuhause werden.

Mit zwei Schalen voller Schokoladeneis mit Schlagsahne in der Hand ging ich zu ihnen. Skye hatte eine Decke auf dem Boden ausgebreitet und Reagan saß auf dem Sofa. Ich stellte eine Schale vor ihn. „Versuche, keine Sauerei zu machen, Kleiner.“

„Ich werde vorsichtig sein.“ Er sah mich mit Augen an, die genauso aussahen wie meine, und mein Herz machte einen

Sprung in meiner Brust. „Danke, Arrie. Ich bin froh, dass du gekommen bist."

„Ich auch." Ich zerzauste seine Haare und setzte mich direkt neben Reagan. „Wie wäre es mit einer kleinen Kostprobe, Baby?"

Sie schüttelte den Kopf und flüsterte dann: „Kannst du aufhören, mich so zu nennen?"

„Nein." Ich gab etwas Eis auf meinen Löffel und hielt ihn an ihre Lippen. „Nimm einen Bissen."

Ihre Lippen blieben fest geschlossen, und sie schüttelte den Kopf. Also nahm ich den Bissen und gab noch etwas mehr Eis auf den Löffel, als sie sagte: „Arrie, bitte ..."

Ich steckte den Löffel in ihren Mund und lachte. „Bitte was?"

Skye sah uns an und lachte ebenfalls. „Mom hat Schlagsahne auf der Wange."

Das musste passiert sein, als sie ihr Gesicht von dem Löffel abgewandt hatte. Ich wischte die Schlagsahne mit meinem Daumen weg und leckte ihn dann ab. „Mmmmhh."

Der Film begann und Skye drehte sich zum Fernseher um. Ich wandte meine Aufmerksamkeit Reagan zu und hielt ihre Hand, nachdem ich die Schale auf den Couchtisch gestellt hatte. Ich war satt von meinem Abendessen und hatte keinen Platz mehr, und sie wollte offensichtlich nichts essen.

Skye hatte recht gehabt – wir lachten den ganzen Film über wie verrückt, bis meine Wangen schmerzten. Es fühlte sich fast richtig an. Reagans Glück war das Einzige, was noch fehlte.

Sie lachte manchmal, weil sie nicht anders konnte. Meistens war sie jedoch schweigsam, zurückgezogen und nervös. Ich mochte es nicht und wusste, dass wir etwas dagegen tun mussten.

„Nun, kleiner Mann", sagte Reagan, als sie aufstand. „Zeit fürs Bett. Putze dir die Zähne, ziehe deinen Pyjama an und gehe in dein Zimmer. Ich komme und gebe dir einen Gute-Nacht-Kuss, wenn du mir sagst, dass du bereit bist."

Skye stand auf und hatte ein wenig trübe Augen – zehn Uhr musste weit hinter seiner normalen Schlafenszeit liegen. „Okay, Mom." Er machte ein paar Schritte und blieb dann stehen, um mich anzusehen. „Kommst du uns wieder besuchen? Das war der größte Spaß, den ich je hatte."

Ein Kloß steckte in meiner Kehle, als ich nickte. „Sicher. Ich hatte auch viel Spaß."

Reagans Augen wanderten zum Boden, als sie die Schalen mit dem geschmolzenen Eis aufhob und in die Küche ging. Ich stand auf und folgte ihr. Sie sah mich mit traurigen Augen an. „Er hat noch nie so viel gelacht. Er mag dich sehr."

„Ich möchte noch bleiben, damit wir reden können." Ich trat hinter sie und fuhr mit meinen Händen über ihre Arme. „Es gibt viel zu sagen."

Sie seufzte, aber wir hörten Skye rufen, bevor sie antworten konnte. „Komm, Mom. Ich bin müde."

Sie drehte das Wasser ab, trocknete ihre Hände mit einem Handtuch und ging dann weg. Ich spülte die Schalen aus und stellte sie auf ein Geschirrtuch neben dem Waschbecken.

Als ich zurück ins Wohnzimmer ging, sah ich, wie sie Skyes Zimmertür schloss und mit gesenktem Kopf zu mir kam. Ich nahm auf dem Sofa Platz, damit wir uns unterhalten konnten. Ich ergriff die Fernbedienung und schaltete den Fernseher aus, als sie vor mir auf die Knie ging.

Für einen kurzen Augenblick übernahm mein Schwanz die Kontrolle über mein Gehirn und ließ mich denken, dass sie mit einem überraschenden Blowjob direkt zum schönsten Teil des Abends übergehen wollte. Stattdessen waren Tränen in ihren Augen. „Bitte nimm ihn mir nicht weg, Arrie. Es tut mir leid, was ich euch beiden angetan habe. Aber ich kann nicht ohne

meinen Sohn leben. Ich weiß, dass du das Geld und das Recht
dazu hast, aber bitte nicht."

Einen Moment war ich sprachlos. „Ihn dir wegnehmen?"

Sie legte ihre Hände auf meine Beine. „Ich werde tun, was
immer du willst. Bitte, lass ihn bei mir bleiben. Ich weiß, dass du
mich hassen musst. Ich weiß, dass er mich hassen wird, wenn du
ihm sagst, dass ich ihn von dir ferngehalten habe. Aber ohne
ihn kann ich nicht glücklich sein."

Ich nahm sie bei den Armen und schüttelte sie leicht in dem
Wissen, dass ich sie beruhigen musste. „Reagan, ich werde ihn
dir nicht wegnehmen. Ich hasse dich nicht. Ich würde nur gern
verstehen, warum du das Gefühl hattest, ihn vor mir verstecken
zu müssen. Aber ich werde nichts tun, um den Jungen zu
verletzen – und es würde ihn verletzen, dich zu verlieren.
Außerdem liebe ich dich und würde dir niemals in irgendeiner
Weise schaden wollen."

Ungläubig schnappte sie nach Luft und schluckte schwer.
„Wie kannst du mich nicht hassen? Arrie, was ich getan habe,
war so falsch. Aber ich habe es getan, weil ich dachte, es sei das
Beste für dich. Für deine Karriere habe ich die Verantwortung
für unseren Sohn allein übernommen."

„Aber warum hast du das getan?" Ich musste es verstehen.
Ich wusste, dass es eine logische Erklärung geben würde, weil
die Frau, die ich kannte, immer logisch gedacht hatte.

„Es war mein Fehler. Ich habe dich in der letzten Nacht, als
wir zusammen waren, angelogen." Sie schluchzte und vergrub
dann ihr Gesicht in meinem Schoß. „Ich habe dir gesagt, dass
ich keinen Eisprung hatte, aber ich wusste es nicht genau."

„Ich verstehe." Aber ich musste mehr fragen. „Hast du
versucht, schwanger zu werden, Reagan? Und keine Lügen
mehr. Ich möchte nur die Wahrheit hören."

Sie schüttelte den Kopf und sagte: „Ich habe nicht versucht,
schwanger zu werden. Ich wollte dich nur einmal spüren – ohne

Kondom. Und dann haben wir einfach nicht aufgehört – wir hatten in dieser Nacht so oft Sex."

„Und als du herausgefunden hast, dass du schwanger warst, hattest du das Gefühl, dass es allein deine Schuld war?" Ich konnte sehen, warum sie das damals geglaubt haben könnte – sie war jung und konnte wahrscheinlich nicht klar denken.

„Und du hattest so viel zu tun." Sie wischte sich mit dem Handrücken über die Augen und verschmierte ihre Wimperntusche. „Irgendwann war es so lange her, dass ich nicht wusste, wie ich dir die Wahrheit sagen sollte, als ich dich schließlich wiedersah. Und ich habe dich nie gesucht, weil ich nicht wollte, dass mein Geheimnis herauskommt."

Ich verstand sie und nickte. „Baby, wir werden das durchstehen. Und du und ich werden unserem Sohn verständlich machen, warum du das getan hast. Wir überlegen uns etwas, damit er sich nie wieder fragen muss, warum du diese Wahl getroffen hast. Und bitte gib dir nicht die Schuld an der Schwangerschaft – wir waren beide klug genug, um die Risiken zu kennen, die wir eingegangen sind."

Sie sah erstaunt aus. „Würdest du das tun? Für mich? Die Frau, die dir fünf Lebensjahre deines Sohnes gestohlen hat?"

„Ich sehe das nicht so." Ich wusste noch nicht, wie ich es sah – ich wusste nur, dass ich nicht wütend war. „Ich bin nicht sauer, Reagan. Nicht mal ein bisschen. Es wäre fantastisch gewesen, mit euch zusammen zu sein, aber ich habe nicht das Gefühl, dass mir etwas vorgemacht wurde – ich habe das Gefühl, ein unglaubliches Geschenk erhalten zu haben. Ich bin so verdammt glücklich, euch beide zu haben, dass alles andere unwichtig erscheint."

Ich umfasste ihr Gesicht, küsste sie und schmeckte ihre salzigen Tränen mit dem Gefühl, die Dinge wären endlich wieder in Ordnung gekommen.

Ich hatte sie zurück. Und jetzt hatte ich auch einen Sohn.

Aber es gab noch viel zu klären. Ich zog mich zurück und fragte: „Willst du mich heiraten, Reagan?"

„Ich glaube nicht, dass jetzt der richtige Zeitpunkt dafür ist." Sie sah mich mit verängstigten Augen an.

Mein Kiefer verkrampfte sich, und Frustration stieg in mir auf. „Reagan, sagst du das, weil du nicht in mich verliebt bist? Oder gibt es einen anderen Grund? Weil ich möchte, dass du weißt, dass ich dir vergebe, was du getan hast. Aber wenn du versuchst, mich davon abzuhalten, unseren Sohn jetzt zu sehen, wenn du versuchst, mich davon abzuhalten, der Vater für ihn zu sein, der ich sein möchte, dann werden wir ein großes Problem haben."

„Ich wusste es!" Sie stand auf und starrte mich an. „Wenn ich dir nicht das gebe, was du willst, dann nimmst du ihn mir weg!"

Betäubt wusste ich einen Moment nicht, was ich sagen sollte. Aber ich dachte, ein Geständnis wäre alles, was ich tun konnte. „Ich liebe dich. Ich möchte ein gemeinsames Leben mit euch. Ich möchte mit dir verheiratet sein. Ich möchte mit euch zusammenleben."

„Und ich muss an Skye denken." Sie verschränkte die Arme vor der Brust. „Was du willst, ist einfach zu viel zu früh, Arrie. Kannst du das nicht sehen? Wir müssen die Dinge langsamer angehen. Um seinetwillen."

Ich sah das anders. „Ich verstehe nicht, warum. Ich bin nicht sauer, aber jetzt, wo ich dich wiedergefunden habe – euch beide –, habe ich das Gefühl, wir müssten die verlorene Zeit aufholen. Und ich möchte, dass wir uns dabei einig sind." Ich seufzte, sah den Ausdruck in ihren Augen und wusste, dass nichts Gutes dabei herauskommen würde, wenn wir das Gespräch jetzt fortsetzten. „Ich muss über alles nachdenken, Reagan. Ich gehe jetzt."

Als ich zur Tür ging, packte sie meinen Arm. „Ich liebe dich, Arrie. Aber manchmal ist Liebe nicht genug."

„Das sehe ich anders." Ich zog meinen Arm aus ihrem Griff. „Ich habe Jahre mit diesem Jungen und dir verloren. Ich möchte keinen weiteren Tag verlieren. Gute Nacht."

Wegzugehen schien das Beste zu sein, da unsere Gemüter sich erhitzt hatten und ich nicht mehr streiten wollte. In einer Sache hatte sie recht: Unser Sohn war wichtiger als wir oder das, was wir wollten.

16

REAGAN

Mein ganzer Körper zitterte, als ich sah, wie Arrie wegging. Er war nicht sauer wegen Skye. Er war nicht wütend geworden, bis ich ihm gesagt hatte, dass ich ihn nicht heiraten wollte. Manchmal verstand ich ihn überhaupt nicht.

Ich brauchte etwas, um mich zu beruhigen, also ging ich in die Küche und holte eine Flasche Rotwein aus dem Kühlschrank. Ich befüllte ein Weinglas bis zum Rand, nahm einen großen Schluck, leerte fast die Hälfte des Glases und füllte es dann wieder auf.

Ich ging zum Sofa, setzte mich und versuchte, vernünftig nachzudenken. Arrie wollte, dass wir eine Familie wurden. Und ich auch, jetzt, da mein Geheimnis gelüftet worden war. Aber wie viel Zeit wäre angemessen, um einem Kind mitzuteilen, dass es einen Vater hatte, den es nie gekannt hatte?

Die eigentliche Frage war: Wie lange würde Arrie mir Zeit lassen, um unserem Sohn diese riesigen Neuigkeiten zu erzählen?

Der Wein wurde schnell weniger, und die Fragen wurden immer weniger dringlich. Ich begann darüber nachzudenken, was ich wusste. Ich wusste, dass ich Arrie liebte. Ich wusste, dass Arrie mich liebte. Ich wusste, dass unser Sohn sofort eine Verbindung zu seinem Vater aufgebaut hatte. Und ich wusste, dass Arrie mehr als bereit war, eine Familie zu haben.

Der Wein, die späte Stunde und die Tatsache, dass ich auf nüchternen Magen trank, ließen mich schläfrig werden. Ich legte mich zurück auf das Sofa und stellte mein leeres Glas auf den Couchtisch. Ein paar Fragen kamen mir wieder in den Sinn.

Warum denke ich immer, dass ich noch warten muss? Wollte ich wirklich noch mehr Zeit mit meinem Sohn verbringen, ohne dass er wusste, wer sein Vater war? Warum erwartete ich, dass jeder das tat, was ich wollte?

Ich betrachtete mich nicht gern als egoistisch, aber die Erkenntnis traf mich wie ein Schlag in die Magengrube. *Ich bin so eine Egoistin!*

Vielleicht hatte ich Arries Reaktion auf die Tatsache, dass ich seinen Sohn von ihm ferngehalten hatte, als Schutzschild gegen meine eigene Selbstsucht benutzt. Es hatte sicherlich sechs Jahre lang funktioniert. Aber das war vorbei.

Ich schlang die Arme um meine Taille und dachte darüber nach, wie verwirrt Arrie sich fühlen musste. Wie weh es ihm tun wusste, wieder von mir abgewiesen zu werden. Ich fühlte mich schrecklich deswegen. Der Mann liebte mich nach all der Zeit immer noch, und alles, was ich tun konnte, war, ihn wegzustoßen.

Ich hatte mein Geheimnis bereits als Ausrede benutzt, aber was war jetzt der Grund? Zeit?

„Ich bin eine Idiotin."

Mein Handy lag auf dem Tisch auf der anderen Seite des Sofas. Ich musste aufstehen und zumindest Arrie schreiben, um ihm zu sagen, wie leid es mir tat, und ihn zu bitten, morgen mit mir zu sprechen, um herauszufinden, wie wir damit umgehen sollten. Und um ihm zu sagen, dass ich ihn von nun an die

Entscheidungen treffen lassen würde, da ich ihm das so viele Jahre verwehrt hatte.

Aber mein Kopf fühlte sich zu schwer an und hielt mich an Ort und Stelle. Mein Wille war stark, aber er konnte es nicht mit meinem schwachen, emotional ausgelaugten – und beschwipsten – Körper aufnehmen. Ich schloss die Augen und begann abzudriften.

Bevor ich zu weit weg war, hörte ich ein leises Klopfen und öffnete meine Augen, nur um festzustellen, dass meine Haustür aufging. Arrie hatte Blumen in der Hand und ein Stirnrunzeln im Gesicht, als er mich auf dem Sofa entdeckte. „Reagan? Warum ist die Tür nicht verschlossen? Geht es dir gut, Baby?"

Ich schüttelte meinen Kopf. „Nein. Ich bin ein schlechter Mensch."

Er machte die Tür zu, ging zu mir und kniete sich vor mir nieder. „Nein, du bist kein schlechter Mensch. Die Dinge sind vorhin außer Kontrolle geraten. Ich hätte nicht weglaufen sollen. Und ich hätte dich nicht bitten sollen, mich nach dem, was ich gerade herausgefunden habe, sofort zu heiraten."

Ich streckte die Hand aus und legte sie auf seine Schulter. „Also willst du das nicht mehr?" Ich fühlte, wie mein Herz einen Schlag aussetzte.

„Das habe ich nicht gesagt. Ich sagte, ich hätte dich nicht so schnell darum bitten sollen." Er beugte sich vor, um meine Stirn zu küssen. „Nachdem ich mich beruhigt und darüber nachge-dacht hatte, wusste ich, dass es sich anhörte, als wollte ich dich dazu *zwingen*, mich zu heiraten. Und ich möchte dich bestimmt nicht zu irgendetwas zwingen. Ich möchte, dass du mich frei-willig heiratest und nicht aus Angst davor, dass ich dir sonst deinen Sohn wegnehme."

Ich fuhr mit meiner Hand durch sein Haar und spürte, wie sich die alte Hitze zwischen meinen Beinen sammelte. „Sollen wir in mein Schlafzimmer gehen und uns versöhnen?"

Arrie lächelte, als er mein Weinglas aufhob. „Würde es dich enttäuschen, wenn ich dieses Angebot ein andermal annehme? Ich möchte, dass du dich bis ins letzte Detail an unser erstes Mal nach sechs langen Jahren erinnerst. Sieht so aus, als hättest du genug Wein auf nüchternen Magen getrunken, um das unmöglich zu machen."

Damit könnte er recht haben, aber so lange an ihn zu denken und ihn endlich so nah bei mir zu haben, hatte mich ziemlich erregt gemacht. Ich packte seine Schultern und bettelte: „Bitte, Arrie. Ich brauche dich."

Er kam näher und sah mir in die Augen. „Ich liebe dich, Reagan. Du hast keine Ahnung, wie sehr ich dich liebe. Alles, was ich will, ist, dich wieder die ganze Nacht festzuhalten, so wie ich es damals getan habe." Er schob meine Haare zurück. „Dein Körper ist der einzige, der so perfekt zu mir passt. Und wenn ich nicht wollte, dass dieser Moment perfekt ist, würde ich dich hochheben und in das Schlafzimmer tragen, dir deine Klamotten vom Leib reißen und dann den Körper liebkosen, den ich so lange vermisst habe."

„Es wird auf jeden Fall perfekt sein, Arrie. Nichts kann schiefgehen, solange wir beide zusammen sind. Und ich werde dich nie wieder anlügen. Ich verhüte nicht. Wenn du dich entscheidest, mir nachzugeben, ist die Verhütung deine Sache."

Seine Lippen verzogen sich zu einem Lächeln. „Du machst es mir nicht leicht, weißt du? Ich will dich. Ich will dich für immer. Mein Schwanz streitet gerade mit meinem Kopf und meinem Herzen. Aber ich liebe dich. Es ist mehr als nur Lust, was ich für dich empfinde. Heute Abend hast du kein Glück. Aber morgen solltest du bereit sein. Ich komme mit einer ganzen Schachtel Kondome zu dir."

„Versprochen?" Ich zog ihn näher zu mir. „Weil ich mehr als bereit sein werde, Schatz."

Mit einem schweren Seufzer flüsterte er: „Freut mich zu

hören, dass du mich wieder so nennst." Seine Lippen berührten meine. „Ich habe das vermisst."

„Ich auch." Ich öffnete meine Lippen, fuhr mit meiner Zunge über seine und hörte, wie er lustvoll stöhnte. „Bist du sicher, dass du mich nicht zum Bett tragen willst, Arrie? Ich hatte nur ein Glas Wein." Ich dachte darüber nach, wie ich die Hälfte des Glases getrunken und es dann wieder aufgefüllt hatte. Ich wollte nicht einmal eine kleine Lüge zwischen uns haben. „Nun, eineinhalb Gläser."

„Es wäre sehr schön, mit dir zu deinem Bett zu gehen." Seine Fingerspitzen strichen über meine Wange. „Aber ich denke, du würdest mich belästigen, wenn ich das heute Abend versuchen würde."

„Belästigen?" Ich lächelte. „Ja, du hast recht." Ich griff nach ihm und zog ihn zu mir zurück. „Dann lege dich hier zu mir. Halte mich fest. Küss mich."

„Du weißt, wohin das führen wird." Er stand auf und ging von mir weg. „Ich denke, eine Tasse Kaffee und ein Sandwich wären viel besser für dich. Ich fürchte, wenn du in diesem Zustand einschläfst, hast du morgen früh einen bösen Kater."

Auf der Seite liegend beobachtete ich, wie sein hübscher Hintern in meiner Küche verschwand. „Wenn ich nüchtern werde ... bringst du mich dann ins Bett und liebst mich, Arrie?"

„Wir werden sehen", rief er mir zu.

Ich lächelte, als Hoffnung in mir aufstieg. „Los, Mädchen. Dein Mann ist zurück, und du kannst ihn wiederhaben, wenn du nüchtern wirst. Warum nur habe ich diesen verdammten Wein getrunken?" Als ich ein wenig darüber nachdachte, erkannte ich, dass ich mich ohne den Wein während unseres Gesprächs nicht so entspannt gefühlt hätte. „Vielleicht war es doch keine so schlechte Idee."

Arrie die Kontrolle zu überlassen fühlte sich gut an. Ich musste keinen Plan machen, unserem Sohn von seinem Vater zu erzählen. Arrie würde sich darum kümmern. Ich musste mir keine Sorgen machen, was wir tun würden. Arrie und ich konnten das zusammen herausfinden. Arrie wusste, wie man das Kommando übernahm, und ich wusste, dass Skye und ich jetzt in guten Händen waren.

„Der Kaffee ist fast fertig, Schatz." Arrie trat leise an meine Seite und ließ mich zusammenzucken. „Oh, tut mir leid. Ich wollte dich nicht erschrecken."

Ich streckte die Hand aus und fuhr mit meinen Fingern über sein Bein, als er vor mir stand. „Arrie, ich liebe dich."

„Ich liebe dich auch, Baby." Er strich mir die Haare zurück. „Willst du Truthahn mit Roggenbrot? Oder lieber Roastbeef mit Sauerteigbrot?"

„Ich will dich." Ich lächelte ihn sexy an.

„Dann iss etwas und trink einen Kaffee, und wir sehen weiter." Er küsste meine Wange und trat zurück, bevor ich ihn packen konnte. „Also Truthahn mit Roggenbrot."

„Und Kartoffelchips", fügte ich hinzu. „Und eine Dillgurke. Und vielleicht etwas Vanillepudding. Ich denke, im Kühlschrank ist noch einer. Und etwas Schlagsahne. Nein!" Ich hatte eine brillante Idee. „Nein, bewahre die Schlagsahne fürs Bett auf. Ich möchte alles davon über deinen harten ..."

„Reagan!", unterbrach Arrie mich und stand plötzlich wieder vor mir. „Still, Baby. Ich möchte nicht, dass Skye dich so etwas sagen hört. Du redest ziemlich laut."

Ich blinzelte langsam, als ich zu ihm aufblickte, und flüsterte: „Du wirst der beste Dad der Welt sein, Arrie. Skye hat so viel Glück. Er ist das glücklichste Kind auf der ganzen Welt, weil er dich hat." Tränen brannten in meinen Augen, als ich nach Arries Bein griff. „Und es tut mir so leid, Schatz. Wirklich."

Er kniete sich hin, beugte sich vor und fuhr mit den Händen über meinen Kopf. „Baby, beruhige dich jetzt. Ich denke, du brauchst Schlaf. Schlafe einfach. Ich werde mich um alles kümmern. Dein Tag ist vorbei. Schlafe."

Ich nahm seine Hände und hielt sie fest. „Ich werde schlafen. Ich mache, was du sagst, Arrie. Du weißt es am besten. Ich lege mich und Skye jetzt in deine Hände. Ich vertraue dir. Ich hätte dir immer vertrauen sollen, aber ich war dumm."

„Du bist nicht dumm." Er küsste mich auf die Stirn. „Du warst nie dumm. Und ich möchte nicht über dich bestimmen. Ich möchte, dass wir gemeinsam Entscheidungen treffen. Als Team, Reagan. Ich liebe dich. Jetzt lege dich schlafen. Der Morgen wird kommen, und dann können wir reden – und wenn du nüchtern bleibst, können wir endlich wieder die herrlichen Dinge tun, die wir früher getan haben."

„Versprochen?", fragte ich, und meine Augenlider fühlten sich extrem schwer an.

Seine blauen Augen funkelten, als er mich anschaute. „Versprochen. Schließe jetzt deine wunderschönen grünen Augen und schlafe ein."

„Bleib." Ich nahm seine Hand. „Bitte."

„Ich denke, es ist das Beste, wenn ich heute Abend gehe. Wir werden morgen entscheiden, wie es weitergeht." Ich spürte, wie er seine Lippen auf meinen Kopf drückte.

„Das ist schön." Ich kuschelte mich in die Kissen, als eine Decke über mich fiel. „Gute Nacht, Schatz."

„Gute Nacht, mein kleiner Spatz."

Ah, es ist schön, zurück zu sein.

17

ARSLAN

Als ich die Küche aufräumte, fand ich zum ersten Mal seit langer Zeit wieder Frieden in meinem Herzen. Reagans betrunkener Zustand würde nicht anhalten, aber ich wusste, dass sie sich an ihr Wort halten würde. Der ganze Mist lag hinter uns, und sie ließ mich bei der Entscheidung, was für unseren Sohn am besten war, mitreden.

Jetzt musste ich nur noch herausfinden, was das sein könnte. Es schien ein bisschen vorschnell zu sein, ihm die Neuigkeiten sofort zu erzählen. Wir hatten uns gerade erst kennengelernt. Welche psychologischen Auswirkungen würde es haben, wenn wir ihn mit dieser Nachricht schockierten?

Aber ich musste auch darüber nachdenken, was geschehen würde, wenn wir zu lange damit warteten, ihm die Wahrheit zu sagen. Als ich die Arbeitsplatte abwischte, ahnte ich, was Reagan durchgemacht hatte.

Das ist nicht einfach.

Wenn man das Leben eines Kindes in der Hand hielt, fühlte es sich nicht anders an, als wenn ein Patient auf einem OP-Tisch lag. Eine falsche Bewegung und sein Leben war vorbei – oder er trug schwere Hirnschäden davon.

Ich war nie Vater gewesen und musste noch viel lernen. Aber ich fühlte mich bereit dazu – obwohl es viel zu tun gab. Für den Anfang musste ich ein Haus finden. Mein Sohn würde nicht in einer kleinen Wohnung aufwachsen. Nicht, wenn ich ihm so viel mehr bieten konnte.

Auch wenn ich gerade unglücklich mit meiner Mutter war, sie hatte die Gelegenheit verdient, ihr Enkelkind kennenzulernen – ihr momentan einziges Enkelkind.

Ich wollte so schnell wie möglich ein weiteres Kind mit Reagan haben. Das Einzige, was ich über Kinder wusste, war, dass es manchmal, wenn zwischen den Geschwistern zu viele Jahre lagen, schwierig für sie war, eine Bindung aufzubauen. Ein weiteres Baby zu haben musste also ganz oben auf unserer Liste stehen.

Natürlich musste ich mit Reagan darüber sprechen und sicherstellen, dass sie an Bord war. Aber ich dachte nicht, dass sie sich der Idee widersetzen würde. Ich konnte sehen, dass Skyes Glück ihr mehr bedeutete als alles andere. Da sie und ich beide Einzelkinder waren und dieses Thema damals im Studium diskutiert hatten, wusste ich, dass wir beide wollten, dass unsere Kinder Geschwister hatten.

Die grundsätzlichen Fragen aus dem Weg zu räumen, machte die Sache viel einfacher. Das würde bedeuten, dass wir unsere Beziehung wiederaufbauen könnten. Ich wusste, dass unsere gemeinsame Vergangenheit bedeutete, dass wir schneller vorangehen konnten als Menschen, die sich nicht gut kannten. Und ich konnte nicht anders, als zu bemerken, dass Skye und ich uns sofort vertraut miteinander fühlten. So war es auch zwischen mir und seiner Mutter gewesen. Mein Instinkt sagte mir, dass alles in Ordnung kommen würde und es nicht lange dauern würde, bis meine Familie zusammenwuchs.

Ich lehnte mich an die Theke und dachte darüber nach, wie

sich das Leben von nun an für mich verändern würde. Für uns alle.

Als die Küche aufgeräumt war, ging ich ins Wohnzimmer, um nach Reagan zu sehen. Sie schnarchte leise auf dem Sofa und hatte ein leichtes Lächeln auf ihren rosa Lippen. Ich dachte, ich könnte noch nach Skye sehen, bevor ich die beiden verließ.

Ich ging leise den Flur entlang und öffnete dann die Tür zu seinem Zimmer. Gleich neben seinem Bett stand ein kleines Nachtlicht von *Cars*, das mit einem sanften rosa Schimmer den Raum erleuchtete.

Ich konnte mir nicht helfen und schlich wie ein Ninja zu ihm. Seine dunklen, gewellten Haare breiteten sich in alle Richtungen auf dem Kissen aus, genau wie meine, wenn ich schlief. Die zerzausten Haare weckten in mir den Wunsch, sie zurückzustreichen. „Du bist ein Engel, Skye. Ich bin so glücklich." Ich beugte mich vor und gab ihm einen Kuss auf den Kopf, bevor ich den Raum verließ.

Mein Herz hatte sich noch nie so angefühlt. So voll und doch so leicht. Irgendwie wusste ich, dass dieses Gefühl immer stärker werden würde, wenn ich meinen Sohn kennenlernte und ihn liebgewann.

Ich kannte ihn noch nicht gut, aber ich fühlte bereits eine Verbindung und könnte schwören, dass ich auch Liebe in meinem Herzen für ihn empfand. Dass es keinen Sinn ergab, war mir egal. Es konnte nicht falsch sein, mich ganz und gar auf mein Kind einzulassen.

Es gab so viele Dinge, die ich mit ihm tun könnte. In unserem Garten Ball spielen. Ihm eines Tages das Autofahren beibringen. Das konnte ich unmöglich seiner Mutter überlassen. Sie fuhr, als würden Dämonen sie verfolgen.

Nein, ich würde meinem Sohn beibringen, wie man Auto fuhr und wie man schwamm. Und ich würde ihm alles geben, was er brauchte, um seine Träume wahr werden zu lassen, genau wie mein Vater es für mich getan hatte.

Als ich seine Tür schloss, konnte ich nicht aufhören zu lächeln, während ich darüber nachdachte, ihn auf meine Yacht mitzunehmen. Er konnte dort Pirat spielen, während wir über den Atlantik fuhren. Was für ein Leben das Kind haben würde. Trotz seiner lebhaften Fantasie konnte er sich die Möglichkeiten, die er jetzt hatte, bestimmt nicht einmal vorstellen.

Es gab so viel zu tun – wie etwa die Erstellung eines Testaments, das Skye und Reagan absicherte. Ich musste meinen Anwalt anrufen, sobald ich am nächsten Tag Zeit hatte. Und ich wollte meinem Sohn meinen Nachnamen geben. Skye Dawson. Ja, das klang gut. Aber ich hatte Reagan nicht einmal gefragt, wie Skyes zweiter Vorname lautete. Ich hoffte, er würde gut mit meinem Nachnamen harmonieren.

Ich blieb stehen und schaute auf die geschlossene Tür zu Reagans Zimmer. „Vielleicht sollte ich sie in ihr Bett legen."

Der Alkohol hatte sie höchstwahrscheinlich völlig außer Gefecht gesetzt. Aber das bedeutete nicht, dass ich es ihr nicht bequem machen konnte, oder?

Ich konnte sie sogar ausziehen, um sie bettfertig zu machen … aber ich wusste, was das mit mir machen würde. „Nein, ich lasse sie das selbst tun. Jedenfalls heute Nacht."

Ich musste Reagan die Wahl lassen, wann ich sie wieder nackt sehen durfte. In Anbetracht dessen, wie sie gehandelt und was sie gesagt hatte – auch unter dem Einfluss des Weins – konnte ich mir gut vorstellen, dass sie sich sehr bald für mich ausziehen würde.

Ich trug Reagan schnell in ihr Schlafzimmer – in ihrer Kleidung – und steckte sie ins Bett. Bevor ich ging, stellte ich die Blumenvase auf ihren Nachttisch, damit sie sie sehen konnte, wenn sie aufwachte, und küsste sie dann auf ihren Kopf. „Nacht, Baby."

Ich griff nach dem Reserveschlüssel, der neben der Tür hing, vergewisserte mich, dass ich sie hinter mir verriegelt hatte, und schob den Schlüssel unter der Tür zurück in die Wohnung. Dann ging ich in die kalte, dunkle Nacht hinaus. Ich wollte nicht, dass ihre Veranda die ganze Nacht beleuchtet war, und benutzte mein Handy, um den Bürgersteig hinunter zu meinem Auto zu gelangen.

Ein Licht fiel mir auf, und ich sah, dass ein Auto auf der anderen Seite des Parkplatzes stand. Es war nach Mitternacht, und ich fragte mich, wer in einer so kalten Nacht in einem Auto sitzen würde – mit eingeschalteter Innenbeleuchtung, aber ohne laufenden Motor.

Als ich mich dem Ende des Bürgersteigs näherte, kurbelte die Person das Fenster herunter und sah mich an. Ein Mann mit dunklen, kurzen Haaren starrte mich an, während ich über den Parkplatz ging.

Da er nicht aufhörte zu starren, ging ich zu dem schwarzen, viertürigen Ford Taurus. „Hi."

Er nickte. „Sie sind aus der Wohnung dort gekommen, oder?"

Ich schaute über meine Schulter zurück und fragte: „Meinen Sie Nummer acht?"

„Komisch, dass sie in Wohnung Nummer acht lebt – so alt war meine Tochter, als sie sie getötet hat." Er blies eine Tabakwolke aus dem Fenster, und ich konnte den strengen Geruch wahrnehmen.

„Jemand hat Ihr kleines Mädchen getötet?" Ich sah ihn an.

Nickend deutete er mit dem Kopf auf die Wohnung, aus der ich gerade gekommen war. „Die Schlampe dort hat es getan. Sie hat kein Herz für mein kleines Mädchen gesucht. Nein, sie war zu beschäftigt damit, ihren Bastardsohn zu seinen blöden Ballspielen zu bringen, anstatt meiner Tochter das Herz zu suchen, das sie brauchte. Dieses Jahr war mein erstes Thanksgiving ohne mein kleines Mädchen. Wissen Sie, wie es sich anfühlt, die Feiertage ohne das Kind verbringen zu müssen, das man mehr geliebt hat als das Leben selbst?"

Es war klar, dass dieser Typ über Reagan sprach – und ich mochte es kein bisschen. „Ihr Verlust tut mir sehr leid, Sir. Aber Ihre Wut ist fehl am Platz. Ich schlage vor, Sie suchen sich einen Therapeuten. Wenn Ihre Tochter tatsächlich eine Patientin von Dr. Storey war, können Sie sich an das Krankenhaus wenden. Dort erhalten Sie eine Überweisung an jemanden, der Ihnen helfen kann, mit Ihrem Verlust umzugehen. Aber fürs Erste denke ich, dass Sie gehen sollten."

„Wer sind Sie überhaupt?" Seine Augen verengten sich. „Ich habe Sie noch nie hier gesehen."

„Soll das heißen, dass Sie Dr. Storey schon eine Weile beobachten?" Ich nahm mein Handy heraus, um ein Foto von ihm zu machen. „Nun, das hört jetzt auf."

„Was zum Teufel machen Sie da, Mister?" Der Mann kurbelte schnell sein Fenster hoch. Die dunkle Tönung machte es unmöglich, ein klares Bild von ihm aufzunehmen.

Aber da war immer noch das Nummernschild und ich trat einen Schritt zurück, als er sein Auto wendete, damit ich wenigstens ein Bild davon machen konnte. Er schien es verbergen zu wollen, da das Licht über dem Nummernschild nicht an war.

Aber Reagan würde mit Sicherheit wissen, wer der Typ war. Und ich würde sicherstellen, dass sie wusste, dass dieser Mann nachts ihre Wohnung und ihr Kommen und Gehen beobachtete.

Wir konnten morgen früh die Polizei rufen. Ich wusste, dass sie uns mit größerer Wahrscheinlichkeit ernst nehmen würden, wenn wir alle Fakten über diesen unheimlichen Kerl auf den Tisch legten. In der Zwischenzeit würde ich bei Bedarf Leibwächter für Reagan und Skye engagieren. Niemand würde meiner Familie zu nahe kommen.

Nachdem ich in meinen Mietwagen gestiegen war, beschloss ich, ein bisschen zu warten, um sicherzustellen, dass der Stalker nicht zurückkam. Ich wünschte, ich wüsste mehr als nur das Modell seines Wagens.

Ich blieb eine Stunde, bevor ich müde wurde. Ich hatte Reagans Tür abgeschlossen, also wusste ich, dass sie und Skye in Sicherheit waren. Und der Mann verfolgte sie anscheinend schon eine Weile, ohne etwas Unüberlegtes zu tun. Ich hatte das Gefühl, sie wären sicher, und ging zurück in mein Hotel.

Auf der Fahrt beschloss ich, dass ich künftig bei ihnen in der Wohnung bleiben würde – zumindest bis dieser Typ keine Gefahr mehr war. Ich wäre auch in dieser Nacht geblieben, wenn ich nicht schon abgeschlossen hätte. Und das Letzte, was ich tun wollte, war Reagan aufzuwecken und sie damit zu verängstigen, dass sie von einem gestörten Mann beobachtet wurde.

Ich betete, der arme Mann würde sich Hilfe suchen, und fühlte mich immer unbehaglicher, je weiter ich fuhr. Wenn der Familie, mit der ich gerade wiedervereint worden war, etwas passierte, wusste ich nicht, was ich tun würde.

Als ich das Hotel direkt vor mir sah, beschloss ich hineinzugehen, meine Sachen zu packen und dann zu Reagan zurückzukehren. Wenn sie ihre Tür nicht öffnete und ich im Auto schlafen musste, dann war es eben so.

Sobald ich in meinem Zimmer war, griff ich nach dem Nötigsten – einer Zahnbürste und Kleidung zum Wechseln – und dachte dann, ich sollte ein Kissen und eine Decke mitnehmen, nur für den Fall, dass ich im Auto schlafen musste. Kurz bevor ich den Raum verließ, klingelte mein Handy.

Reagans Name erschien auf dem Bildschirm und ich ging

ran: „Hey, Baby. Ich bin froh, dass du wach bist. Ich möchte zurückkommen. Ich muss dir etwas erzählen."

„Oh, Arrie, ich bin gerade aufgewacht und habe mich schrecklich gefühlt." Sie gab ein würgendes Geräusch von sich. „Ich hätte nicht einschlafen sollen, ohne etwas zu essen. Ich kotze wie verrückt. Aber ich stehe auf und öffne die Tür, wenn du bei mir schlafen willst."

„Nein." Ich wollte nicht, dass sie die Tür unverschlossen ließ. „Du hast die Fenster zugemacht, nicht wahr?"

„Ja." Sie räusperte sich. „Igitt. Ich hasse es zu kotzen."

„Ich hätte dich nicht einschlafen lassen sollen, ohne etwas zu essen. Das war meine Schuld." Ich war unsicher, was ich tun sollte, und tröstete mich damit, dass sie in ihrer Wohnung sicher waren und der Mann nie etwas Verrückteres getan hatte, als sie im Auge zu behalten. Da ich wusste, dass Reagan schlecht war, wollte ich ihren Schlaf nicht weiter stören. „Ich komme morgen früh zu dir, Baby. Schlafe jetzt. Ich rufe an, bevor ich rüberkomme."

„Danke, Schatz." Sie seufzte laut. „Ich liebe diese Version von dir, Arrie, wirklich. Wir sind wieder wir selbst – es fühlt sich so wunderbar an. Ich weiß, dass mit Skye auch alles gut werden wird. Und ich kann es kaum erwarten, dich morgen zu sehen. Ich liebe dich, Schatz."

„Ich liebe dich auch, Reagan." Ein weiterer Gedanke ging mir durch den Kopf. „Und öffne die Tür nicht, wenn jemand klopft. Okay?"

An ihrer gedämpften Stimme konnte ich erkennen, dass sie bereits die Decke hochgezogen hatte und wieder eindöste. „Okay. Gute Nacht, Arrie."

Ich war mir ziemlich sicher, dass es keine gute Nacht für mich werden würde. *Nun, mal sehen, ob ich ein bisschen schlafen kann, bevor ich wieder dort hinfahre.*

18

REAGAN

Gegen drei Uhr morgens wachte ich mit Magenschmerzen auf. Ich warf die Decke beiseite und jammerte: „Nicht schon wieder." Als ich ins Badezimmer lief, schwor ich mir, für den Rest meines Lebens nie wieder auf nüchternen Magen zu trinken.

Mein Magen war inzwischen leer, aber die Krämpfe kamen immer wieder, als ich über der Toilette würgte. Da ich wusste, dass nichts mehr kommen würde, beschloss ich, dass etwas Wasser helfen könnte. *Etwas* von mir zu geben war immer noch besser als *nichts.*

Ich hatte mir Shorts und ein Tanktop zum Schlafen angezogen und trottete barfuß aus meinem Zimmer. Gerade als ich meine Tür öffnete, hörte ich ein seltsames Geräusch aus Skyes Zimmer. Ich stieß seine Tür auf und spürte den kalten Wind auf meiner Haut. Seine blauen Vorhänge flatterten im Wind.

Ich verstand nicht ganz, warum er aufgestanden war und sein Fenster geöffnet hatte, und schaute auf das Bett. Meine Knie gaben nach. „Skye?" Ich sah mich in dem dunklen Raum um, der nur von seinem Nachtlicht beleuchtet wurde. Ein rosa

Schimmer in der Nähe seines Bettes zeigte mir die leere Stelle, wo er hätte sein sollen. „Skye!"

Als ich zum Fenster rannte, stellte ich fest, dass es nicht nur geöffnet war, sondern auch das Fliegengitter verschwunden war. Ich lehnte mich hinaus und sah, dass es auf dem Boden lag. Das Geräusch quietschender Reifen lenkte meine Aufmerksamkeit auf sich. Ein schwarzes Auto raste vom Parkplatz, und ich wusste, dass mein Sohn darin sein musste.

Blitzschnell stieg ich schreiend aus dem Fenster und rannte hinterher, um das Auto zu erwischen. „Halt! Skye! Hilfe! Bitte!"

Ich konnte das Nummernschild nicht erkennen und bevor ich mich versah, waren die Rücklichter verschwunden, während ich immer noch an der verlassenen Straße entlang rannte. Ich blieb stehen, sah mich um und fand niemanden, den ich bitten konnte, dem Fahrzeug zu folgen.

Ich musste wieder in meine Wohnung und mein Handy holen. Ich rannte so schnell ich konnte, kletterte zurück durch Skyes Fenster und lief los, um mein Handy aus meinem Schlafzimmer zu holen. Ich rief die Polizei an und versuchte, nicht in Panik zu geraten. „Hier ist die Polizei. Worum handelt es sich bei Ihrem Notfall?"

„Hier spricht Dr. Reagan Storey. Ich wohne in den Orchard Apartments, zwei Blocks vom Krankenhaus entfernt. Mein Sohn wurde entführt. Ein schwarzes Auto, viertürig, glaube ich, ist mit ihm weggefahren. Ich konnte das Nummernschild nicht sehen, aber es fuhr auf der First Avenue in Richtung Norden. Ich brauche sofort Hilfe!" Ich keuchte und hatte das Gefühl, ohnmächtig zu werden. Ich setzte mich auf das Bett und legte meinen Kopf zwischen meine Beine.

„Haben Sie Ihre Wohnung gründlich durchsucht, Doktor?", fragte mich die Frau.

Das hatte ich nicht getan, also stand ich auf und sah mich um. „Ich überprüfe sie gerade. Aber hören Sie – das Fliegengitter am Fenster meines fünfjährigen Sohnes ist entfernt worden. Sein Fenster war geöffnet. Ich sah das Auto davonfahren, als ich mich aus dem Fenster lehnte. Ich werde die Wohnung überprüfen, aber bitte lassen Sie das Auto suchen und schicken Sie jemanden, der hierher kommt, um Fingerabdrücke und so weiter zu sichern."

„Wir sind auf dem Weg." Ich hörte sie tippen und Anweisungen geben. „Jeder Beamte, der sich in der Nähe der First Avenue aufhält, wird nach einem schwarzen Viertürer Ausschau halten." Sie fragte mich: „Ist es ein Sedan oder ein SUV?"

„Ein Sedan", antwortete ich, als ich von Zimmer zu Zimmer ging und kein Zeichen meines Sohnes fand. „Bitte beeilen Sie sich."

Es klopfte an meiner Tür, und ich rannte los, als die Frau sagte: „Die Beamten sind bei Ihnen zu Hause angekommen. Bitte lassen Sie sie herein."

Ich riss die Tür auf und rief: „Bitte helfen Sie mir. Mein Sohn wurde entführt!" Dann brach ich in Tränen aus und schluchzte unkontrolliert.

Die beiden Polizisten kamen herein und versuchten, mich zu beruhigen – eine unmögliche Aufgabe. Einer nahm mich am Arm und ließ mich auf dem Sofa Platz nehmen. Er zog mir das Handy aus der Hand. „Danke, wir übernehmen jetzt", sagte er zu der Frau.

„Ich muss seinen Vater anrufen", brachte ich heraus. „Ich brauche ihn hier bei mir." Ich streckte meine Hand nach meinem Telefon aus.

„Moment", sagte einer der Polizisten. „Können Sie uns ein Foto von dem vermissten Kind geben? Wir müssen diese Information sofort veröffentlichen."

Da ich wusste, dass ich nichts tun konnte, um meinen Sohn zu finden, wenn ich weiter weinte, schüttelte ich den Kopf, um ihn freizubekommen, und konzentrierte mich dann auf das, was ich tun musste. „Ja." Ich stand auf und rannte in mein Zimmer, um die Fotos aus dem Schrank zu holen, in dem ich sie verstaut hatte. Ich nahm die neuesten und lief los, um sie ihnen zu geben. „Hier. Er heißt Skye Allen Storey. Er ist fünf. Was müssen Sie noch über ihn wissen, außer dass ihn jemand in einem schwarzen Auto entführt hat?" Ich wischte mir mit dem Handrücken die Augen ab, um die letzten Tränen zu beseitigen.

„Woher wissen Sie, dass er entführt wurde?", fragte mich einer der Männer. „Ich meine, war der Junge wütend auf Sie? Hatte er einen Grund wegzulaufen? Und Sie sagten, Sie müssen seinen Vater anrufen. Ist es möglich, dass er seinen Vater angerufen hat, weil er sauer auf Sie war, und sein Vater ihn abgeholt hat, ohne Sie darüber zu informieren?"

„Nein." Ich schüttelte den Kopf, als ich meine Hand nach meinem Telefon ausstreckte. „Ich werde ihn anrufen, und er wird Ihnen alles erzählen. Ich brauche ihn hier bei mir. Und Sie müssen meinen Sohn finden."

Schließlich gab derjenige, der mein Telefon in der Hand hielt, es mir zurück. „Holen Sie den Vater so schnell wie möglich. Meistens hat der andere Elternteil das Kind mitgenommen."

„Dieses Mal nicht. Finden Sie einfach das schwarze Auto." Endlich konnte ich Arrie anrufen

„Reagan?", antwortete eine benommene Stimme. „Alles okay? Es ist drei Uhr morgens."

„Komm her, Arrie. Jemand hat Skye entführt." Ich beendete den Anruf, bevor er mich etwas anderes fragen konnte. „Er kommt."

„Können Sie mir jetzt sein Zimmer zeigen?", fragte einer der Polizisten, während der andere den Rest der Wohnung durchsuchte.

Ich führte den Mann in Skyes Zimmer und zeigte dann auf das Fenster. „Sehen Sie, ich habe es Ihnen gesagt. Dieses Fenster war geschlossen. Sie müssen nachsehen, wie es geöffnet wurde. Ich würde draußen nachschauen, da ich weiß, dass mein Sohn es für niemanden aufmachen würde."

Er schüttelte den Kopf, als würde er mir nicht glauben. „Sie wären überrascht, was Kinder alles tun. Ich habe schon alle möglichen Dinge gesehen. War Ihr Sohn schon einmal Schlafwandeln?"

„Nein." Endlich bemerkte ich meine knappe Kleidung und zog mir einen Bademantel und Hausschuhe an. Als ich zurückkam, sah ich, wie der Polizist am Schloss des Fensters herumfummelte. „Hey, Sie haben nicht einmal Handschuhe an."

Er starrte mich an. „Ich brauche keine, um zu sehen, wie dieses Schloss funktioniert."

„Nun, es könnte Fingerabdrücke auf dem Schloss geben." Ich konnte es kaum erwarten, dass Arrie kam. Er würde sicherstellen, dass diese Idioten nichts durcheinanderbrachten. „Ich möchte, dass Sie beide warten, bis der Vater meines Sohnes hier ist, bevor Sie weitere Nachforschungen anstellen."

Er senkte verlegen den Kopf, ging zu seinem Streifenwagen und nahm seinen Partner mit nach draußen. Ich hörte, wie er flüsterte, ich sei eine Amateurdetektivin, die sie in Schwierigkeiten bringen würde, wenn sie mir einen Grund dafür gaben.

Und der Mann hatte recht.

Ich stand an der Tür und spürte nicht einmal die Kälte, als der Wind an mir vorbeiwehte. Ich wartete und hielt nach Arries Auto Ausschau. Ein paar Minuten später kam er. Ich rannte so schnell ich konnte zu ihm, weil ich die Kraft brauchte, die seine Anwesenheit mir geben würde.

Arrie packte mich, als er aus dem Auto sprang, das er seitlich hinter dem Polizeiauto geparkt hatte. „Reagan, was ist passiert?"

Ich fing an zu weinen, als er mich hielt. Ich konnte es nicht ändern. Mein ganzer Körper zitterte, und mein Kopf fühlte sich an, als würde er platzen. „Jemand hat ihn entführt, Arrie. Direkt durch sein Fenster. Jemand ..."

Arrie hielt mich fest und wartete nicht darauf, dass ich mehr sagte, als er den Polizisten, die in ihrem Auto saßen, zurief: „Hey, kommen Sie her."

Sie sahen aus wie zwei Idioten, als sie zu uns kamen. „Sir, wie lautet Ihr Name?"

„Dr. Arslan Dawson. Hören Sie, ich habe heute um fünfzehn Minuten nach Mitternacht einen Mann in einem schwarzen viertürigen Ford Taurus hier draußen gesehen." Arrie sah einem der Männer ernst in die Augen. „Vielleicht sollten Sie das aufschreiben. Er ist Ihr Mann." Arrie sah mich an. „Sag ihnen den Namen des Mannes, dessen achtjährige Tochter – eine Patientin von dir – gestorben ist, während sie auf ein Herz wartete."

„John Haney." Ich konnte nicht atmen. „Scheiße. Er hat mich neulich angerufen. Er war wütend darüber, dass seine Tochter an Thanksgiving nicht da war. Ich legte auf – er sagte, ich solle warten, aber ich tat es nicht. Ich habe aufgelegt. Er wollte reden, aber ich wollte nicht zuhören. Das ist meine Schuld. Das ist alles meine Schuld!"

Arrie hielt mich fest. „Still. Das ist nicht deine Schuld. Wir kennen den Namen dieses Mannes, das ist schon die halbe Miete." Als er auf die Polizisten zurückblickte, fragte er: „Warum stehen Sie beide immer noch hier?"

Die beiden sahen verwirrt aus. „Ähm, oh ja." Einer von ihnen ergriff die Initiative. „Ich werde Nachforschungen anstellen." Er warf einen Blick auf Arries Auto, das den Streifenwagen blockierte. „Es wäre hilfreich, wenn Sie umparken könnten."

Ich musste Arrie loslassen, damit er sein Auto umstellen konnte, und ging wieder hinein. Ich holte mein Handy, um nachzusehen, ob Haneys Nummer noch gespeichert war. Zu den Polizisten sagte ich: „Ich glaube, ich habe seine Nummer in meinem Handy. Sie werden sie brauchen."

Arrie parkte neben meinem Auto. Als er ausgestiegen war, kam er ins Haus, wohin die Beamten mir gefolgt waren. Er sah mich mit meinem Handy in der Hand. „Du hast gesagt, er hat angerufen. Suchst du die Nummer?"

„Ja." Ich ging die Anrufliste durch, fand sie und zeigte sie den Polizisten. „Hier."

Arrie holte sein Telefon heraus. „Ich will diese Nummer auch."

Beide Polizisten sahen ihn mit ernstem Gesicht an. „Sir, das müssen Sie uns überlassen", warnte einer von ihnen. „Sie dürfen nichts sagen, was ihn wütend machen könnte – er könnte Ihren Sohn verletzen, wenn er wütend ist."

Arrie sah zornig aus, als er mit der Faust in seine Handfläche schlug. „Hören Sie, ich möchte, dass Sie diesen Mann sofort kontaktieren und ihm eine Million Dollar dafür anbieten, unseren Sohn freizulassen. Ich möchte, dass Sie ihm sagen, dass gegen ihn keine Anklage wegen Entführung erhoben wird, wenn er sich mit dem Geld begnügt – verstanden?"

Ich sah Arrie an und war unglaublich glücklich, ihn wieder in meinem Leben zu haben. Ich schaute nach oben und dankte Gott dafür, dass er uns wieder zusammengeführt hatte. „Danke", flüsterte ich und wusste nicht genau, an wen ich dabei dachte.

Arrie schien es zu verstehen und legte seinen Arm um mich. „Wir werden ihn zurückbekommen, Baby. Mach dir keine Sorgen."

Wir müssen *ihn zurückbekommen.*

19

ARSLAN

Obwohl ich kurz davorstand, in Panik auszubrechen, wusste ich, dass ich mich für Reagan und unseren Sohn beherrschen musste. „Zieh dir etwas an, Baby." Die Polizisten waren mit ihren Kollegen auf die Suche nach John Haney gegangen.

Ich hatte Reagan noch nie so gesehen, und es brachte mich fast um. So gebrechlich und so völlig verängstigt, als könnte sie jeden Moment umkippen. Als ich sie vom Sofa hochzog, brach sie in meinen Armen zusammen.

Ich hob sie hoch und trug sie in ihr Schlafzimmer, wo ich sie auf das Bett setzte. „Ich suche ein paar Kleider für dich heraus und helfe dir dann beim Duschen. Wir haben viel zu tun. Du musst dich konzentrieren, Baby. Für Skye. Wir müssen uns etwas einfallen lassen, um ihn wieder gesund und munter nach Hause zu bringen."

Sie holte tief Luft und legte ihr Gesicht in ihre Hände. „Ich hatte noch nie so viel Angst, Arrie. Niemals. Was, wenn er verletzt ist? Wenn er weint? Wenn dieser Mann ihm gerade etwas Schreckliches antut?"

„Nicht." Ich ging zurück, um sie hochzuheben, und hielt sie

fest. „Denk nicht so. Der Mann, den ich getroffen habe, war gestört, aber ich glaube nicht, dass er Skye verletzen wird. Ich denke, er will dich nur erschrecken. Wenn ich ihm genug Geld anbiete, bin ich mir sicher, dass er ihn uns zurückgibt."

Die Farbe ihrer grünen Augen verblasste, als sie mich ansah. „Er glaubt, ich habe seine Tochter getötet, Arrie. Das hat er mir schon oft vorgeworfen. Ich denke, er will unseren Sohn töten. Das tue ich wirklich. Und ich habe verdammt viel Angst, dass er es schon getan haben könnte."

Ich konnte nicht so denken, und ich durfte sie auch nicht so denken lassen. „Stopp. Das bringt nichts. Wir müssen von ganzem Herzen glauben, dass unser Sohn lebt. Wir dürfen nie aufhören, das zu glauben. Du weißt, wie wichtig es ist, die Hoffnung zu bewahren, wenn es um Leben und Tod geht, Reagan. Nutze deine Ausbildung, um diese Situation zu bewältigen."

„Arrie, ich kann mich nicht davon abhalten, mir Dinge auszudenken! Und ich bin nicht irrational – warum sollte er unseren Sohn mitnehmen und ihn dann nicht verletzen?" Sie zog sich aus meinen Armen zurück, rannte ins Badezimmer und schlug die Tür hinter sich zu. Ich hörte, wie sie sich übergab, und beschloss, sie einen Moment in Ruhe zu lassen.

Ich ging zu ihrer Kommode, fand saubere Unterwäsche und ging dann zum Schrank, um ihr etwas Warmes zum Anziehen zu suchen. Eine schwarze Hose, ein waldgrüner Pullover, flache schwarze Schuhe – sie würde es bequem haben und präsentabel aussehen, wenn wir eine Pressekonferenz abhalten mussten.

Ich würde alles tun, um unseren Sohn zurückzubekommen. Wenn ich das Angebot erhöhen müsste, würde ich es tun. Wenn der Mann nicht auf Geld reagierte, würden es andere tun. Ich würde vor nichts Halt machen, um Skye nach Hause zu bringen.

Er hatte vierundzwanzig Stunden Zeit, um auf mein Angebot zu reagieren. Wenn er bis dahin nicht antwortete, würde ich es verdoppeln – aber ich würde es als Belohnung jedem zugänglich machen, der uns Informationen geben konnte, die dazu führten, dass wir unseren Sohn zurück-bekamen.

Als ich zum Schrank ging, um nach einer Jacke für Reagan zu suchen, sah ich eine schwarze Kiste im obersten Regalfach. Als ich sie herunterzog, stellte ich fest, dass sich darin eine Pistole befinden musste.

Ich nahm sie mit zum Badezimmer und klopfte an die Tür. „Reagan, kann ich reinkommen?"

„Ja", kam ihre schwache Antwort.

Als ich die Tür öffnete, fand ich sie auf dem Boden vor der Toilette. „Du hast eine Waffe?"

Sie nickte. „Der Schlüssel zu der Kiste befindet sich in der obersten Schublade meines Nachttisches. Die Kugeln sind in der dritten Schublade meiner Kommode, in einer schwarzen Socke. Ich habe die Waffe nie benutzt, aber sie ist auf mich registriert. Ich habe sie gekauft, als ich bei meinen Eltern ausge-zogen bin."

„Wir brauchen sie vielleicht. Ich lege sie aber wieder dorthin zurück, wo ich sie gefunden habe." Ich dachte darüber nach, wie sich die Waffe im Notfall als nützlich erweisen könnte. „Wenn die Polizei unseren Sohn nicht zurückholen kann, werde ich es tun. Ich sitze hier nicht tatenlos herum." Ich drehte mich um und ging hinaus, um die Waffe zurückzulegen. Ich würde mich vergewissern, dass ich sie so versteckte, dass niemand sie finden würde, falls die Wohnung gründlich durchsucht wurde.

„Arrie", rief Reagan. Ich sah zu ihr zurück. „Danke. Für alles. Ich weiß nicht, was ich ohne dich tun würde."

„Ich möchte nicht, dass du überhaupt darüber nachdenkst." Ich lächelte sie an und wies mit dem Kinn zur Dusche. „Soll ich sie für dich aufdrehen oder hast du das im Griff?"

Sie stand auf und ging unter die Dusche. „Ich habe es im Griff. Ich kann dir vertrauen. Wenn ich auch sonst niemandem vertrauen kann, kann ich dir vertrauen, Arslan Dawson. Ich wünschte, ich hätte das immer verstanden."

„Besser spät als nie." Ich ging los, um die Waffe wieder in den Schrank zu legen, und dachte darüber nach, den Mistkerl anzurufen, der meinen Sohn hatte.

Ein wenig Kommunikation von Vater zu Vater, gepaart mit dem Angebot von mehr Geld, als dieser Mann in seinem ganzen Leben verdienen würde, könnte die beste Option sein. Ich konnte Skye nicht länger bei diesem Mann lassen. Ich musste ihn finden, bevor ich den Verstand verlor.

Wenn er meinen Sohn verletzt, dann sei Gott ihm gnädig.

Nachdem ich die Waffe versteckt hatte, setzte ich mich aufs Bett und dachte an andere Dinge. Es klingelte, und ich stand auf. Als ich durch das Guckloch schaute, sah ich zwei weitere Polizisten im Licht der Veranda stehen.

Ich öffnete die Tür und betete um gute Nachrichten. „Haben Sie ihn gefunden?"

Beide schüttelten den Kopf und ich trat zurück, um sie ins Warme zu lassen. „Wir haben Haneys Haus gefunden. Dort ist niemand. Wir haben keine Berichte über sein Auto erhalten, aber es ist noch früh. Wenn wir sie nicht bald finden, werden wir die Entführung bekanntgeben. Sobald die Sonne aufgeht und wir die Öffentlichkeit auf unserer Seite haben, stehen unsere Chancen, sie zu finden, viel besser."

„Sie waren in seinem Haus?", fragte ich. Ich wusste, dass sie vielleicht noch nicht die erforderlichen Dokumente dazu hatten.

„Wir haben einen Richter aufgeweckt und einen Durchsuchungsbefehl für sein Haus bekommen", sagte mir der andere Polizist. „Aber ich kann Ihnen sagen, dass er nicht dort ist. Und es gibt keine Möglichkeit zu wissen, ob er überhaupt mit Ihrem Sohn dorthin gegangen ist. Zumindest nicht, bis die Fingerabdrücke aus dem Labor zurückkommen."

Der andere Polizist übernahm. „Dafür sind wir hier. Wir brauchen ein paar Fingerabdrücke von den Sachen Ihres Sohnes. Auf diese Weise können wir sie abgleichen."

Ich sah mich im Raum um und fand seinen Kindle auf dem Esstisch. „Darauf sollten Fingerabdrücke sein."

Einer von ihnen hatte eine kleine Tasche in der Hand, die ich nicht einmal bemerkt hatte. „Ich erledige das."

Reagan musste uns gehört haben. Sie rief aus dem Schlaf-zimmer: „Arrie, kannst du bitte herkommen?" Als ich auf sie zu ging, war sie angezogen. Aber als sie sich umdrehte, sah ich, dass der Reißverschluss hinten an ihrem Pullover noch offen war. „Kannst du ihn für mich schließen?"

„Sicher, Baby." Ich machte den Reißverschluss zu und drehte sie dann um. Ich schlang meine Arme um sie, umarmte sie und hoffte, uns beide ein wenig zu beruhigen. „Die Polizei war in seinem Haus. Dort war niemand. Hat dieser Mann dir jemals etwas anderes über sein Privatleben erzählt? Weißt du vielleicht, wo er gearbeitet hat, als seine Tochter deine Patientin war?"

„Ich kann jemanden aus dem Krankenhaus bitten, das herauszufinden." Sie zog sich zurück, um mich anzusehen. „Arrie, denkst du, du könntest einen Privatdetektiv anheuern?"

„Ich werde so schnell wie möglich einen engagieren." Als ich zum Fenster schaute, sah ich die ersten Anzeichen von Licht. „Die Sonne geht bald auf, und die Stadt erwacht wieder zum Leben. Ich werde uns bald die Hilfe besorgen, die wir brauchen."

„Gut." Sie legte ihren Kopf an meine Brust. „Ich liebe dich."

Ich fuhr mit meiner Hand durch ihr feuchtes Haar und flüs-terte: „Ich liebe dich auch. Komm, lass uns ins Bad gehen, und ich flechte dir deine Haare wie früher."

„Wir machen uns auf den Weg, Dr. Dawson", rief einer der Beamten. „Wir informieren Sie, wenn wir etwas finden."

Reagan sah mich an. „Warum sind sie hergekommen?"

„Für Skyes Fingerabdrücke." Ich fuhr mit meinem Finger über ihre Wange. „Ich habe ihnen seinen Kindle gezeigt."

Sie nickte und flüsterte: „Das war klug."

„Sie nehmen auch Fingerabdrücke in Haneys Haus. Wenn er Skye dorthin gebracht hat, werden seine Fingerabdrücke auf irgendetwas sein." Ich war nicht optimistisch, was das betraf. Der Mann wäre ein Dummkopf, ihn zu sich nach Hause zu bringen. Und selbst wenn er ihn dort hingebracht hatte, was würde uns das bringen? Im Moment war nur relevant, dass er jetzt nicht dort war.

Ich führte Reagan ins Badezimmer und ließ sie Platz nehmen. „Gib mir den Kamm."

Sie hob ihn auf und gab ihn mir. „Hier."

Ich fuhr damit durch ihre feuchten Locken und seufzte. Wir hatten gerade erst alles zurückbekommen, und dann war es plötzlich verschwunden.

So richtig wir auch füreinander zu sein schienen – warum funktionierten die Dinge nicht besser für uns? Waren wir verflucht? War dieser Fluch auf unser einziges Kind übergegangen? Und was konnten wir tun, um diese Sache zu beenden?

Reagan sah mich im Spiegel an. „Arrie, glaubst du, einer von uns hat die Fähigkeit, Haney das Leben zu nehmen, wenn es so weit kommt?"

Ich wusste, wie ich mich gefühlt hatte, als ich hörte, dass jemand meinen Sohn entführt hatte – einen Sohn, den ich noch nicht einmal kennengelernt hatte. „Ich könnte ihn töten. Ich könnte es mit bloßen Händen tun." Es gab keinen einzigen Zweifel in meinem Kopf. Ich könnte dem Mann leicht den Hals umdrehen für das, was er getan hatte.

Reagan hatte eine weitere Frage. „Wenn einer von uns ihn tötet, kommen wir dann ins Gefängnis?"

Das wusste ich nicht genau. „Lass mich das regeln. Auf diese Weise bin ich es, der eingesperrt wird."

Sie schloss die Augen, und ihr ganzer Körper strahlte Schmerz und Trauer aus. „Wenn ich es tun muss, versprich mir, dass du dich um Skye kümmerst. Und versprich mir, dass du ihn niemals von meinen Eltern fernhalten wirst."

„Dir wird nichts geschehen, Reagan." Ich wollte nicht einmal darüber nachdenken. „Und egal was passiert, ich würde Skye niemals den Leuten wegnehmen, die er liebt."

Als sie die Augen öffnete, sah ich Tränen in ihnen aufsteigen. „Ich will ihn nur zu Hause haben. In Sicherheit, bei uns beiden. Ich will ihn wissen lassen, dass du sein Vater bist. Er muss wissen, dass er jetzt dich hat. Wenn du die ganze Zeit hier gewesen wärst, wäre er vielleicht nie entführt worden."

„Das können wir nicht wissen, Reagan." Es war nicht so, als hätte sie gehört, wie Skye entführt wurde. Warum also sollte ich es gehört haben? „Die Tatsache, dass ich weggegangen bin, hat uns einen Vorsprung verschafft. Wenn ich letzte Nacht nicht gegangen wäre, hätte ich nicht bemerkt, dass der Kerl dich in seinem Auto belauerte. Dadurch wissen wir, wer Skye hat."

Vielleicht sind wir doch nicht verflucht. Vielleicht sind wir gesegnet.

20

REAGAN

Das Warten war schrecklich – genau wie meine Vorstellungskraft. Die schrecklichsten Gedanken tauchten in meinem Kopf auf. Mein armer Sohn gefesselt. Mein kleiner Junge blutend. Galle quoll in meinem Rachen hoch, aber ich schluckte sie wieder herunter, als ich Arrie ansah.

Die Konzentration auf ihn brachte mich zurück ins Hier und Jetzt. Er flocht mein Haar und legte den langen Zopf über meine linke Schulter. „Das sieht hübsch aus. Wir müssen bald an die Öffentlichkeit, Reagan."

Ich wusste, dass dies viel mehr bedeutete, als nur um die Mithilfe der Leute bei der Suche nach unserem Sohn zu bitten. „Ich muss Mom und Dad anrufen. Sie sollten das nicht in den Nachrichten hören."

„Du musst auch die Frau, die Skye normalerweise betreut, bitten, hierherzukommen und zu bleiben, während wir weg sind. Nur für den Fall, dass er irgendwie nach Hause kommt." Arrie legte seine Hände auf meine Schultern und drehte mich zu sich um. „Wenn er freikommt, könnte Skye davonlaufen. Er könnte hier auftauchen."

Ich würde nicht tatenlos darauf warten, ob das tatsächlich geschah. „Ich werde Phyllis holen. Was ist der Plan, Arrie?"

„Ich muss nach Privatdetektiven suchen. Danach muss ich mit der Polizei darüber sprechen, noch heute Morgen eine Pressekonferenz zu veranstalten. Während ich das tue, möchte ich, dass du in den sozialen Netzwerken alle Menschen benachrichtigst, die du in dieser Gegend kennst."

Das klang gut. „Ich bin dabei."

Wir verbrachten fast eine Stunde damit, diese Dinge zu erledigen, dann rief ich meine Mutter an. „Morgen, Reagan. Warum rufst du so früh an?"

„Mom, du musst dich setzen, wenn du nicht schon sitzt", warnte ich sie.

„Reagan?", fragte sie, und ich hörte, wie sie sich setzte. „Was ist los, Schatz?"

„Ist Dad in deiner Nähe?" Ich dachte, er sollte da sein, um ihr zu helfen, wenn sie die Nachricht bekam.

„Er ist genau hier", sagte sie. „Ich mache den Lautsprecher an, damit er dich hören kann. Das klingt wichtig."

Nichts war jemals so wichtig gewesen. „Okay, gegen drei Uhr morgens ist Skye entführt worden. Jemand kam durch sein Fenster und nahm ihn mit. Es war ein Mann, dessen Tochter eine Patientin von mir war. Sie starb, während sie auf ein geeignetes Spenderherz wartete."

Betäubte Stille erfüllte die Leitung. Dann folgten Schreie. „Ich werde diesen Hurensohn finden und ihn töten!", brüllte mein Vater.

„Ich habe das Gleiche gedacht." Der Apfel fiel nicht weit vom Stamm. „Und da ist noch ein bisschen mehr. Skyes Vater hat erst gestern von unserem Sohn erfahren. Er ist hier bei mir. Wir haben die Polizei benachrichtigt, und sie suchen bereits nach Skye, aber sein Vater hat Pläne, wie wir ihn zurückholen können. Ihr werdet uns also in Kürze im Fernsehen sehen, da wir darauf bestehen, dass die Polizei eine Pressekonferenz veranstaltet."

„Du hast es ihm gesagt?", fragte Mom.

„Ja, aber es war etwas komplizierter." Ich wusste nicht genau, wie ich erklären sollte, was passiert war. „Er hat uns gesehen. Er hat es selbst herausgefunden. Und wir wollen Skye so schnell wie möglich wissen lassen, wer sein Vater ist."

Mein Vater hatte eine Frage. „Wird er künftig in seinem Leben sein?"

„Er wird im Leben unseres Sohnes sein und auch in meinem. Wir werden heiraten und die Familie werden, die wir die ganze Zeit hätten sein sollen." Ich fühlte mich immer noch wie ein Dummkopf, weil ich die Scharade so lange aufrechterhalten hatte.

„Baby, wir müssen zum Polizeirevier", rief Arrie mir aus dem Wohnzimmer zu. „Bring Phyllis bitte hierher."

„Okay, Leute." Ich musste Schluss machen. „Wir müssen los. Ich werde euch informieren, wenn wir mehr erfahren, oder ihr könnt zu uns aufs Revier kommen." Nach einem kurzen Abschied legte ich auf.

Ich ging ins Wohnzimmer und stellte fest, dass Arrie bereit war zu gehen. „Ist sie schon auf dem Weg hierher?"

Kopfschüttelnd ließ ich mir von Arrie meinen Mantel überstreifen. „Ich gehe rüber, um ihr die Neuigkeiten zu erzählen und ihr meinen Ersatzschlüssel zu geben. Ich bezweifle, dass sie schon bereit zum Aufbruch ist. Es ist erst acht Uhr."

„Ich werde das Auto starten. Kümmere dich darum." Er küsste mich auf die Stirn, dann gingen wir los.

Als ich den Bürgersteig entlang zur nächsten Wohnung ging, schaute ich auf das Fliegengitter, das immer noch an der Wand lehnte. Schaudernd versuchte ich, nicht daran zu denken, was Skye in diesem Moment tat.

Ich klingelte an ihrer Tür und hoffte, dass ich Phyllis nicht wecken würde. Sie öffnete mit einer Tasse dampfendem Kaffee in der Hand. „Morgen, Reagan. Soll ich mich heute zu Skye setzen?"

Ich wünschte, das wäre alles, was ich brauchte. „Phyllis, ich habe schreckliche Neuigkeiten." Ich nahm ihr die Tasse ab, damit sie nichts verschüttete, und versuchte, meine Gefühle unter Kontrolle zu halten. Sie warf mir einen seltsamen Blick zu, als ich weitersprach. „Skye wurde heute Morgen gegen drei Uhr entführt."

Ihre Augen weiteten sich, ihre Kinnlade klappte herunter und sie lehnte sich gegen die Tür. „Oh nein."

„Ich habe solche Angst." Ich legte meine Hand auf ihre Schulter, um sie zu stützen. „Hör zu, ich weiß, dass es nicht leicht ist. Wir müssen zum Polizeirevier, um eine Pressekonferenz abzuhalten. Du musst in unserer Wohnung bleiben, falls etwas passiert. Vielleicht kommt Skye nach Hause, dann musst du mir Bescheid sagen. Wir haben heute viel zu tun, um unseren Sohn zurückzubekommen, und wir brauchen jemanden zu Hause."

„Wir?", fragte sie benommen.

„Sein Vater ist hier." Ich wusste, dass sie wirklich verwirrt sein musste.

„Reagan?", rief Arrie. „Wir müssen los."

Ich gab ihr den Ersatzschlüssel und eilte zum Auto. „Danke, Phyllis. Ich melde mich."

„Ich bleibe in deiner Wohnung", rief sie, „und ich bete für Skyes schnelle und sichere Rückkehr."

„Danke." Ich stieg ins Auto, und Arrie fuhr los. „Ich hasse es, ihr das anzutun. Sie sah aus, als wäre ihr ins Gesicht geschlagen worden."

„Ja, ich weiß, wie sie sich fühlt." Arrie raste den ganzen Weg zum Polizeirevier. „Danach treffen wir uns mit dem Mann, den wir meiner Meinung nach anheuern sollten. Er hat viele gute Bewertungen und ist ein ehemaliger Navy SEAL."

„Klingt nach der Art Mann, die wir brauchen." Ich klammerte mich an das Armaturenbrett, als Arrie auf den Parkplatz fuhr. „Da ist einer der Transporter der Nachrichtencrew. Sieht so aus, als wären sie fast bereit für uns."

Ich war so nervös. Ich hatte noch nie im Rampenlicht gestanden, und diese Situation war absolut schrecklich. Ich hatte keine Ahnung, wie ich reagieren würde.

Arrie kam, um mir aus dem Auto zu helfen, da ich erstarrt war. „Komm schon, Reagan. Lass uns reingehen."

Er nahm meine Hand und zog mich aus dem Auto. „Was, wenn sie mir Fragen stellen, auf die ich keine Antworten habe?"

„Mach dir keine Sorgen." Er wirkte völlig cool. „Ich musste schon ein paar Pressekonferenzen für das Krankenhaus abhalten. Ich kann das."

Ich klammerte mich an seinen Arm und wusste seine Anwesenheit in jeder Hinsicht zu schätzen. „Arrie, ich bin so froh, dass du hier bist."

„Du wirst dich nie wieder einer schwierigen Situation ohne mich stellen müssen, Reagan." Er küsste meinen Kopf. „Niemals."

Ein flüchtiges Bild ging mir durch den Kopf – wir beide zusammen am Grab unseres Sohnes. Ich schüttelte den Kopf und wünschte, ich könnte verhindern, dass dieser schreckliche Gedanke Wurzeln schlug.

Arrie schien so sicher zu sein, dass wir unseren Sohn zurückbekommen würden und dass ihm nichts Schreckliches passieren würde. Ich musste auch so denken. Es konnte nichts Gutes dabei herauskommen, wenn ich jedes finstere Szenario durchspielte.

Gerade als wir durch die Glastüren des Polizeireviers traten, sah die Frau, die hinter der dicken Glasscheibe saß, uns an und kam sofort heraus. „Sie werden hinten erwartet." Sie führte uns durch mehrere Türen zu einem Raum im hinteren Bereich des Gebäudes.

Dort standen wir sechs Reportern und etlichen Kameras gegenüber. Einer der Reporter fragte: „Dr. Storey, stimmt es, dass der Mann, der Ihren Sohn entführt hat, der Vater einer ehemaligen Patientin ist?"

Ich sah den Polizeichef an, der sofort die Führung übernahm. „Hören Sie, Sie müssen ihnen eine Chance geben, es sich bequem zu machen." Er zeigte auf zwei Stühle, die hinter einem langen Tisch standen. „Bitte nehmen Sie dort Platz. Wir werden das gemeinsam schaffen."

Arrie legte seinen Arm um mich und führte mich zu unseren Plätzen. Er zog den Stuhl für mich heraus, und ich setzte mich und schaute in alle Augen, die uns anstarrten. „Mir ist schlecht."

Arrie setzte sich neben mich, nahm meine Hand und hielt sie unter dem Tisch fest. „Wir sind bereit zu beginnen." Ich war noch nicht einmal im Entferntesten bereit, aber zum Glück war Arrie es, als der eifrige Reporter von vorhin anfing, Fragen zu stellen.

„Ja, der Mann, der unseren Sohn mitgenommen hat, ist der Vater einer ihrer Patientinnen", erwiderte Arrie ruhig. „John Haney verfolgt Dr. Storey schon seit einiger Zeit. Es ist äußerst wichtig, dass wir alle nach ihm Ausschau halten. Er muss verhaftet werden, ob er unseren Sohn bei sich hat oder nicht. Er ist der einzige Verdächtige. Es ist nicht nötig, woanders nachzuschauen."

„Ist Skye Ihr leiblicher Sohn, Dr. Dawson?", fragte ein anderer Reporter.

Ich zuckte zusammen, als ich darauf wartete, wie Arrie antworten würde. Arrie sah mich an und schaute dann zu dem Mann zurück, der die Frage gestellt hatte. „Seine Mutter und ich werden keine persönlichen Fragen beantworten. Haben Sie irgendeine Frage, die dazu beitragen würde, unseren Sohn zurückzubekommen?"

Eine Reporterin sagte schließlich etwas, das hilfreich zu sein schien. „Waren Sie misstrauisch, als Sie herausfanden, dass John Haney Reparaturarbeiten an Ihrem Apartmentkomplex durchgeführt hat?"

Ich konnte es nicht glauben. „Was?" Ich sah zu den Polizisten um mich herum und fühlte mich verloren. „Das war mir nicht bewusst."

Sie nickte. „Er ist seit einem Monat dort beschäftigt. John Haney hat einen Schlüssel für Ihre Wohnung, Dr. Storey. Warum also sollte er durch ein Fenster eindringen, wenn er Ihre Wohnung leicht durch die Tür betreten und verlassen konnte?"

Arrie und ich sahen einander nur an, als wir uns die gleiche Frage stellten. Zum ersten Mal fragte ich mich, ob wir den richtigen Mann hatten.

Wenn nicht Haney, wer dann?

21

ARSLAN

Als wir das Polizeirevier verließen, war ich verzweifelter denn je, unseren Sohn zu finden. „Es ist mir egal, dass Haney einen Schlüssel für jede Wohnung in deinem Apartmentkomplex hat, Reagan."

„Aber die Reporter haben recht, Arrie", sagte Reagan. „Wenn er einen Schlüssel hat – warum sollte er das Fenster nehmen?"

Ich öffnete die Beifahrertür und bedeutete Reagan, ins Auto zu steigen. Nachdem ich ihre Tür geschlossen hatte, stieg ich ebenfalls ein, bevor ich ein weiteres Wort sagte. Es waren zu viele Menschen um uns herum, die ebenfalls die Konferenz verließen, und ich wusste, dass einige von ihnen mich misstrauisch angesehen hatten. „Denk logisch darüber nach, Reagan. Jeder hätte ihn durch die Haustür kommen sehen und man hätte ihn leicht hören können. Aber wer hätte ihn durch ein Fenster an der Seite der Wohnung steigen sehen?"

Als wir vom Polizeirevier wegfuhren, starrte sie nachdenklich geradeaus, bevor sie mich schließlich ansah. „Ja, du hast recht. Die einstöckigen Einheiten machen diese Seite meiner Wohnung für die anderen Bewohner so gut wie unsichtbar."

„Ich sage nicht, dass Haney deine Haustür gar nicht benutzt hat." Ich dachte, dass er wahrscheinlich früher bei ihr zu Hause gewesen war, um herauszufinden, welches Zimmer Skye gehörte. „Ich glaube, er ist reingegangen, als ihr weg wart, und hat Skyes Fenster aufgemacht."

„Dann müssten seine Fingerabdrücke in meiner Wohnung sein." Reagans Augen weiteten sich. „Meinst du, wir sollten der Polizei sagen, dass sie danach suchen sollen?"

„Wir können es versuchen." Ich machte mir Sorgen, dass die Polizei jetzt nach anderen möglichen Tätern Ausschau halten würde, anstatt sich weiterhin auf John Haney zu konzentrieren. Sie hatten keine Beweise für irgendetwas gefunden, als sie sein Haus durchsucht hatten. Das einzig Merkwürdige an dem Mann war seine derzeitige Abwesenheit.

Reagan nahm ihr Handy aus ihrer Handtasche. „Ich rufe Mom an und frage, ob sie und Dad zu uns kommen wollen."

„Gut." Ich wusste, dass sie die moralische Unterstützung brauchte, genauso wie ihre Eltern. „Ihr könnt einander Mut machen."

Sie nickte und rief an. „Mom, willst du mit Dad zu mir kommen?"

„Ja, Schatz", wimmerte ihre Mutter. „Wir sind völlig fertig."

„Wir sind jetzt auf dem Heimweg. Ihr könnt kommen, wann immer ihr wollt. Bye." Reagan beendete den Anruf und sah mich an. „Das ist zu viel, Arrie. Hast du das Gefühl, du solltest deine Mutter anrufen?"

„Sie weiß nicht, dass ich einen Sohn habe, Reagan. Und sie ist nicht einmal im Land." Ich sah keinen Sinn darin, meine Mutter aufzuregen. Nicht, wenn sie keine Ahnung hatte, dass Skye existierte. „Sie und Bill machen Urlaub in Tahiti. Ich möchte sowieso nicht, dass sie hier sind."

„Oh ja." Sie sah verlegen aus. „Ich vergesse ständig, dass sie wieder geheiratet hat."

„Ja, sie ist nicht mehr die Frau, die du damals getroffen hast." Ich hasste es, wie sehr sich meine Mutter nach dem Tod meines Vaters verändert hatte. „Es ist, als ob sie in dem Moment, als Dad starb, ein völlig anderer Mensch geworden wäre. Es ist verrückt, und es gefällt mir nicht." Ich hatte Reagan nicht viel über die Transformation meiner Mutter erzählt. „Sie hatte ein Facelifting und hat sich die Haare platinblond gefärbt – sie sieht ganz anders aus. Sie zieht sich nicht einmal mehr gleich an, sondern trägt dieses lange, fließende Zeug."

„Boho Chic", murmelte Reagan. „Wow, sie trug damals nur Hosenanzüge, oder? Und sie hatte die gleiche Haarfarbe wie du, Arrie. Ich kann mir nicht vorstellen, wie viel Bleichmittel nötig war, um sie platinblond zu machen." Als sie aus dem Fenster schaute, sagte sie: „Ich frage mich, ob sie jemals mit deinem Vater glücklich war."

„Ich auch." Der Gedanke war mir auch in den Sinn gekommen. „Ich habe mich oft gefragt, ob sie irgendetwas damit zu tun hatte, dass Dad krank wurde."

Reagan zuckte mit ihren schmalen Schultern und sah mich an. „Ich würde das nicht tun, wenn ich du wäre, Arrie. Zum einen könntest du das nie beweisen. Zum anderen ist sie immer noch deine Mutter, und du solltest nicht so schlecht über sie denken."

„Als ich klein war, hat Mom Dinge getan, die ich nicht verstand." Ich erinnerte mich daran, dass sie uns manchmal versehentlich krank gemacht hatte. „Bis Dad eine Köchin engagierte, hat Mom unsere Mahlzeiten zubereitet. Sie ließ das Fleisch manchmal zu lange ungekühlt und hatte noch andere schlechte Angewohnheiten. In den ersten fünf Jahren ihrer Ehe hatten wir alle mindestens dreimal im Jahr eine Lebensmittelvergiftung."

„Sie auch?", fragte Reagan.

Nickend musste ich zugeben, dass Mom auch krank geworden war. „Ja, sie auch."

„Hört sich so an, als hätte sie nicht wirklich gewusst, was sie tat. Nicht jeder hat gesunden Menschenverstand. Vielleicht hatte sie einfach nicht die gleiche Intelligenz wie du und dein Vater. Das macht sie nicht zu einem schlechten Menschen. Vielleicht hat sie sich nach seinem Tod nicht mehr so dumm neben euch beiden gefühlt. Vielleicht hat sie deshalb so schnell ihr neues Leben um diesen anderen Mann herum aufgebaut."

„Vielleicht." Ich dachte darüber nach, wie Bill immer meinen Vater kritisierte, wenn er meine Mutter zurechtwies, weil sie etwas Falsches gesagt hatte. „Bill hat nie versucht, Mom das Gefühl zu geben, sie wäre dumm. Ich muss zugeben, dass Dad es nicht absichtlich getan hat, aber er neigte dazu, jemanden zu korrigieren, wenn er Unrecht hatte. Es hat mich nie gestört. Ich möchte korrigiert werden, wenn ich falsch liege, damit ich daraus lernen kann. Mom wirkte immer nur irgendwie verlegen, wenn er das bei ihr machte."

„Siehst du." Reagan lächelte mich an. „Deine Mutter hat nichts Schlimmes getan, und sie fühlt sich endlich frei, sie selbst zu sein. Kein Grund, ihr das vorzuhalten. Ich fände es wirklich toll, wenn du deine negativen Gefühle ihr gegenüber überwinden könntest. Ich würde es lieben, wenn deine Mutter in Skyes Leben wäre. Immerhin ist er ihr einziges Enkelkind. Es wäre nicht richtig, ihr weniger Zugang zu unserem Sohn zu gewähren als meinen Eltern."

Nickend wusste ich, dass Reagan recht hatte. „Wenn das hier vorbei ist und wir Skye alles erzählt haben, werde ich es meiner Mutter sagen und sie wissen lassen, dass sie willkommen ist, ihn kennenzulernen."

„Das wäre wundervoll." Reagan sah zu ihrer Wohnung, als wir davor anhielten. „Ich möchte ihn wirklich noch vor heute

Abend wieder zu Hause haben, Arrie. Ich glaube nicht, dass ich schlafen kann, bis er wieder bei mir in Sicherheit ist."

„Baby, ich werde alles tun, um das zu ermöglichen." Ich meinte es auch so. „Der Privatdetektiv sollte bald hier sein, um sich mit uns zu treffen. Wenn er so gut ist, wie ich hoffe, stelle ich ihn ein."

Nickend stieg sie aus dem Auto und ging den Bürgersteig zur Wohnung hinauf. Ich stieg aus, trat neben sie und legte meinen Arm um sie. Sie legte ihren Kopf an meine Schulter. „Ich kann das nicht ertragen. Ich weiß nicht, wie andere Leute wochenlang, manchmal sogar jahrelang so leben."

„Ich habe keine Ahnung. Und ich will es nie herausfinden." Ich öffnete die Tür und fand die Nachbarin in der Wohnung. Es roch wunderbar. „Rieche ich da etwa Zimtschnecken?"

„Ganz genau", sagte Phyllis, als sie aus der Küche kam. „Also sind Sie Skyes Vater? Himmel, was für eine Ähnlichkeit." Sie streckte die Hand aus, als sie zu mir kam. „Phyllis Stanley. Freut mich, Sie kennenzulernen."

„Dr. Arslan Dawson." Ich schüttelte ihre Hand. „Ich freue mich auch."

Sie ging zurück in die Küche. „Ich werde ein paar Teller mit Zimtschnecken auf den Couchtisch stellen, Reagan, damit ihr etwas zu essen habt. Ich weiß, dass wahrscheinlich keiner von euch Appetit hat, aber ihr braucht etwas im Magen. Ich werde es hier drinnen lecker riechen lassen, um euren Appetit zu wecken. Und ich habe hier auch frischen Kaffee. Entkoffeiniert – ich bin sicher, ihr seid auch so schon angespannt genug."

Ich umarmte Reagan und küsste ihren Kopf. „Sie ist großartig."

Reagan schlang ihre Arme um mich. „Ja." Sie legte ihren Kopf an meine Brust. „Beim Klang deines Herzschlags fühle ich mich irgendwie besser."

„Das verstehe ich, Baby." Als ich mich auf das Sofa setzte,

versicherte ich ihr, dass es mir genauso ging. „Ich muss dich auch spüren."

Gerade als wir uns hinsetzten, öffnete sich die Tür, und ein Mann und eine Frau kamen herein. „Reagan, hast du die Neuigkeiten gehört?"

Reagan zog ihren Kopf von meiner Brust und fragte verwirrt: „Was für Neuigkeiten, Mom?"

„Eine Leiche wurde in einer Schlucht außerhalb der Stadt gefunden." Ihre Mutter drehte sich um und sank in die Arme ihres Mannes. „Ich weiß nicht, was ich tun soll, wenn das mein kleiner Junge ist."

Als ich davon erfuhr, hielt ich Reagan fester. „Das ist er nicht, das ist er nicht", murmelte ich beschwörend.

Reagan fing an zu weinen, umklammerte meine Arme und stöhnte, als Schmerz sie erfüllte: „Nein, nein, bitte. Oh Gott, nein."

Bei einem Klopfen an der Tür rannte Phyllis aus der Küche und wischte sich die Augen ab, als sie die schrecklichen Neuigkeiten mitbekam. „Ich mache auf. Versucht, euch zu entspannen, Reagan. Wir wissen noch nichts. Gebt die Hoffnung nicht auf." Sie öffnete die Tür, und dort stand ein etwa zwei Meter großer Mann. Eine goldene Kette hing um seinen Hals und er hatte einen goldenen Vorderzahn.

Als meine Augen ihn musterten, wusste ich bereits, dass er nicht der Richtige für uns war. „Es tut mir leid, Mr. Baxter. Wir brauchen kein Vorstellungsgespräch mehr." Ich war nicht bereit, dem Mann Fragen zu seinem Fachwissen zu stellen. Sein Aussehen allein sagte mir, dass er die Zeit nicht wert wäre.

„Ich würde die Chance lieben, Ihnen zu sagen, was ich für Sie tun kann, Dr. Dawson", rief er, als Phyllis ihm den Weg versperrte.

Sie sah meinen Gesichtsausdruck, dann kümmerte sie sich selbst um ihn. „Lassen Sie uns nach draußen gehen, und Sie können mir von Ihren Ideen erzählen. Die Leute da drin haben gerade schockierende Neuigkeiten bekommen." Sie schloss die Tür hinter sich, um uns Privatsphäre zu geben.

Reagan nahm ihren Kopf von meiner Schulter, um mich anzusehen. „Er wird uns keine Hilfe sein. Die Polizei scheinbar auch nicht. Arrie, was machen wir jetzt? Es könnte schon zu spät sein." Sie brach erneut zusammen, und ich packte sie an den Schultern und schüttelte sie.

Ich wünschte nur, ich wüsste, was wir noch tun könnten. „Nun, für den Anfang gehe ich in die Küche und hole ein paar von den Zimtschnecken, die Phyllis gemacht hat, und du und ich werden so viel davon essen, wie wir können. Dann rufen wir auf dem Polizeirevier an und fragen nach der Leiche, die sie gefunden haben. Sobald sie bestätigt haben, dass es nicht unser Sohn ist, machen wir ein Brainstorming, bis wir einen Aktionsplan erstellt haben."

Sie wischte sich die Augen ab, als sie nickte. „Okay, ich bin dabei. Wir schaffen das." Sie sah ihre Eltern an, die sich auf das andere Sofa setzten. „Mom und Dad, das ist Arrie."

Ich stand auf und schüttelte ihnen die Hände. „Mr. und Mrs. Storey, ich möchte Ihnen für alles danken, was Sie für meinen Sohn getan haben. Und obwohl ich für den Rest meines Lebens meinen Platz als der Vater dieses Jungen einnehme, werden Sie nie verlieren, was Sie mit ihm aufgebaut haben. Gott ist mein Zeuge, ich werde niemals Ihrer Beziehung zu unserem Sohn in die Quere kommen."

Reagans Mutter griff nach meiner Hand. „Danke, Arrie. Ich kann sehen, dass Sie ein guter Mann sind und dass unsere Tochter und unser Enkel in kompetenten Händen sind."

Ich werde allen zeigen, wie kompetent diese Hände wirklich sind.

22

REAGAN

Nach ein paar Bissen der hausgemachten Zimtschnecken drängte Arrie mich zum Reden und versuchte, mich von der Leiche abzulenken, die in einer Schlucht außerhalb der Stadt entdeckt worden war. Wir hatten beim Polizeirevier angerufen, und sie sagten, sie hätten noch keine Informationen für uns und würden noch untersuchen, was sie gefunden hatten. Sie sagten, sie würden uns kontaktieren, wenn die Leiche mit Skyes Beschreibung übereinstimmte, aber wir sollten die Nachrichten im Auge behalten – das wäre wahrscheinlich der schnellste Weg für uns, Informationen darüber zu erhalten, was in der Schlucht vor sich ging.

Bis dahin, sagte Arrie, hatte es keinen Sinn, sich das Schlimmste auszumalen.

Er bat mich, ihm von Skyes Geburt zu erzählen. „Es war eine schreckliche, stürmische Nacht und die gynäkologische Abteilung im Virginia Mason Hospital war voll. Es sah deinem Sohn ähnlich zu entscheiden, dass er zwei Wochen früher zu uns kommen wollte."

„Um Mitternacht", fügte Mom hinzu.

„Und ich hatte eine schreckliche Erkältung. Also musste ich zu Hause bleiben", erinnerte sich Dad. „Himmel, ich hasste das."

Mom lehnte ihren Kopf an Dads Schulter, als sie nebeneinander auf dem anderen Sofa saßen. „Ich hasste auch, dass du es verpasst hast."

Arries Augen sagten mir, dass er auch hasste, dass er es verpasst hatte. „Also waren nur du und deine Mutter dort?"

Ich nickte und erinnerte mich an alles, als wäre es gestern passiert. „Sie hatten das Licht gedämpft. Du weißt, dass die Krankenschwestern es nachts gerne dunkel haben. Meine Gynäkologin sagte ihnen, dass ich das Baby erst in einigen Stunden bekommen würde. Sie sagte, sie würde gleich am Morgen kommen."

„Ich wette, du hast das gehasst", sagte Arrie wissend.

„Und wie." Ich nahm einen Schluck von dem Kaffee, den er für mich hochhielt. „Aber sie hatte recht. Meine Wehen dauerten unerträgliche achtundzwanzig Stunden. Ich erinnere mich, dass ich dachte, ich würde die nächsten zwei Wochen dort sein, bis zu dem berechneten Geburtstermin."

Arrie wusste es besser. „Sie hätten das Baby per Kaiserschnitt geholt, bevor das passiert wäre."

„Als meine Ärztin zur Mittagszeit kam, um mich zu untersuchen, war der Muttermund noch nicht genug geweitet." Mein Herz pochte, als ich mich an den Zustand der Angst erinnerte, in den mich ihre Worte versetzt hatten. „Sie sagte mir, ich hätte bis fünf Uhr Zeit, dann würde sie mich in den OP bringen. Zum Glück hat mich die Krankenschwester zwei Stunden später überprüft und gesagt, sie würde die Ärztin rufen. Eine weitere Stunde später hielt ich Skye in meinen Armen."

„Er hat sechs Pfund gewogen", sagte Mom. „Er war so klein, so rot und faltig und so wunderbar."

„Wunderbar und voller Haare", erinnerte ich sie. „Er ist mit

Lanugo geboren worden. Unser Sohn sah in den ersten Wochen wie ein kleiner Affe aus, bevor die Haare ausfielen."

Arrie wirkte fasziniert. „Ich habe gehört, dass Frühgeborene mit vielen Haaren zur Welt kommen. Hast du Fotos gemacht?"

„Jede Menge." Als ich aufstand, packte ich seine Hand und zog ihn von der Couch. „Komm schon, ich zeige dir die Bilder. Ich habe sie alle in meinem Schlafzimmer."

Ich stellte die Schachtel voller Fotos mitten auf mein Bett und setzte mich mit gekreuzten Beinen darauf. „Lass sie uns ansehen, Arrie."

Er setzte sich neben mich, nachdem er seine Schuhe ausgezogen hatte. „Du hast wirklich viele Fotos gemacht, Reagan."

„Ich weiß." Ich holte den Stapel mit der Aufschrift *Erste Woche* heraus. „Okay, hier ist dein kleiner Affenjunge, Daddy." Ich konnte nicht aufhören zu lächeln. „Ich kann es kaum erwarten, dass er dich so nennt."

„Ich auch nicht." Er nahm das oberste Foto und lächelte, als er seinen neugeborenen Sohn ansah. „Mann, er war verdammt rot und faltig, oder?"

„Und wütend, seinem Gesichtsausdruck nach zu urteilen", ergänzte ich. „Für ein so kleines Lebewesen hat der Junge von Anfang an viel Lärm gemacht."

„Starke Lunge", kommentierte Arrie mit Stolz und ging dann zum nächsten Foto. „Ist das sein erstes Bad?"

„Ja. Siehst du diesen gequälten Ausdruck auf meinem Gesicht?" Ich fuhr mit dem Finger über das Bild.

„Was zur Hölle ist da los, Baby?", fragte er mit einem Grinsen. „Du wirkst, als hättest du gerade etwas Furchtbares gesehen."

„Ja, das hatte ich auch. Zumindest dachte ich es in diesem Moment. Später wurde es aber noch viel schlimmer." Ich dachte kurz über einen bestimmten Zwischenfall nach, von dem ich wusste, dass er der schlimmste war, den mein Sohn jemals

gehabt hatte. „Mom griff einen Moment zu spät nach der
Kamera, um den Urinstrahl aufzunehmen, den dein Sohn direkt
auf mein Gesicht gerichtet hatte."

Arrie wäre fast vom Bett gefallen, so heftig lachte er. „Oh
scheiße!"

„Etwas davon ist sogar in meinem Mund gelandet." Ich
schüttelte den Kopf, als ich mich an diesen schrecklichen
Moment erinnerte. „Und ich sagte Mom, sie solle übernehmen,
damit ich mir die Zähne putzen konnte. Aber sie lachte zu sehr,
um zu helfen. Es war ein Fiasko. Aber ich habe unserem Jungen
schließlich sein erstes Bad verabreicht."

Als er zum nächsten Bild ging, sah er verwirrt aus. „Und
warum sieht er hier so aus, als würde er versuchen, von dir
wegzukommen?"

„Oh ja. Das war der erste Tag. Wir waren noch im Krankenhaus." Es hatte eine Weile gedauert, bis wir uns beide an das
Stillen gewöhnt hatten. „Siehst du, wie er seinen Kopf zurückge-
worfen hat?"

„Ja." Arrie blinzelte, als er das Foto hochhob. „Ist das eine
Brustwarze, die ich dort sehe?" Er sah mich mit hochgezogenen
Augenbrauen an.

„Ja." Ich nahm ihm das Bild weg. „Das war unser erster Still-
versuch, und dein Sohn war nicht sehr angetan von dem, was
ich zu bieten hatte."

„Ich wette, er hat seine Meinung schnell geändert." Arrie
bewegte seine Hand nach oben und drückte sanft meine Brust.
„Das ist eine meiner Lieblingsstellen bei dir."

Kichernd sagte ich: „Ich weiß. Aber der kleine Skye sah das
anders. Er wollte nichts davon wissen. Erst als er kurz vor dem
Verhungern stand, hat er sich dazu überreden lassen – die
nächsten sechs Monate hat er kaum aufgehört zu trinken."

„Gut zu wissen, dass er auf den Geschmack gekommen ist."
Arrie beugte sich vor und küsste mich auf die Lippen. Er zog

sich zurück und sagte mit heiserer, lustvoller Stimme: „Ich kann es kaum erwarten, wieder mit dir zusammen zu sein, Baby. Wir haben so viel verlorene Zeit aufzuholen. Und es gibt so viel, worüber ich mit dir reden möchte. Natürlich nicht jetzt, aber später – sobald wir unseren Jungen wiederhaben."

Ich fuhr mit meinen Fingern über seine Wange und bemühte mich, nicht zu weinen oder an etwas Negatives zu denken. „Ich habe dich so vermisst. Du hast keine Ahnung. Ich kann nicht aufhören zu sagen, wie glücklich ich bin, dass ich dich wiedergefunden habe. Und umso glücklicher, dass du mich nicht für das hasst, was ich getan habe. Du bist ein Traum, Schatz."

Er nahm meine Hand in seine und hielt sie an sein Gesicht, während er mich ansah. „Du bist ein wahr gewordener Traum, Reagan Storey. Zusammen können wir alles schaffen. Wir müssen fest daran glauben. Wir können Berge versetzen, wenn wir müssen. Wir werden alles tun, um unseren Sohn zurückzubekommen."

Ich schluckte schwer und wusste, dass wir es schaffen konnten. Was auch immer nötig war, um Skye zurückzubekommen, wir würden einen Weg finden. „Ich glaube dir, Arrie."

Seine Augen blickten lange in meine, bevor er sagte: „Ich kann dich und unseren Sohn nicht wiedergefunden haben, nur um einen von euch so schnell wieder zu verlieren. Das glaube ich mit ganzem Herzen, Reagan. Diese Sache wird glücklich enden. Ich weiß es einfach. Wir werden unser Happy End finden."

„Ich will unser Glück jetzt schon finden." Ich lächelte. „Ich nehme alles, was danach kommt. Aber im Moment möchte ich nur, dass diese Sache gut endet. Ich möchte, dass mein Sohn wieder in meinen Armen liegt, damit ich ihn festhalten kann und er mir nie wieder weggenommen wird."

Arrie ließ mich los und lehnte sich zurück, wobei er seine

Handflächen auf das Bett legte. „Ich werde dafür sorgen. Ich besorge uns allen Leibwächter, wenn ich muss."

„Wir werden ein bisschen seltsam aussehen, wenn wir Leibwächter vor einer Wohnung haben, die tausend Dollar Miete im Monat kostet." Ich schüttelte den Kopf und lachte.

„Wir werden nicht mehr lange hier sein." Er zog mich zu sich auf das Bett. „Ich habe bereits nach Häusern gesucht, wo wir eine richtige Familie sein können. Und sobald du eines davon ausgesucht hast, kaufen wir es."

Ich hatte eine Vorstellung davon, welche Art von Häusern er sich angesehen hatte. „Lass mich raten – Villen? Anwesen? Palastartige Herrenhäuser?"

„Du weißt, wie ich bin, Baby." Er packte mich an der Taille, hob mich hoch und setzte mich rittlings auf seinen Schoß. „Wir werden das Beste von allem für unsere Kinder haben."

„Kinder?", fragte ich, als ich meine Hände über seine Schultern bewegte und dann auf seinen beeindruckenden Bizeps legte.

Er wickelte eine Haarsträhne um seinen Finger. „Ja, Kinder. Plural. Wir brauchen viel Platz für sie. Und irgendwann werden wir unserer Familie ein paar süße kleine Hunde hinzufügen. Genau wie in meinem Traum. Ich weiß, dass wir unseren Sohn zurückbekommen, Baby. Ich habe die Zukunft gesehen, und er ist dabei."

Mein Herz schwoll so sehr an, dass ich es in meinem Hals fühlen konnte. „Oh, Arrie! Ich bete, dass du recht hast." Dann sank ich auf ihn und versuchte mein Bestes, um nicht wieder zusammenzubrechen.

Es klopfte laut an der Schlafzimmertür, und ich setzte mich abrupt auf. „Ja?"

„Kommt schnell", sagte Mom. „Im Fernsehen kommt etwas über die Leiche in der Schlucht."

Ich stieß den Atem aus, als Arrie mich hochhob und meine

Füße auf den Boden stellte. Er nahm meine Hand und führte mich ins Wohnzimmer, wo meine Eltern und Phyllis vor dem Fernseher standen.

„Mach dir keine Sorgen, Baby. Alles wird gut. Die Polizei hätte uns angerufen, wenn sie uns etwas zu sagen hätten", beruhigte Arrie mich, aber ich war nicht überzeugt.

Als ich auf den Bildschirm starrte, sah ich die Reporterin, die wir an diesem Tag getroffen hatten. Sie hielt ein Mikrofon neben ihre zitternden Lippen, als Retter etwas, das aussah wie eine Leiche, von der anderen Straßenseite hochzogen und über die Leitplanke hoben. „Sie ist schon steif."

„Es ist kalt", erinnerte mich Arrie. „Die Leichenstarre kann viel schneller einsetzen, wenn es kalt ist und der Körper den Elementen ausgesetzt ist."

Ich wusste das. Ich hatte es nur für einen Moment aus meinem Kopf verbannt. Ich wollte nicht glauben, dass mein Sohn in diesem schwarzen Plastiksack sein könnte. Ich hielt mich an Arries Arm fest und musste mein Gesicht an seine Schulter legen, als Polizisten eintrafen, um etwas aus dem schwarzen Müllsack zu entfernen, das mit Sicherheit wie eine kleine Leiche aussah.

Dad flüsterte: „Ist es schlimm, dass ich hoffe, dass es sich um einen kleinen Erwachsenen handelt und nicht um ein Kind?"

„Still jetzt", brachte Mom ihn zum Schweigen. „Natürlich will niemand, dass es ein Kind ist."

Endlich hörte ich, was die Reporterin sagte. „Die Behörden untersuchen derzeit anscheinend menschliche Überreste, die sich in einem schwarzen Müllsack befinden. Sie haben das Gebiet abgesperrt in der Hoffnung, dem mutmaßlichen Opfer und seiner Familie Privatsphäre zu gewähren. Viele fragen sich, ob die Überreste dem kleinen Skye Storey gehören könnten, dem Jungen, der seit den frühen Morgenstunden vermisst wird."

Die Polizisten, die um den Sack herumstanden, zerstreuten

sich und einer der Beamten trat zu der Reporterin. „Wir haben
großartige Neuigkeiten. In dem Sack befindet sich keine Leiche.
Jemand hat eine Schaufensterpuppe in Kindergröße weggewor-
fen. Das war die gute Nachricht. Die schlechte Nachricht ist,
dass die Jagd nach Skye Storey weitergeht."

Arrie und ich sahen uns an, als wir beide den Atem ausstie-
ßen. Wir wussten, dass wir dieses Mal Glück gehabt hatten, aber
uns lief auf der Suche nach unserem Sohn die Zeit davon.

Aber zumindest haben wir noch eine Chance.

23

ARSLAN

S o wunderbar es auch war, dass keine menschlichen Überreste gefunden worden waren, mussten wir dennoch unseren Sohn finden. Und es gab noch keinen einzigen Hinweis in diesem Fall.

Wie ist es möglich, dass nicht eine Person in ganz Seattle etwas gesehen oder gehört hat?

Mitfühlende Anrufe für Reagan kamen aus dem Krankenhaus. Sie war ins Schlafzimmer gegangen, um sie entgegenzunehmen, ohne dass jeder ihre Gespräche mithören musste. Also war ich mit ihren Eltern allein. Wir hatten nichts anderes zu tun, als zu warten, und hatten alle Zeit der Welt zum Reden.

Reagans Vater räusperte sich und wollte offenbar herausfinden, wer ich war. Inzwischen hatten wir entschieden, uns zu duzen. „Also, Arrie, unsere Tochter hat uns so gut wie nichts über dich erzählt. Hast du etwas dagegen, das zu übernehmen?"

„Ja, sie redet nicht viel." Ich dachte, ich sollte ihnen die Highlights geben, anstatt der tristen Details. „Okay, ich bin zweiunddreißig, stamme von der Ostküste und bin Neurochirurg. Mein Vater ist kürzlich verstorben und hat mir ein beträchtliches Erbe hinterlassen."

„Tut mir leid, das zu hören", sagte ihr Vater. „Und deine Mutter?"

„Sie lebt noch und ist kerngesund." Ich stellte fest, dass es einige Zeit her war, seit ich mit ihr gesprochen hatte. „Jedenfalls soweit ich weiß. Ich werde sie anrufen, wenn wir Skye zurückbekommen. Um sie wissen zu lassen, dass sie jetzt ein Enkelkind hat."

Ihre Mutter fragte: „Hast du Brüder oder Schwestern?"

„Nein. Ich bin Einzelkind", antwortete ich. „Genau wie Reagan."

„Also hast du geerbt?", fragte Mr. Storey schließlich. „Dann musst du wohl keine Studentendarlehen mehr zurückzahlen, so wie Reagan. Oder hat das Erbe nicht ausgereicht, um deine Schulden zu begleichen?"

„Ähm, es war genug." Sie hatte ihnen wirklich nichts über mich erzählt. „Wisst ihr, mein Vater kam aus einer vermögenden Familie. Er hat mit Bedacht investiert und Milliarden verdient. Ich habe nach seinem Tod die Hälfte seines Vermögens geerbt und kann euch versichern, dass ihr euch keine Sorgen mehr um Reagans finanzielle Situation machen müsst. Ihre Studentendarlehen sind eines der ersten Dinge, die ich für sie erledigen werde."

Ihre Mutter klatschte in die Hände. „Das wäre großartig. Sie hat jetzt ein gutes Gehalt, aber es war nicht einfach für sie, zu studieren und einen Sohn zu erziehen. Sie musste eine Menge Kredite aufnehmen."

„Ja, das habe ich mir gedacht." Ich wusste, dass die meisten Ärzte in den ersten zehn Jahren nach Abschluss ihres Medizinstudiums Studentendarlehen zurückzahlen mussten, und konnte mir denken, dass Reagans Situation noch schlimmer sein musste als die eines Durchschnittsarztes. „Sie wird an meiner Seite nie wieder finanzielle Probleme haben."

„Arrie", rief Reagan aus dem Schlafzimmer. „Kannst du bitte herkommen?"

Ich stand auf, ging ins Schlafzimmer und fand sie blass und zitternd vor. Ihre Stimme hatte nicht einmal angedeutet, dass sie nervös war, also war ich nicht darauf vorbereitet.

Ich nahm sie in meine Arme und fragte: „Was ist los, Baby?"

„Er hat mich angerufen, Arrie." Sie sah mich mit verängstigten Augen an. „Haney. Skye lebt noch."

Ich holte tief Luft und versuchte, darüber nachzudenken, was das bedeutete. Sie sah zu ängstlich aus, als dass es gute Nachrichten waren. „Okay. Was will er, Reagan? Hast du ihm Geld angeboten?"

„Ich habe ihm eine Milliarde Dollar angeboten, und er sagte, dass er kein Geld will." Sie schüttelte langsam den Kopf. „Er sagte, er würde Skye und mich töten. Dann will er sich umbringen."

Ich konnte nicht glauben, dass der Mann so viel Geld ablehnen würde. „Dann ist er wirklich verrückt."

„Er ist völlig wahnsinnig." Sie erschauerte. „Und ich weiß, dass du das nicht verstehst, aber ich würde lieber mit Skye sterben, als ohne ihn zu leben."

Betäubt ließ ich sie los, als ich mit meinen Händen über mein Gesicht fuhr. „Baby, bitte denke nicht so."

„Ich kann nicht anders." Sie legte ihre Hand auf meine Schulter, damit ich sie ansah. „Der Verlust seiner Tochter hat diesen Mann verrückt gemacht, und ich wäre genauso verrückt, wenn meinem Sohn etwas passieren würde. Ich meine, unserem Sohn."

Die Richtung, in die sie sich zu bewegen schien, gefiel mir nicht. „Was hat er zu dir gesagt, Reagan? Du begibst dich nicht in die Hände dieses Psychopathen. Das werde ich nicht zulassen."

„Das ist nicht deine Entscheidung, Arrie. Ich werde alles

tun, um Skye zurückzubekommen." Sie wandte sich von mir ab, und ich packte ihren Arm, damit sie mich ansah.

„Ich will wissen, was er zu dir gesagt hat." Ich würde sie nichts allein unternehmen lassen.

„Er sagte, ich solle keiner Seele sagen, wo er Skye versteckt hat. Er sagte, ich habe eine Stunde Zeit, um dorthin zu gelangen. Er gibt mir nur eine Chance, meinen Sohn zu sehen und mich von ihm zu verabschieden. Er tut das nur, weil er es bei seiner Tochter auch tun konnte." Sie schluckte schwer, aber in ihren Augen bildeten sich keine Tränen.

„Heißt das, er will euch beide töten?" Ich schüttelte meinen Kopf. „Und du wirst einfach zulassen, dass das passiert?"

„Nein." Sie griff hinter sich und zog die Waffe aus ihrer Jeans. „Ich werde Haney zuerst töten."

„Wann hast du jemals eine Waffe abgefeuert?" Ich bezweifelte, dass sie schon einmal mit dem Ding geschossen hatte.

Sie schüttelte den Kopf und sagte mir, was ich bereits wusste. „Nein, aber ich werde nicht weit von ihm entfernt sein, wenn ich abdrücke. Er wird nicht wissen, dass ich eine Waffe habe, und wenn ich ihn aus nächster Nähe überrasche, bin ich zuversichtlich, dass ich treffe. Und dann bringe ich deinen Sohn zu dir nach Hause, Arrie." Als ich in ihre Augen sah, wusste ich, dass es genauso wahrscheinlich war, dass keiner der beiden nach Hause kommen würde.

Ich musste mich auf das Bett setzen, um meine Gedanken zu sammeln. „Ich habe schon einmal eine Pistole abgefeuert. Nur auf ein Ziel in einem Schießstand, aber ich habe geschossen. Und ich werde nicht zulassen, dass du das allein machst." Ich sah in ihre Augen, damit sie verstand, wie sehr ich mich um sie und unseren Sohn sorgte, obwohl sie erst seit ein paar Tagen wieder in meinem Leben war. Obwohl ich meinen Sohn erst kennengelernt hatte. „Wenn ich euch beide verliere, bin ich auch verloren. Also werde ich mit dir gehen und diesen Mann töten.“

„Und wenn sie dich ins Gefängnis stecken?“, fragte sie.

„Das wäre eine skandalöse Ungerechtigkeit, aber wenn es dazu kommt, wäre es das wert. Hauptsache, ich kann euch beide in Sicherheit bringen.“ Ich glaubte fest daran, dass ich nicht eingesperrt werden würde, weil ich einen verrückten Entführer ausschaltete, der das Leben meines Sohnes und der Frau, die ich liebte, bedrohte.

„Ich wollte dich dazu bringen, meine Eltern abzulenken. Sie dürfen nicht wissen, was ich tue.“ Sie seufzte. „Ich kenne sie. Sie werden die Polizei anrufen und ihnen sagen, was ich vorhabe. Und ich glaube Haney, wenn er sagt, dass er Skye töten wird, wenn die Polizei kommt. Sie werden wahrscheinlich mit kreischenden Sirenen und geladenen Waffen zum Lagerhaus fahren.“

„Wahrscheinlich hast du recht.“ Sie und ich mussten das allein tun, wenn wir eine Chance haben wollten, unseren Sohn und Reagan am Leben zu halten. „Wir können ihnen sagen, dass wir etwas einkaufen gehen. Oder vielleicht eine Pizza besorgen.“

Sie sah mich mit gespitzten Lippen an, als sie darüber nachdachte. „Das werden sie uns nie abkaufen. Aber was, wenn wir ihnen sagen, dass ich wegen Lannie angerufen wurde? Wir können sagen, dass wir beide nach ihm sehen müssen – weil wir beide seine Ärzte sind.“

„Ich denke, es würde ihm nichts ausmachen, wenn wir ihn für dieses Täuschungsmanöver benutzen.“ Ich dachte an meinen Freund und daran, dass er noch einen weiten Weg vor sich hatte. „Gib mir die Waffe und so viele Kugeln, wie ich tragen kann. Ich werde ihm nicht so nahe kommen, dass er mich sehen kann, wenn es sich vermeiden lässt. Hoffentlich kann ich ihn von hinten erledigen.“

Sie holte ein weiteres Magazin aus einer anderen Schublade.

„Hier, befülle das auch." Sie holte Kugeln und legte sie auf die Kommode.

Ich befüllte das Magazin, das bereits an der Waffe ange-bracht war. Dann befüllte ich das Ersatzmagazin und steckte es in meine Tasche, bevor ich die Waffe auf der Rückseite meiner Jeans in den Bund steckte. „Lass uns gehen."

„Zumindest hast du eine schwarze Jacke. Das sollte helfen, dich zu tarnen." Reagan öffnete die Schlafzimmertür und rief ihren Eltern zu: „Wir müssen ins Krankenhaus. Unser Patient hat Probleme, und wir müssen bei ihm sein. Ihr bleibt hier. Ich rufe an, sobald wir mehr über Skye wissen."

„Gibt es sonst niemanden, der sich um den Patienten kümmern kann?", fragte ihre Mutter, als sie von ihrem Stuhl aufstand.

„Nein", sagte ich. „Er hat nur uns. Niemand sonst kann Entscheidungen über ihn treffen. Aber die Polizei hat unsere Nummern und ruft an, wenn sie etwas herausfindet. Und wie gesagt, wir rufen euch an, sobald wir etwas erfahren." Ich sah Reagan an und fügte hinzu: „Wir sollten nicht länger als eine Stunde weg sein."

Reagan nickte. „Ja, eine Stunde – höchstens." Sie holte ihre Jacke neben der Tür. „Komm schon, beeilen wir uns, Arrie. Ich möchte niemanden warten lassen."

Ich konnte nicht anders, als zu bemerken, wie verblüfft ihre Eltern aussahen. „Alles wird gut, Leute. Entspannt euch einfach. Wir kommen bald wieder."

Wir stiegen in meinen Mietwagen, verließen den Parkplatz und fuhren auf der Straße vor dem Komplex nach Norden. Reagan gab mir Anweisungen. „Okay, biege jetzt rechts ab. Mal sehen, wohin dieser Mann unser Kind gebracht hat. Und dann holen wir es uns zurück."

Meine Hände packten das Lenkrad, als ich auf die nächste Anweisung wartete und betete, dass Skye keine Angst hatte. Ich hoffte einfach nur, dass dieser schreckliche Mann ihn nicht verletzt hatte.

Als Chirurg hatte ich schon Leben in meiner Obhut verloren. Es wurde nie einfacher. Aber ich hatte noch nie absichtlich ein Leben beendet. Das war genau das Gegenteil von dem, wozu ich ausgebildet worden war. Und ich hätte nie gedacht, dass ich so etwas tun würde.

Aber hier bin ich – auf dem Weg, einen Mann zu töten.

24

REAGAN

Es war nicht meine Absicht gewesen, Arrie in diese Sache hineinzuziehen. Ich wusste, dass er mich liebte, aber wir waren erst so kurze Zeit wieder zusammen. Ich hätte nicht gedacht, dass er bereits genug für mich und Skye empfand, um sein Leben aufs Spiel zu setzen und ein Leben zu beenden, um unseres zu retten.

Ich schaute auf den entschlossenen Ausdruck auf Arries schönem Gesicht und wusste, dass nichts davon für ihn von Bedeutung war. Zu sagen, Arslan Dawson sei einzigartig, wäre richtig – zu sagen, er sei ein Held, wäre noch besser.

Ich strich mit meinen Fingern über seinen Oberschenkel und musste ihm mitteilen, was er mir bedeutete, für den Fall, dass einem von uns das Schlimmste passierte. „Arrie, ich habe dir gesagt, wie dankbar ich für dich bin. Was ich dir noch nicht gesagt habe, ist, welche Ehre es sein wird, mich Mrs. Arslan Dawson zu nennen. Ich wollte dich nicht heiraten, aber das hat sich geändert. Ich möchte nichts mehr, als die verlorene Zeit wieder aufzuholen, wie du gesagt hast. Unserem Sohn wird es gutgehen. Wir haben eine gemeinsame Zukunft. Das weiß ich jetzt."

Er ließ eine Hand vom Lenkrad gleiten, nahm meine Hand, zog sie an seine Lippen und küsste sie sanft. „Baby, ich weiß, dass du dir Sorgen gemacht hast, wie sich Skye bei dieser Sache zwischen uns fühlen würde. Und vor der Entführung kam ich zu dem Schluss, dass wir seinetwegen langsamer machen sollten. Aber jetzt wird er Sicherheit und Stabilität brauchen wie noch nie zuvor. Als Familie zusammen zu sein ergibt Sinn."

„Das denke ich auch." Ich hatte jetzt selbst mit Unsicherheiten zu kämpfen, da ich wusste, dass mein Sohn direkt unter meiner Nase aus meiner Wohnung entführt werden konnte. „Weißt du, wenn ich nicht wieder zum Erbrechen aufgewacht wäre, hätte ich erst viel später bemerkt, dass Skye weg war. In gewisser Weise ist es gut, dass ich auf leeren Magen getrunken habe."

Mit einem Grinsen sagte er: „Ich glaube, es passiert nie etwas ohne Grund. Selbst wenn es auf den ersten Blick wie eine dumme Entscheidung ausgesehen haben könnte."

Als ich über die Entscheidung nachdachte, die ich in jener letzten Nacht mit Arrie getroffen hatte, war ich der Meinung, dass er vielleicht recht hatte. „Weißt du was? Ich denke, das könnte stimmen. Ich dachte, ich hätte die schlimmste Entscheidung meines Lebens getroffen, als ich dir sagte, dass es in Ordnung wäre, kein Kondom zu benutzen. Aber dann haben wir dank dieser schlechten Entscheidung Skye bekommen, nicht wahr?"

„Genau. Ich denke nicht, dass wir diese Entscheidung weiterhin als schlecht bezeichnen müssen." Er küsste meine Hand erneut. „Es war die beste Entscheidung, die du jemals getroffen hast."

Ich zeigte auf die nächste Straße vor uns. „Ich soll diese Straße dort nehmen."

Als wir abbogen, sahen wir endlich das verlassene Lagerhaus, in dem unser Sohn festgehalten wurde. „Da ist es", flüsterte er. „Ich werde hier anhalten, damit wir den Rest des Weges zu Fuß gehen können." Er sah mich mit dem ernstesten Ausdruck an, den ich jemals auf seinem Gesicht gesehen hatte. „Du musst zuerst aussteigen. Ich werde zurückbleiben. Wenn er auf dich wartet, wird er mich auch entdecken, und das können wir nicht zulassen. Klettere über mich, damit er sehen kann, dass du auf der Fahrerseite aussteigst, und nicht merkt, dass jemand bei dir ist."

„Gute Idee, Arrie." Ich löste meinen Sicherheitsgurt und setzte mich auf seinen Schoß. Dann drehte ich mich um, um ihn zu küssen, bevor ich aus dem Auto stieg.

Ich konnte den Kuss nicht als leidenschaftlich bezeichnen – es war so viel mehr zwischen uns, als wir uns küssten, da wir wussten, dass sich vielleicht alles gleich ändern würde. Außer Atem von all den Emotionen flüsterte ich: „Ich werde dich immer lieben, Arslan Dawson. Für alle Ewigkeit wirst du in meinem Herzen sein."

Seine Hand strich über meine Wange, als er seine Stirn an meine lehnte. „Und du wirst bis ans Ende der Zeit ein Teil meiner Seele sein."

In dem Wissen, was wir vorhatten, stieg ich aus und machte mich auf den langen Weg zum Lagerhaus. Mein Sohn war irgendwo da drin, und der Drang, so schnell wie möglich zu ihm zu rennen, überwältigte mich fast. Aber ich wusste, dass ich ruhig bleiben musste.

Spannung erfüllte meinen Körper, und ich bemühte mich, sie loszuwerden, als ich zu meinem endgültigen Ziel ging. Was auch geschah, ich hatte keine Kontrolle darüber. Es gab keinen Grund mehr, mir Sorgen zu machen. Ich hatte immer an das Schicksal geglaubt und tat es auch jetzt. Die Dinge würden so kommen, wie sie seit langer, langer Zeit in den Sternen geschrieben standen.

Ich hatte während meiner Ausbildung zur Chirurgin gelernt,

dass ich manchmal mental an einen anderen Ort gehen musste. Einen Ort, an dem ich ein anderes Maß an Konzentration finden und mich mit einer höheren Kraft verbinden konnte, um zu verstehen, was zu tun war.

Ich wusste, dass ich jetzt an diesen Ort gehen musste. Dass ich ruhig und fokussiert sein musste, wenn ich meinen Sohn retten und lebend zurückbekommen wollte.

Ich blieb neben der großen Lagertür stehen und hielt meine Hände über den Kopf, um Haney wissen zu lassen, dass ich unbewaffnet war. Tief im Inneren wandte ich mich an das Universum – an jede höhere Macht, die es dort draußen geben könnte – und hoffte auf Führung und Schutz.

Ich spürte eine Stärke und einen Glauben wie noch nie zuvor und öffnete vorsichtig die Tür. Die Dunkelheit verbarg fast alles vor mir. „Haney?" Meine Stimme hallte von den Wänden des leeren Gebäudes wider.

„Mom!", rief Skye.

Ich schaute in die Richtung, aus der seine Stimme zu kommen schien, aber sie prallte von den Wänden ab. „Skye!" Mein Herz pochte wild, und ich rannte fast zu der Stelle, wo ich ihn vermutete.

Langsam und ruhig, Reagan. „Nach rechts", rief Haney. „Kommen Sie langsam nach rechts und halten Sie die Hände hoch, so wie Sie es jetzt tun."

Ich hielt sie hoch und ging nach rechts. Als ich ein kleines Licht sah, ging ich darauf zu. „Alles wird gut, Skye. Mom ist jetzt hier."

Er schniefte, und ich wusste, dass er weinte. Die Wut, die mich durchdrang, hätte mich beinahe umgebracht.

Ich musste um eine Ecke gehen, um dem Licht zu folgen, und fand dort meinen Sohn. Ein Doppelbett, keine Bettwäsche, kein Kopfkissen, nichts – nur mein Sohn, der darauf angekettet war. Jetzt stieg wirklich Wut in mir auf. Brennend heiß, sodass die beruhigenden Worte, die mir durch den Kopf gingen, in Flammen aufloderten. „Befreien Sie meinen Sohn sofort von diesen Ketten, Haney", knurrte ich. „Oder ich werde Sie mit bloßen Händen töten."

„Sie werden nicht ..." Das war alles, was Haney herausbringen konnte.

„Ihre Tochter war nicht gefesselt. Jetzt nehmen Sie ihm diese Ketten ab oder ich sorge dafür, dass Sie zur Hölle fahren. Sie denken vielleicht, dass Sie gelitten haben, aber ich werde Ihnen unvorstellbares Leid zufügen."

Plötzlich trat Haney mit einem glänzenden silbernen Schlüssel in seiner zitternden Hand aus den Schatten. „Ich habe ihn erst vor einer Stunde angekettet. Er war bislang frei. Ich wollte Sie nicht so wütend machen, Storey."

„Stimmt das, Skye?" Meine Hände ballten sich an meinen Seiten zu Fäusten. Ich beschloss, mich auf meinen Sohn zu konzentrieren – Haneys Wahnsinn konnte bis später warten.

„Er war nett, Mom. Aber dann hat er gesagt, dass er mich fesseln muss." Er fing an zu weinen. „Ich habe Angst, Mom!"

Ich streckte ihm die Arme entgegen, als Haney die Ketten öffnete, die meinen Sohn fixiert hatten.

Skye rannte zu mir, während Haney vollkommen stillstand. „Okay, Sie können ihn festhalten, aber es läuft immer noch so, wie ich es Ihnen am Telefon beschrieben habe." Er zog eine Waffe hervor und zielte damit auf uns.

„Legen Sie die Waffe weg", sagte ich mit einem Befehlston, den ich noch nie aus meinem Mund gehört hatte. „Sie mussten bei Ihrer Tochter nichts dergleichen durchmachen. Hailey hatte etwas Besseres verdient. Skye auch."

Er senkte die Waffe und seinen Kopf. „Ich weiß. Sie haben recht."

Ich hielt Skye fest, hob ihn hoch und umarmte ihn. Der Ort war viel zu hellhörig, als dass ich hätte flüstern können, dass wir

Unterstützung hatten, also konzentrierte ich mich nur darauf, meinen Jungen zu beruhigen. „Alles wird gut, Skye. Du vertraust mir, nicht wahr?"

Seine winzigen Finger gruben sich in meinen Rücken, als er sich an mich klammerte. „Ja." Die Tränen waren immer noch in seiner Kinderstimme zu hören. „Aber ich habe Angst, Mom. Ich will nach Hause. Ich will nur nach Hause."

Haney nutzte die Gelegenheit, um uns zu unterbrechen. „Und dorthin schicke ich dich, Skye. Ich schicke uns alle nach Hause. Es gibt nichts mehr zu befürchten. Genau wie ich es dir gesagt habe. Es ist besser dort, wohin wir alle gehen. Kein Schmerz. Keine Traurigkeit. Es ist wunderbar dort. Und ich habe dir gesagt, dass meine Frau und meine Tochter auch da sein werden. Es wird herrlich sein."

„Aber ich will zu mir nach Hause", wimmerte Skye, als er sein Gesicht an meiner Schulter vergrub. „Ich will nicht mit Ihnen mitgehen, Mr. Haney. Ich kenne die Leute nicht, über die Sie sprechen. Bitte lassen Sie mich mit Mom nach Hause gehen. Bitte."

Ich hatte noch nie in meinem Leben gehört, wie mein Kind so bettelte, und es zerriss mein Herz in Millionen Stücke. „Wir *werden* nach Hause gehen. In *unser* Zuhause, Skye."

Haneys Augen verengten sich, als er die Waffe wieder hob. „Nein, Sie werden dort hingehen, wo ich Sie hinschicke, Storey."

Seine Hände zitterten, während er die Waffe hielt. Ich drehte ihm den Rücken zu und hielt Skye aus der Schusslinie. „Sie werden mir so viel Zeit geben, wie ich Ihnen gegeben habe, Haney. Zwei Minuten sind nicht fair. Sie hatten mehrere Stunden."

„Sie wissen, dass ich Ihnen nicht so viel Zeit geben kann", sagte er. „Aber ich kann Ihnen noch fünf Minuten geben."

„Das ist alles, was ich verlange." Ich hielt Skye fest und betete, dass er den Trost spüren konnte, den ich ihm geben wollte. Ich wiegte ihn hin und her und beschloss, eines seiner Lieblingslieder zu singen. Wenn ich laut genug sang, übertönte es alle Geräusche, die Arrie versehentlich machen würde, wenn er sich um den Mann kümmerte, der es gewagt hatte, unser Kind zu entführen und zu bedrohen.

Als ich *Baby Shark* sang, begann Skye mitzusingen. Dieses Lied hatte mich verrückt gemacht, so oft hatte ich es schon gehört. Jetzt beruhigte es meinen Sohn und mich, als es immer weiterging. „Baby Shark, doo do-do-do-do-do." Dann der nächste Vers. „Mommy Shark ..."

Nachdem er diesen Vers gesungen hatte, hob Sky seinen kleinen Kopf und sah mich mit einem Lächeln an. „Daddy Shark, doo ..."

Bitte lass Daddy Shark an seinem Platz und bereit sein, uns zu retten!

25

ARSLAN

Die Größe des Lagers machte es fast unmöglich, Reagan und Skye zu finden. Und dann hörte ich sie singen – ich konnte den Stimmen der beiden folgen, als sie ein langes und sich ständig wiederholendes Lied sangen.

Ich hatte eine Seitentür gefunden, durch die ich hineinschlüpfen konnte, da ich nicht durch die Vordertür gehen wollte, wie Reagan es getan hatte. Ich war mir sicher, dass Haney Überwachungskameras an diesem Eingang hatte. Aber er konnte unmöglich jeden Eingang überwachen.

Draußen war der Abendhimmel dunkelgrau, als Regenwolken ihn erfüllten. Im Inneren des riesigen leeren Gebäudes war es düster. Ich konnte nicht viel sehen, aber was ich sah, war viel leere Fläche.

Ich folgte ihren Stimmen und stellte sicher, dass ich unbemerkt blieb. Ich entdeckte eine Metalltreppe und überlegte, ob ich sie hochsteigen sollte. Diese Position würde mir viel mehr Spielraum geben, wenn ich auf Haney schoss.

Die Treppe knarrte etwas unter meinem Gewicht. Ich ging langsam und versuchte mein Bestes, um keinen Lärm zu machen. Ich befürchtete, dass Haney, wenn er auch nur das leiseste Geräusch hörte, meinen Sohn und Reagan töten würde.

„Ich denke, Sie haben genug gesungen", sagte Haney.

Ich konnte genau bestimmen, wo sie jetzt waren. Und als ich den letzten Schritt machte, konnte ich sie alle in einem kleinen Raum sehen – einem Raum ohne Decke. Das gab mir den perfekten Vorteil gegenüber dem Mann.

Reagan hörte nicht sofort auf zu singen. Sie und Skye beendeten den Vers über Daddy Shark, bevor sie still wurden. Reagan hielt Skye mit dem Rücken zu Haney schützend im Arm.

Ich verstand nicht ganz, warum, bis Haney seinen Arm hob und ich die Waffe in seiner Hand sah. „Es ist Zeit, ihn abzusetzen, Storey."

„Hören Sie", sagte Reagan ruhig. „Es muss nicht so enden. Mr. Haney, ich kann Ihnen alle Hilfe besorgen, die Sie brauchen, um mit Ihrem Leben weiterzumachen. Der Vater meines Sohnes wird Ihnen ein hohes Lösegeld für unsere Freilassung zahlen. Das schwöre ich Ihnen."

Haney legte den Kopf schief. „Glauben Sie wirklich, Geld oder Therapie können die Dinge für mich verbessern, Storey?" Er stieß einen lauten Seufzer aus. „Ohne meine Frau und mein Kind habe ich nichts. Ich will keine andere Frau finden. Ich will kein weiteres Kind. Ich will nur meine Familie zurück. Und bald werde ich sie wiederhaben."

„Haben Sie keine Angst, dass Sie durch Mord und Selbstmord an einen anderen Ort gelangen? Einen Ort, an dem sie nicht sind?", fragte Reagan ihn, als sie ihm weiterhin den Rücken zuwandte und Skye festhielt.

„Ich glaube nicht an die Hölle", informierte Haney sie.

„Aber Sie glauben an den Himmel", sagte sie. „Nach meinem Verständnis muss es auch eine Hölle geben, wenn es einen Himmel gibt. Und es gibt bestimmte Dinge, die sicherstellen, dass Sie dorthin geschickt werden. Mord ist eines dieser Dinge."

„Dann landen Sie auch dort, Storey", sagte Haney und richtete die Waffe auf Reagans Rücken. „Wenn ich Ihnen in den Rücken schieße, sollte die Kugel direkt durch Ihr Herz und in das Ihres Sohnes dringen."

Ich biss die Zähne zusammen und fand es schwierig, mich zurückzuhalten, als ich hörte, wie dieser verrückte Mann meine Familie bedrohte. Ich zog die Waffe aus dem Bund meiner Jeans und machte sie schussfertig. Reagan hatte ihm die Chance gegeben, diese Sache ohne Blutvergießen zu beenden. Als ich seine Antwort hörte, wurde mir klar, dass ich den Mann töten musste, wenn ich wollte, dass die beiden wichtigsten Menschen in meinem Leben unversehrt blieben.

Als ich dort stand und überlegte, was ich tun sollte, fragte ich mich, wie er sich wohl fühlte. Er hatte seine ganze Welt verloren. Es hatte ihn fertig gemacht. Wenn ich meine Welt verloren hätte, hätte ich mir auch das Leben genommen. Das bedeutete aber nicht, dass ich versucht hätte, andere mitzunehmen.

Haney konnte einfach nicht akzeptieren, dass seine Frau und sein Kind weg waren – dass sie außerhalb seiner Reichweite waren. Er musste Rache für das Unrecht suchen, das ihm das Leben zugefügt hatte. Und er hatte seine Wut auf Reagan projiziert. Auf seine gestörte Art musste er denken, dass Reagans Sohn zu töten das Einzige war, was seine Qual beenden würde.

Aber so sehr ich mich auch bemühte, den Mann zu verstehen und herauszufinden, was noch für ihn getan werden könnte – ich konnte keine andere Lösung finden. Wenn er nicht bereit war, sich Hilfe zu suchen und meine Familie gehen zu lassen, dann blieb mir nichts anderes übrig, als ihn zu erschießen.

Aber als Reagan versuchte, mit Haney zu verhandeln, hatte

er mich auf etwas aufmerksam gemacht. Mord war eine der Sünden, die eine Seele in die Hölle schickten. Und ich stand hier und war bereit, selbst einen Mord zu begehen. War es Mord, wenn ich meine Familie verteidigte?

„Setzen Sie ihn ab, Storey", forderte Haney.

„Ich kann nicht", wimmerte Reagan. „Das kann ich nicht zulassen, Haney."

„Das ist nicht Ihre Entscheidung." Seine Hände zitterten, als er beide benutzte, um die Waffe so ruhig wie möglich zu halten. „Ich werde tun, was ich meinem kleinen Mädchen versprochen habe, bevor es starb."

„Sie haben Ihrer Tochter gesagt, dass Sie meinen Sohn und mich töten würden?", fragte Reagan, ohne ihn anzusehen. Ihr ganzer Körper war um den unseres Sohnes gewickelt, als sie versuchte, ihn zu schützen. Ich konnte sehen, dass sie sogar versuchte, seine Ohren zu bedecken, damit er keine Angst bei ihren Worten bekam.

„Ich habe ihr gesagt, dass ich mich für das rächen würde, was Sie ihr angetan haben." Haneys Hände zitterten fürchterlich. Ich hatte Angst, dass die Waffe versehentlich losgehen würde. „Sie haben sie sterben lassen. Sie haben nicht intensiv genug versucht, ihr ein Herz zu besorgen, Storey. Sie wissen, dass Sie es nicht getan haben."

Sie stellte Skye auf den Boden und schob ihn hinter sich. Er klammerte sich an ihre Beine, als sie sich zu Haney umdrehte. „Sie verstehen nicht, wie das Transplantationssystem funktioniert, Mr. Haney. Ich habe schon früher versucht, es Ihnen zu erklären, aber Sie haben nie zugehört. Ich habe keine Kontrolle darüber, wer was bekommt. Ich kann nur jemanden auf die Transplantationsliste setzen. Ihre Tochter war klein für ihr Alter. Das bedeutet, dass ein kleines Kind mit intaktem Herzen hätte sterben müssen. Das kommt nicht allzu oft vor. Deshalb ist Ihr kleines Mädchen gestorben, bevor ein Herz für sie gefunden werden konnte." Reagan hob die Hände in die Luft und fragte: „Was haben Sie erwartet, Haney? Dass ich rausgehe und ein kleines Kind töte, um Ihrer Tochter ein Herz zu verschaffen?"

Einen Moment dachte ich, sie wäre zu ihm durchgedrungen. Er senkte die Waffe. „Ich weiß nicht, was ich von Ihnen erwartet habe. Ich habe meine Tochter zu Ihnen gebracht, und Sie haben ihr nicht geholfen."

„Noch einmal, Haney", sagte Reagan so ruhig sie konnte. „Ich habe ihr so gut geholfen, wie ich konnte. Alles andere lag außerhalb meiner Kontrolle."

Er nahm die Waffe wieder hoch. „Sie sind geblieben, bis sie gestorben war, dann haben Sie mir auf den Rücken geklopft und mir gesagt, wie leid es Ihnen tut. Erinnern Sie sich, was Sie danach getan haben, Storey?"

„Ich habe Sie trauern lassen, Mr. Haney." Reagan streckte die Hände aus, was ich für den Versuch hielt, ihn dazu zu bringen, seine Waffe wieder zu senken. „Ich habe Sie mit einem Geistlichen und einem Psychologen zurückgelassen. Ich bin dazu ausgebildet, an den Herzen der Menschen zu arbeiten. Sie sind dazu ausgebildet, Menschen beim Umgang mit Trauer zu helfen. Ich hatte alles getan, was ich tun konnte, und dann habe ich Sie denen überlassen, die am besten wussten, wie sie Ihnen helfen konnten. Es tut mir leid für Ihren Verlust. Es tut mir leid, wie das Leben Sie behandelt hat. Und es tut mir leid, dass es dazu gekommen ist. Aber Sie müssen uns gehen lassen."

Mein Herz blieb stehen, als er seinen Finger zum Abzug bewegte. „Ich muss Sie beide ins Jenseits befördern."

Ich durfte nicht zulassen, dass er den Abzug drückte. Ich richtete meine Waffe auf seinen Oberkörper, zielte und drückte zuerst den Abzug. Alles lief in Zeitlupe ab. Die Kugel traf nicht seine Brust, sondern seine linke Schulter. Und dieser Treffer machte ihn auf meine Anwesenheit aufmerksam.

Haney fiel rücklings auf den Boden und seine Augen richteten sich auf mich, als ich über ihnen allen stand. Dann bemerkte ich, dass Reagan und Skye auch zu mir aufblickten und feststellten, dass ich dort oben war.

„Ich bringe Sie um!", schrie Haney und richtete seine Waffe auf mich.

„Nein!", hörte ich Skye schreien und sah dann seinen kleinen Körper auf Haney zu rennen.

„Nein!", brüllte ich. „Skye, nein! Halt!"

Er hörte nicht zu, rannte geradewegs zu Haney und versuchte, ihm die Waffe aus der Hand zu reißen. Ich sah entsetzt zu, wie die Waffe losging und mein Sohn in der Brust getroffen wurde.

„Skye!", kreischte Reagan – ein unmenschliches Geräusch, das ich nie wieder hören wollte, solange ich lebte. Sie war nur wenige Zentimeter von Skye entfernt und Haney nutzte ihre Nähe aus, drückte erneut den Abzug und traf sie an der Schulter.

Ich musste zu ihnen. Ich rannte zur Treppe und nahm drei Stufen auf einmal. Ich lief um die Ecke und sah, wie Haneys Körper zitterte und seine Augen sich schlossen, als Reagan aufstand und sich über Skye beugte, um ihn vor weiteren Kugeln zu schützen.

Haneys glasige Augen wanderten zu ihr, als sie sich bewegte, und er nahm die Waffe hoch, um noch einmal auf sie zu schießen. Ich schrie, um seine Aufmerksamkeit auf mich zu ziehen, und er feuerte eine weitere Runde ab. Mein Oberschenkel wurde getroffen, und ich ging zu Boden. „Scheiße!"

Während ich hinfiel, feuerte ich den letzten Schuss ab, den ich brauchte, direkt zwischen seine Augen. Blut spritzte auf die Metallwand hinter ihm, als die Waffe aus seiner Hand fiel. Ein weiterer Schuss ging los, als sie den Boden traf. Ich hatte keine Ahnung, ob die Kugel jemanden verletzt hatte oder nicht.

Meine Ohren klingelten bei all den Schüssen. Ich konnte

nur dieses unaufhörliche Klingeln hören. Ich zog mein Bein hinter mir her und kroch zu Reagan. Als ich ihren Körper von Skye zog, sah ich, dass sie bewusstlos geworden war.

„Hier ist zu viel Blut", sagte ich zu mir selbst, als ich mit einer Hand Druck auf Skyes Wunde ausübte und mit der anderen mein Handy aus meiner Tasche holte.

„Hier ist die Polizei. Worum handelt es sich bei Ihrem Notfall?", fragte mich eine Frau.

„Wir brauchen drei Krankenwagen. Jetzt sofort. Verfolgen Sie diesen Anruf. Ich habe keine Ahnung, wie die Adresse lautet." Ich fühlte mich benommen, und vor meinen Augen begann alles zu verschwimmen. Nicht weil ich zu viel Blut verloren hatte, sondern weil ich dachte, ich würde die einzigen Menschen verlieren, die ich liebte. „Hier sind – ähm – Dr. Dawson, Dr. Storey und unser Sohn Skye – wir wurden alle angeschossen. Wir brauchen jetzt Hilfe."

„Sie ist auf dem Weg, Dr. Dawson. Halten Sie durch." Ich ließ mein Handy fallen. Ich musste meinem Sohn und meiner einzig wahren Liebe helfen. „Ich werde euch nicht gehen lassen. Ich lasse euch niemals wieder gehen. Bleibt bei mir." Ich küsste Skye auf seinen kleinen Kopf. „Bleib bei Daddy, Skye. Verlasse mich nicht, mein Sohn. Ich habe dich gerade erst bekommen – ich kann dich jetzt nicht verlieren." Ich fuhr mit meiner anderen Hand durch Reagans kastanienbraune Locken und riss dann ein Stück meines Shirts ab, um es um ihre Schulter zu wickeln. „Baby, du bleibst bei mir. Du und ich haben noch so viel vor. Alles wird gut. Du wirst sehen. Du musst nur durchhalten."

Ich schloss meine Augen, übte Druck auf ihre Wunden aus und betete, wohl wissend, dass es alles war, was ich jetzt tun konnte. Also tat ich es.

26

REAGAN

Die vertrauten Pieptöne sagten mir genau, wo ich war.
Der sterile Geruch hielt mich ruhig – oder vielleicht
waren das die Medikamente. Ich fühlte keinen
Schmerz und keinen Stress. Mit geschlossenen Augen wurde ich
immer wieder bewusstlos, bis ich seine Stimme hörte.

„Erwacht sie aus der Narkose?"

„Ja, Dr. Dawson", hörte ich Jamison, eine der Krankenschwestern, sagen. „Ihre Vitalzeichen sind gut. Sie wird bald
wach sein. Und wie geht es Skye?"

Skye?

Mit einem plötzlichen Blitz kam alles zurück. Schüsse, Blut
– so viel Blut. Die Brust meines kleinen Jungen war damit
bedeckt!

Ich kämpfte gegen die Fesseln an meinen Knöcheln und
Handgelenken an. Kein Wort drang aus meinem Mund, und
meine Augen öffneten sich nicht, als ich daran zog und stöhnte.

Eine Hand drückte sich gegen meine Stirn. „Baby, hier ist
Arrie. Entspanne dich. Skye geht es gut. Er ist auf der Intensiv-
station, aber er wird wieder gesund. Dr. Harman Hunter, der
Kinderchirurg, hat sich sehr gut um unseren Jungen geküm-

mert. Die Kugel landete rechts von seinem Rückgrat. Wir sind zuversichtlich, dass es keine Lähmung geben wird." Seine Lippen berührten nur eine Sekunde meine. „Und du wirst auch wieder gesund. Die Kugel ging bei dir durch die Schulter. Du hast eine Transfusion gebraucht, weil du viel Blut verloren hast. Aber du wirst dich in kürzester Zeit wieder besser fühlen."

Ich konnte meine Augen immer noch nicht öffnen und hörte, wie die Krankenschwester Arrie fragte: „Wie geht es Ihrem Bein, Doc?"

„Es ist in Ordnung", sagte er zu ihr. „Die Kugel ist sauber durchgegangen und hat nichts Entscheidendes getroffen. Ich werde eine Weile mit einem Stock herumlaufen, aber bald wieder so gut wie neu sein."

Ich bewegte meine Finger und wackelte ein wenig mit ihnen. Er wusste, dass ich wollte, dass er meine Hand hielt. Er konnte das bei meinen festgeschnallten Armen nicht ganz bewerkstelligen, aber er legte seine Fingerspitzen auf meine. Das Geräusch seiner Atmung und die Berührung seiner Haut halfen mir, mich zu beruhigen. Sobald ich hörte, dass es Skye und Arrie gutging, wusste ich, dass es Zeit war, meinen eigenen Körper heilen zu lassen.

Das Geräusch eines Alarms weckte mich wieder auf. Meine Augen öffneten sich und fanden jemanden, der aus meinem Zimmer rannte. Immer noch fixiert fand ich endlich meine Stimme. „Hey." Obwohl sie leise und heiser war, rief ich noch einmal. „Hey."

Arrie ging an der offenen Tür vorbei und humpelte mit einem Stock in dieselbe Richtung, in die alle anderen gingen. Er warf einen Blick in der Raum und sah meine offenen Augen. „Baby, ich bin gleich wieder da. Es geht um Lannie."

Seufzend hielt ich still. Zumindest war nichts mit Skye. Ich bewegte meinen Kopf, um aus dem Fenster zu schauen, und sah, wie die Sonne durch rosa Wolken spähte. Ich blinzelte und versuchte, meine Sicht zu klären. Die Nacht musste vergangen sein, und ein neuer Tag hatte begonnen. Ein Tag, der uns einen Neuanfang bringen würde.

Die Krankenschwester kam zurück und ich sah, dass es Patty war. „Hey. Es ist schön, Sie wach zu sehen." Nachdem sie meine Vitalfunktionen überprüft hatte, löste sie die Gurte. „Sie sehen gut aus." Sie drückte einen Knopf, sodass sich das Kopfteil des Bettes ein wenig nach oben bewegte. „Wollen Sie sich den Schaden ansehen, Doc?"

„Sollte ich?", fragte ich, wohl wissend, dass Schusswunden ziemlich schrecklich aussehen konnten.

„Es ist überhaupt nicht schlimm", informierte sie mich, als sie einen Handspiegel von der Kommode nahm. „Dr. Kerr hat sich um Sie gekümmert. Die Narben auf beiden Seiten Ihrer Schulter werden minimal sein."

Sie hielt den Spiegel hoch und zog die Patientenrobe ein Stück herunter. Ich sah drei winzige Stiche genau dort, wo sich meine Schulter und meine Brust trafen. „Gar nicht so schlecht. Ich muss Jonas einen Präsentkorb für seine hervorragende Arbeit schicken."

Arrie kam ins Zimmer. „Du wirst nicht glauben, was Lannie gerade getan hat." Er kam herüber und küsste mich auf die Stirn. „Du siehst schon viel besser aus, meine Schöne."

„Du wurdest auch angeschossen?", fragte ich, ohne mich daran zu erinnern, dass er überhaupt getroffen worden war.

„Ja, er hat mich erwischt." Er fuhr mit der Hand über seinen Arztkittel und deutete auf die Stelle, an der er getroffen worden war. „Genau hier. Ein Durchschuss. Ich werde bald wieder so gut wie neu sein. Danach habe ich ihn erwischt. Die Waffe ging los, als er sie fallen ließ. Zum Glück hat diese Kugel niemanden getroffen. Erinnerst du dich, dass ich dir von Skye erzählt habe?"

„Ja." Ich nahm seine Hand und hielt sie fest. „Also, was ist mit Lannie?"

„Oh!" Er lachte. „Er ist jetzt auf. Ganz wach. Er kann noch nicht sprechen, aber er kann anscheinend gehen – wir haben es gerade herausgefunden, weil er beschlossen hat, aus dem Bett zu klettern."

„Es wird nicht mehr lange dauern." Ich wusste, dass seinen motorischen Fähigkeiten bald seine Kommunikationsfähigkeiten folgen würden. „Ich bin froh zu hören, dass es ihm besser geht."

Er fuhr mit seiner Hand durch meine Locken und seufzte. „Ich bin froh, dass es uns allen bessergeht. Hast du Lust, in einen Rollstuhl zu steigen und unseren Sohn zu besuchen? Er wacht allmählich auf. Ich denke, er würde gern seine Mom sehen."

Als ich mich bewegte, fühlte ich mich steif, aber schmerzfrei. „Bitte bring mich zu unserem kleinen Jungen."

Mithilfe der Krankenschwester machte er mich mobil, und wir gingen zur pädiatrischen Intensivstation, um den Jungen zu sehen, für den ich so sehr gebetet hatte. Zwei Männer in schwarzen Anzügen flankierten uns und als wir auf der Intensivstation ankamen, wo Skye war, stand ein weiterer Mann in Schwarz vor seiner Tür.

Arrie sah meinen verwirrten Gesichtsausdruck. „Ich habe bereits Leibwächter für uns alle eingestellt."

„Aha. Einen Moment lang dachte ich, das FBI würde uns folgen." Mir fiel ein, dass die Polizei mich nicht besucht hatte. „Hast du mit der Polizei gesprochen, Arrie? Haben wir Ärger?"

Er schüttelte seinen Kopf, als er mich in das Zimmer unseres Sohnes schob. „Überhaupt nicht. Sie gehen von Notwehr aus. Es gibt keinen Grund, uns anzuklagen."

Das war eine große Erleichterung. „Gut. Damit wollte ich mich nicht befassen müssen."

Ich gelangte zur Seite von Skyes Bett und stellte fest, dass sich ein Kloß in meinem Hals bildete, als ich meinen hilflosen Jungen ansah. Ich schob seine dunklen Haare aus seinem Gesicht und flüsterte: „Skye, kannst du für Mom aufwachen?"

Seine Augen bewegten sich unter seinen Lidern, und ich wusste, dass er mich gehört hatte. Arrie beugte sich über meine Schulter. „Hey, Kleiner, willst du deine Augen für uns öffnen?"

Skyes Augen sprangen auf, und seine Lippen öffneten sich, als er Arrie direkt ansah. Er blinzelte ihn an und wirkte, als wollte er etwas sagen. Ich legte meinen Finger in seine Hand, die fixiert war. „Kannst du meinen Finger drücken?"

Er tat es, dann kam ein heiseres Wort heraus: „Dad?"

Arrie und ich sahen uns an und dann Skye, dessen Augen auf Arrie gerichtet blieben. Arrie nickte. „Ja. Ich bin dein Vater, Skye." Er fuhr mit seiner Hand über Skyes Kopf. „Wir werden eine Familie sein, Sohn. Und ich möchte, dass du weißt, dass ich dich mehr als alles andere auf dieser Welt liebe."

„Ich dich auch", flüsterte Skye und sah mich schließlich an. „Mom." Er schluckte schwer. „Ich liebe dich auch."

„Oh mein Junge, du hast keine Ahnung, wie gut es ist, dich das sagen zu hören." Ich beugte mich vor, um seine Wange zu küssen, und meine Schulter tat weh, aber ich ertrug den Schmerz klaglos. „Wir werden jetzt eine sehr glückliche Familie sein, Skye. Ich hoffe, du bist unser Ringträger, wenn dein Vater und ich heiraten."

Skye nickte. „Kann ich einen kleinen Bruder haben?"

Arrie lachte, als er seine Hand auf meine unverletzte Schulter legte. „Ich denke, das kann arrangiert werden." Er küsste mich auf den Kopf. „Wir werden in ein großes Haus ziehen, in dem genug Platz ist, dass du so viele Brüder und Schwestern haben kannst, wie du willst, mein Junge."

„So viele ich will?" Skye sah überrascht aus.

Ich sah zu Arrie auf. „Ähm, ganz ruhig, Big Daddy. Mom hat eine Schusswunde, die erst noch heilen muss."

Arrie lächelte und zwinkerte unserem Sohn zu. „Nun, wir können ihr ein wenig Zeit zum Gesundwerden geben, nicht wahr?"

„Sicher." Skye lächelte, und mein Herz schlug heftig.

„Es ist schön, dieses Lächeln zu sehen." Als ich in die Augen meines Sohnes sah – Augen, die so blau waren wie die seines Vaters –, wusste ich, dass wir alle in Ordnung waren. „Wir werden alle wieder gesund, und dann werden wir diese Sache hinter uns lassen. Dein Vater hat für unseren Schutz gesorgt. Wir müssen uns nie wieder Sorgen machen."

Arrie stellte sicher, dass Skye es verstand. „Wir haben jetzt Leibwächter. Niemand wird dich jemals wieder von uns wegbringen können."

„Auch in der Vorschule?", fragte Skye, als er mich ansah.

„Auch in der Vorschule." Ich betete, dass seine Entführung keine bleibenden Auswirkungen haben würde. Ich wusste, dass Kinder belastbar waren, aber ich wusste auch, dass wir hart daran arbeiten mussten, dass sich sein Leben normal und stabil anfühlte. „Und du wirst mit jemandem darüber reden, was du durchgemacht hast. Ich möchte, dass du weißt, dass du immer zu uns kommen kannst, wenn du traurig oder verärgert darüber bist, was passiert ist. Wir werden alle füreinander da sein und wenn du weitere Hilfe benötigst, lässt du es uns wissen. Versprochen?"

„Versprochen." Er schloss die Augen. „Mein Hals tut weh."

„Wackelpudding", empfahl Arrie.

Ich ergänzte: „Oder Schokoladeneis."

Skye öffnete die Augen und schaute zwischen uns hin und her, um seine Wahl zu treffen. „Beides", entschied er sich schließlich.

„Bei diesem Appetit wird es unserem Sohn bald wieder gutgehen", sagte ich und sah zu Arrie auf.

„Das denke ich auch." Arrie beugte sich vor, um Skye auf die Stirn zu küssen. „Ich möchte, dass du weißt, wie stolz ich bin, dein Vater zu sein, Skye. Und ich möchte, dass du meinen Nachnamen annimmst, wenn deine Mutter und ich heiraten. Auf diese Weise haben wir alle den gleichen Nachnamen."

Skye nickte und schloss dann wieder die Augen. „Okay, das hört sich gut an. Ich bin müde."

„Wir lassen dich jetzt ausruhen", sagte ich. „Wenn du aufwachst, kannst du dein Eis und deinen Wackelpudding haben. Wir werden dich jetzt verlassen, aber alles, was du tun musst, ist, den Knopf zu drücken, um der Krankenschwester mitzuteilen, dass du uns brauchst. Wir sind in der Nähe."

„Danke, Mom." Er drehte den Kopf und schlief ein.

Arrie brachte mich zurück zu meinem Zimmer. „Du brauchst auch Ruhe, Mom. Du musst gesund werden, damit du dir unser neues Zuhause aussuchen kannst."

Das klang nett. „Du und ich können gemeinsam darüber entscheiden. Ich habe einen Laptop in meinem Büro im Ärztehaus auf der anderen Straßenseite. Ich werde jemanden bitten, ihn mir zu bringen."

„Nach einem Nickerchen", sagte er, als er mich in mein Zimmer schob. „Sieht so aus, als hätten wir uns all die Sorgen darüber, wie wir es Skye sagen sollen, umsonst gemacht – er hat es so leicht aufgenommen. Ich nehme an, er muss auf alles geachtet haben, was im Lagerhaus gesagt wurde. Er ist ein kluger Junge."

„Nun, er hat die Hälfte von jedem unserer Gehirne", scherzte ich.

Er hob mich hoch, legte mich wieder auf das Bett und deckte mich zu. „Er wird wahrscheinlich doppelt so schlau sein wie jeder von uns."

Er blieb in der Nähe meines Gesichts, schaute von meinen Augen zu meinen Lippen und küsste mich sanft. Als er den Kuss beendete, fühlte ich mich benommen – noch mehr als zuvor. Ich streichelte seine Wange. „Ich kann es kaum erwarten, dich zu heiraten, Arslan Dawson."

„Ich auch nicht." Noch ein Kuss und ich schlief ein.

Jetzt müssen wir nur noch gesund werden.

27

ARSLAN

Als der Lieferbote unser neues Haus in Madison Park verließ, nickte ich meinem Leibwächter zu, der in der Nähe stand. „Wenn der Letzte weg ist, können Sie alle eine Pause machen, Randy."

„In letzter Zeit gab es hier viel Kommen und Gehen. Es fühlt sich an wie eine endlose Reihe von Fremden", sagte er und tippte den Sicherheitscode neben der Haustür ein. „Fertig. Alles verschlossen und sicher."

Wir gingen in die Küche, wo Reagan und Skye auf uns warteten. Reagan hatte Pizza bestellt und winkte uns herein. „Ich bin am Verhungern."

Unsere drei Leibwächter nahmen mit uns am Tisch Platz. Es war schon eine Weile her, dass wir all die Möbel gekauft hatten, um unser wunderschönes Haus am Wasser mit sieben Schlafzimmern und acht Badezimmern einzurichten.

Das Beste an dem Haus, auf das sich Reagan und Skye mit mir geeinigt hatten, war die Wohnung mit drei Schlafzimmern und drei Badezimmer über der Garage mit Platz für sechs Autos. Somit konnten unsere Leibwächter bei uns auf dem Gelände wohnen.

Sie hatten dafür gesorgt, dass das gesamte Grundstück gesichert war, bevor wir es betreten hatten. Hohe Zäune umgaben die zwei Morgen Land, die wir jetzt besaßen. Ein reich verziertes Eisentor ließ den Eingang ,prächtig' aussehen, wie Skye gern sagte.

Mein Sohn konnte unseren Reichtum kaum fassen. Und seine Mutter konnte kaum all die Schlafzimmer fassen, von denen Skye sagte, dass sie für all seine neuen Brüdern und Schwestern bestimmt waren.

Ich wusste nur, dass ich mich zum ersten Mal in meinem Erwachsenenleben zu Hause fühlte. Und meine Mutter würde uns in einem Monat zum ersten Mal besuchen, wenn wir heirateten.

Nachdem die schreckliche Entführung bereits einen Monat hinter uns lag, waren wir alle über die meisten Verletzungen hinweggekommen, die wir erlitten hatten. Die Zukunft sah gut aus, und wir drei waren bereit, uns darauf einzulassen.

Reagan legte ein Stück Gemüsepizza auf ihren Teller und lenkte ihre Aufmerksamkeit auf unsere Leibwächter. „Morgen kommen neue Fremde. Drei Köche, sechs Dienstmädchen und vier Gärtner kommen um neun Uhr morgens und um sechs Uhr abends zu Bewerbungsgesprächen vorbei."

Lucas nickte. „Hört sich gut an, Ma'am."

Randy fügte hinzu: „Wir sind direkt hier bei Ihnen. Und wir führen Hintergrundprüfungen für alle Mitarbeiter durch, die Sie einstellen möchten, bevor Sie etwas offiziell machen."

„Gut." Ich wusste, dass ich das richtige Team eingestellt hatte. „Ich wusste, dass Sie großartig sein würden." Die Männer waren früher alle in verschiedenen Abteilungen des Militärs gewesen und hatten eine Sicherheitsfirma gegründet, von der ich wusste, dass sie kompetent war.

Sean nickte. „Sie können sich auf uns verlassen, Doc."

Reagan lächelte strahlend. „Ich habe eine kleine Überraschung für Sie. Um Ihnen zu zeigen, wie sehr wir Sie zu schätzen wissen, engagiere ich einen Koch und einen Assistenten für Sie. Außerdem bekommen Sie ein eigenes Hausmädchen für Ihre Wohnung."

Lucas schüttelte den Kopf. „Das müssen Sie nicht tun, Ma'am. Wir können selbst aufräumen und unsere eigenen Mahlzeiten zubereiten."

„Nicht, während Sie sich um meine Familie kümmern", ließ ich sie wissen. „Betrachten Sie es einfach als einen Bonus – einen von vielen."

Randy sah ein wenig fassungslos aus. „Sir, Sie zahlen uns schon ein exorbitantes Gehalt. Sie haben uns die beste Kranken- und Lebensversicherung zur Verfügung gestellt, die wir je hatten. Und jetzt haben Sie uns eine wunderschöne Wohnung überlassen. Einen eigenen Koch und ein Dienstmädchen zu haben erscheint etwas übertrieben."

Reagan und ich hatten das vorher besprochen, also lagen mir die Worte, die wir ihm sagen wollten, bereits auf der Zunge. „Gentlemen, das sind keine Almosen."

Reagan nickte und fügte hinzu: „Das ist richtig. Sie haben sich bereits alles, was Sie bekommen, verdient."

Sean wirkte verwirrt. „Wir sind erst seit einem Monat bei Ihnen. Wie können wir uns schon so viel verdient haben?"

Skye lächelte die Männer an, zu denen er inzwischen aufschaute. „Sie haben es sich verdient, weil Sie uns und alle in diesem Land seit langer Zeit beschützen. Sie sind Soldaten. Oder Sie waren es. Und wir wollen Ihnen zeigen, wie sehr wir das zu schätzen wissen."

Die drei sahen einander an, und ich bemerkte ihre funkelnden Augen. Lucas nickte dankbar. „Nun, wenn das so ist, nehmen wir Ihre Geschenke gern an. Wir danken Ihnen vielmals."

„Und wir danken Ihnen", sagte Reagan. „Jetzt lassen Sie uns

essen. Alles, was ich tun möchte, ist aufzuräumen, ein heißes Bad zu nehmen und dann in mein neues Bett zu steigen."

„Ich auch!", sagte Skye begeistert.

Er hatte im Wohnzimmer der Wohnung geschlafen und sich bei den Leibwächtern dort sicherer gefühlt. Er hatte Angst gehabt, in sein Zimmer zu gehen. Aber da sich sein Zimmer in dem neuen Haus im zweiten Stock befand – und durch das Sicherheitssystem, das beim Öffnen eines Fensters aktiviert wurde –, hatte er wieder Vertrauen gefasst.

Reagan strahlte ihn an. „Dein neues Zimmer ist ziemlich toll, oder?"

„Mehr als das", sagte er und reckte seine Faust in die Luft. „Es ist ehrfurchtgebietend. Ich habe gerade dieses Wort gelernt."

Wir lachten alle, und ich hatte mich nie wohler gefühlt. Und als ich über den Tisch zu der Frau schaute, mit der ich den Rest meines Lebens teilen würde, fühlte ich noch mehr in mir. Pure Liebe.

Wenn mir irgendjemand gesagt hätte, dass irgendwann jemand mein Herz in der Hand halten würde, hätte ich ihnen gesagt, sie seien verrückt. Aber Reagan hatte mein Herz. Sie war meine Sonne.

Ich hatte gedacht, ich hätte sie schon geliebt, aber sie beinahe zu verlieren hatte diese Liebe eine Million Mal stärker gemacht. Und ich liebte unseren Sohn genauso. Ich begann zu denken, dass die Liebe, die ein Mensch geben konnte, unendlich sein musste.

Nachdem wir Reagan beim Aufräumen geholfen hatten, gingen wir nach oben, um Skye ins Bett zu bringen. Er war uns vorausgegangen, um sich fertig zu machen, was ein großer Schritt für ihn war. Er hatte sich vorgenommen, der stärkste Junge aller Zeiten zu werden, damit er irgendwann der beste große Bruder aller Zeiten sein konnte.

Er hatte seine Ängste überwunden und das Haus allein

erkundet und sich Lieblingsplätze gesucht. Schließlich hatte er verkündet, dass die hintere Terrasse vorerst sein Favorit war. Sie war komplett mit Glas umgeben, sodass er dort sitzen und den Sonnenuntergang über dem Wasser beobachten konnte. Reagan und ich genossen das auch. Wir hatten dort unseren ersten Sonnenuntergang in unserem neuen Zuhause als Familie betrachtet.

Und jetzt war unsere erste Nacht in unserem neuen Zuhause – und alles fühlte sich richtig an. Wir brachten unseren kleinen Jungen ins Bett und küssten ihn. „Gute Nacht, Mom. Ich liebe dich. Träum süß."

„Du auch", sagte Reagan und trat dann beiseite, damit ich ihn küssen konnte. „Ich liebe dich, mein Sohn."

Ich beugte mich vor und küsste ihn auf die Stirn. „Nacht, Kleiner. Ich liebe dich. Du schläfst jetzt fest. Und alles, was du tun musst, wenn du Angst hast, ist, uns zu rufen. Wir werden dich hören und im Handumdrehen hier sein."

„Ich habe überhaupt keine Angst, Dad." Er lächelte tapfer. „Schlaf gut. Ich liebe dich. Wir sehen uns morgen früh."

Meine Brust schwoll vor Stolz an. „Okay, Kumpel." Ich legte meinen Arm um seine Mutter. Dann verließen wir unseren Sohn mit einem Vertrauen, von dem wir nicht gewusst hatten, dass wir es so früh in unserem neuen Zuhause empfinden würden.

Über den Flur gingen wir in unser neues Schlafzimmer. Unser Fenster blickte auf den See hinaus, und das Mondlicht schimmerte auf dem Wasser. Gelbe Vorhänge umrahmten die wunderschöne Szene, und ich wusste, dass wir den besten Ort der Welt für uns ausgewählt hatten.

„Möchtest du mir in dem riesigen Whirlpool Gesellschaft leisten, Schatz?" Reagan klimperte mit den Wimpern.

„Machst du Witze?" Ich begann an Ort und Stelle, mich auszuziehen.

Mit großen Augen ging sie zum angrenzenden Badezimmer. „Sieh dich an. So bereit."

Sie hatte bereits bemerkt, dass ich eine Erektion hatte. „Wetten, dass ich bereit bin? Wir müssen unser neues Schlafzimmer einweihen."

„Oh ja." Sie wartete bereits auf mich, als ich in das Badezimmer kam, und fuhr mit ihren Händen über ihren jetzt nackten Körper.

Ihre Kurven erregten mich noch mehr.

Ich dachte nicht, dass ich warten konnte, bis sich die Wanne gefüllt hatte, bevor ich sie nahm. „Dusche", befahl ich, als ich sie packte. „Danach baden wir."

Sie lächelte, als ihr Körper zitterte. „Oh, ich habe Glück. Beides in einer Nacht."

„Und dann die Chaiselongue in unserer Sitzecke. Danach vielleicht auf dem Boden – vor den französischen Türen, die zum Balkon führen." Ich schaltete die Dusche ein, sodass Dampf den Raum füllte. „Wir haben viele Bereiche einzuweihen."

„Meine Güte, Arrie." Sie zog eine Augenbraue hoch. „Und danach das Bett, nehme ich an?"

„Warum nicht?" Ich grinste, als ich ihren Körper an die gefliese Wand drückte und die sechs verschiedenen Düsen uns in warmes Wasser tauchten.

Sie holte tief Luft, als ich sie hochhob und auf meinen harten Schwanz herunterließ. Ich wusste, dass sie schon nass und bereit für mich war, und ich wurde nicht enttäuscht. Ihre Arme schlangen sich um meinen Hals und ihre Beine taten das Gleiche mit meiner Taille. „Arrie, mein Gott!"

Ich bewegte mich langsam und glitt in sie hinein und aus ihr heraus, während ich sie anhob, um mich so zu stimulieren, wie ich es brauchte. „Reagan, das ist es, Baby. Wir sind jetzt offiziell bei der Arbeit."

Sie zog ihren Kopf von meiner Schulter und sah mir in die Augen. „Und was bedeutet das genau?"

Lachend wusste ich, dass sie es nicht begriffen hatte. „Bei der Arbeit. Du weißt schon, wir müssen Skye die Geschwister schenken, die wir ihm versprochen haben."

„Oh." Sie stöhnte, als ich sie mit mehr Kraft gegen die Wand drückte. „Arrie, bittest du mich, dein Baby zu bekommen?" „Bitte." Ich knabberte an ihrem Hals. „Bitte bekomme mein Baby, Reagan." Die Tatsache, dass ich sie nicht gefragt hatte, als wir Skye machten, störte mich. Wenn ich es getan hätte, hätte sie vielleicht nicht so viel Angst gehabt, dass sie ihn von mir ferngehalten hätte. „Und danke, dass du mir den Jungen im Zimmer gegenüber geschenkt hast."

Ihre Nägel bewegten sich über meinen Rücken, als sie stöhnte: „Danke, dass du ihn mir geschenkt hast. Und ich würde es lieben, ein weiteres Kind für dich zu bekommen. Es wäre mehr als willkommen, dich diesmal während der Schwangerschaft bei mir zu haben."

„Dieses Mal mit dir zusammen zu sein wäre ein wahr gewordener Traum." Ich bewegte mich mit mehr Kraft. „Ich hoffe, du bist bereit für all die harte Arbeit, die wir leisten müssen. Ich denke, es wird noch viele Nächte dauern, Baby", scherzte ich. „Bis ich einen rosa Teststreifen mit einem Pluszeichen sehe, werde ich dich so oft leidenschaftlich lieben, wie ich nur kann."

„Wow." Sie streckte ihren Hals. „Küss mich hier, Schatz. Es macht mich verrückt."

Ich küsste ihren Hals und hielt inne, um in ihr Ohrläppchen zu beißen und sie zum Wimmern zu bringen. Ich lachte und biss sanft wieder zu, während sie ihre Hüften an mich presste.

„Du und ich werden dieses Haus in kürzester Zeit mit Nachwuchs füllen, mein kleines Kaninchen." Ich bewegte sie schneller.

„Ich dachte, ich wäre dein kleiner Spatz?", fragte sie grinsend.

„Das warst du." Ich lehnte sie an die Wand und wollte spüren, wie sie auf meinem harten Schwanz kam. „Aber jetzt bist du mein kleines Kaninchen geworden. Wir entwickeln uns weiter. Bald wirst du auch nicht mehr Reagan Storey sein."

„Du eroberst mich, Arrie." Sie stöhnte, als ich meinen Schwanz tiefer in sie rammte. Ihre Nägel gruben sich in meine Schultern. „Oh!"

„Ja, das tue ich." Ich machte kurze, tiefe Stöße, als ihr Gesicht mir sagte, wie sehr sie es genoss, wenn ich sie nahm.

„Oh ja!" Ihr Inneres zitterte, als sie einen Orgasmus hatte, der meinen Schwanz reizte, bis ich ihr gab, was sie wollte.

Ich kam in ihr und spürte, wie unsere Verbindung noch tiefer wurde. Keuchend legte ich meine Lippen an ihr Ohr. „Und jetzt bin ich in dir, Baby."

Mit einem leisen Stöhnen sagte sie: „Es scheint, als wärst du schon immer in mir."

Und dort würde ich auch bleiben.

28

REAGAN

Nach fast zwei Monaten Therapie konnte Lannie seine Beine wieder benutzen. „Siehst du, ich kann so gut gehen wie früher, Arrie." Lannie stolzierte wie ein Pfau von einer Seite des Therapieraums zur anderen, ohne auch nur einmal zu stolpern. „Also wirst du jetzt meine Dienste in Anspruch nehmen, Reagan?"

„Bist du sicher, dass du uns trauen möchtest, anstatt die Hochzeit nur als unser geschätzter Gast zu genießen?", fragte ich ihn, als ich mich an Arries Arm klammerte.

Arrie sah mich mit wackelnden Augenbrauen an. „Du musst ein Auge auf ihn haben, um sicherzustellen, dass er dich nicht in den Schatten stellt, wenn du ihm erlaubst, uns zu trauen. Er ist ein ziemlicher Angeber, weißt du?"

„Angeber?", fragte Lannie, als er zu uns kam. „Sicher nicht!" Er bückte sich und verneigte sich vor uns. „Ich betrachte mich eher als einen extravaganten Künstler, der ein Händchen für Dramatik hat. Und als solcher würde ich die oft langweiligen Ehegelübde mit Schwung und Elan präsentieren, im Gegensatz zu irgendeinem drögen Priester."

Ich hatte das Gefühl, wenn wir Lannie irgendetwas bei

unserer Hochzeit machen ließen, würde er am Ende alles übernehmen. Und das störte mich kein bisschen. „Ich sage Ja."
Dann sah ich Arrie an, der grinste. „Wenn du einverstanden
bist."

„Ich muss dich warnen, Reagan, dieser Mann wird das
Kommando übernehmen." Arrie sah es genauso deutlich
wie ich.

Aber ich wollte, dass Lannie diesen Tag hatte. Ohne ihn
wären wir nicht einmal hier. Also schenkte ich ihm meine volle
Aufmerksamkeit. „Langston Stone, für deinen Unfall sollte vielleicht niemand dankbar sein, aber ich bin es. Nicht für deine
Schmerzen und Qualen, sondern dafür, dass du – zusammen
mit deinen sturen, hartnäckigen Eltern – diesen Mann wieder in
mein Leben und das meines Sohnes gebracht hast. Ich kann dir
nicht genug danken."

„Ich auch nicht", stimmte Arrie zu.

Lannie lächelte, als er vorgab, einen imaginären Hut anzu-
tippen. „Und ich bin dankbar dafür, dass ihr mich soweit
wiederhergestellt habt, dass ich noch ein bisschen mehr von
diesem fabelhaften Leben genießen kann."

„Als Dankeschön würde ich nichts mehr lieben, als dich bei
der Organisation unserer fabelhaften Hochzeit helfen zu lassen.
Ich kann mir niemanden vorstellen, der das besser könnte."

„Du wirst es nicht bereuen, Ray-Ray." Der Mann hatte Spitz-
namen für uns alle und diesen hatte er mir gegeben.

Skyes Spitzname, *Baby Arrie*, war bei Vater und Sohn ein
Riesenerfolg. Im Gegenzug war Lannie für unseren Sohn zu
Onkel Lannie geworden. Skye hatte keine anderen Tanten oder
Onkel und war begeistert, endlich einen Mann zu haben, den er
Onkel nennen konnte.

Mit ausgestreckten Armen blickte Lannie in den Raum und
hatte eine Vision. „Ich sehe euren Garten. Schwarze und weiße
Schwäne auf dem See. Tische und Stühle auf der Terrasse und

eine Tanzfläche aus Mahagoniholz." Er sah mich an. „Wie viele Gäste werden kommen?"

„Nun, ich denke, alle Ärzte und Krankenschwestern." Ich sah Arrie an. „Denkst du nicht auch, dass wir sie alle einladen sollten?"

„Doch." Er sah ein wenig skeptisch aus. „Aber einige werden nicht teilnehmen können, weißt du. Wir können das Krankenhaus nicht ein paar Stunden schließen."

Lannie wusste, was zu tun war. „Für diejenigen, die nicht anwesend sein können, werden wir einen Empfang in der Cafeteria abhalten, mit den gleichen Leckereien, die wir den anderen Gästen servieren. Sie werden es lieben. Dafür werde ich sorgen."

„Und eine Live-Band", sagte ich. „Ich liebe Live-Musik, Lannie. Ich möchte eine Band, die alle Arten von Musik ab 2012 spielt. Damals waren Arrie und ich junge Medizinstudenten, die sich ineinander verliebt haben."

Arrie fügte hinzu: „Für den Empfang in der Cafeteria sollten wir die Band Jazz spielen lassen, um unsere Patienten nicht zu stören."

„Wie rücksichtsvoll", sagte Lannie und nickte. „Ich denke, deshalb bist du Arzt geworden, Arrie. Du warst immer schon so. Ich war schon immer ein Draufgänger und ein Schurke. Wie du und ich Freunde geworden sind, werde ich nie begreifen."

„Wir hatten keine andere Wahl, denke ich. Da unsere Eltern den ganzen Sommer zusammen verbracht haben, haben wir *gezwungenermaßen* auch Zeit miteinander verbracht." Arrie lächelte schelmisch.

Lannie schnaubte. „Oh, wie nett. Ich denke, wir sind Brüder aus einem früheren Leben. Woher sonst kommen unsere identischen Kieferlinien, breiten Schultern und kräftigen Oberschenkel?"

Ich bewegte meine Hand über die Stelle, an der sich Arries

Schussnarbe befand. „Zum Glück haben seine kräftigen Beine diese Kugel schnell gestoppt. Ich nenne ihn von Zeit zu Zeit Superman."

Die Art, wie Arrie mich anlächelte, ließ mein Herz rasen. Da der Hochzeitstermin nur noch zwei Wochen entfernt war, hatten wir jede Menge zu tun. „Okay, lass uns nach Hause gehen, damit wir uns an die Planung machen können. Komm schon, Lannie. Du kommst mit uns nach Hause."

Er klatschte und folgte ihm. „Auf nach Dawson Manor!"

Lachend musste ich fragen: „Bist du wirklich hier geboren oder bist du durch ein Wurmloch aus einer anderen Zeit zu uns gereist, Lannie?"

„Ich mag die Art, wie du denkst, Ray-Ray." Er ging an uns vorbei und hüpfte den Flur hinunter.

„Kaum zu glauben, dass der Mann noch vor zwei Monaten halbtot war", sagte Arrie nachdenklich.

„Das beweist, was für ein großartiger Chirurg du bist." Ich schob meinen Arm durch seinen und küsste ihn auf die Wange. „Ich hoffe, Lannie ist nicht beleidigt, wenn wir um acht Uhr schlafen gehen, nachdem wir Skye ins Bett gebracht haben."

„Wenn er etwas sagt, sage ich ihm, dass wir ein Baby machen müssen." Er küsste mich auf die Wange.

Ich schlug auf seine Brust und spürte, wie sich meine Wangen vor Verlegenheit erhitzten. „Wage es nicht!"

„Er wird es verstehen, Baby." Arrie lachte, als wir zusammen seinem Freund folgten.

„Tu es trotzdem nicht." Ich wollte nicht, dass jemand unsere Pläne kannte. Ich befürchtete, dass das Trauma der Entführung und der Schüsse meinen Körper belastet haben könnte, und war mir nicht sicher, ob ich gleich schwanger werden würde nach all dem Stress, den ich durchgemacht hatte.

Aber unser Sohn war ungeduldig und hatte uns daran erinnert, dass wir ihm Geschwister versprochen hatten. Jetzt wusste ich, dass er diese Ungeduld von seinem Vater geerbt hatte. „Wir haben Arbeit zu erledigen, und Lannie wird das verstehen, auch wenn das alles ist, was ich ihm sage."

„Ja, aber wir sollten über diese Arbeit sprechen, Arrie." Ich hatte keine Gelegenheit bekommen, mit ihm über meine Sorgen zu reden. Ich wollte ihm keine falschen Hoffnungen machen, dass es so schnell und einfach funktionieren würde wie zuvor.

„Was auch immer du willst, Reagan." Er stieß die Tür für mich auf. „Henry wartet schon auf uns." Lucas und Sean, die draußen gewartet hatten, traten neben uns. Randy war mit Skye in der Vorschule.

Das war eine weitere Sache, die mich stresste. Arrie und ich waren nur in der Privatsphäre unseres Schlafzimmers wirklich allein. Er hatte den Fahrer angeheuert, den er kennengelernt hatte, als er in die Stadt kam, und verlangte, dass wir nur mit ihm fuhren. Außerdem hatten wir immer unsere Leibwächter in der Nähe.

Jeder von ihnen war freundlich und professionell, und ich konnte mich nicht beschweren, ohne undankbar zu wirken. Aber ich wollte etwas von meinem früheren Leben zurück.

Haney war tot. Es gab keine Bedrohungen mehr. Ich fühlte mich jetzt allein sicher. Aber Arrie und sogar Skye schienen es zu genießen, eigene Leibwächter und einen Chauffeur zu haben, was uns meiner Meinung nach viel zu sehr auffallen ließ.

Durch das Zimmermädchen, den Koch und den Gärtner hatte ich zu Hause nichts zu tun. Sie kümmerten sich um alles. Was mir in den ersten Tagen cool vorgekommen war, stellte mich schnell vor die Frage, was ich tun sollte.

Abgesehen von unseren heißen Nächten hatten Arrie und ich immer Leute um uns. Wir hatten nie die Möglichkeit, uns spontan zu lieben, so wie wir es in jüngeren Jahren getan hatten. Und ich vermisste es.

Also hatte ich darüber nachgedacht, mit ihm darüber zu

reden, uns etwas Luft zu verschaffen. Ohne wirkliche Bedrohung sah ich keinen Grund, immer einen Schutzschild aus Menschen um uns herum zu haben.

Aber selbst während ich mich mental gegen diesen Aspekt unseres Lebens wehrte, sah ich zu, wie unser Sohn und sein Leibwächter in unseren riesigen SUV mit Chauffeur kletterten, als wir anhielten, um Skye von der Vorschule abzuholen. Das Gesicht des Jungen leuchtete, als er einstieg und sich neben Arrie setzte. „Oh Mann, Dad. Tommy O'Sullivan hat gefragt, ob du der Präsident der Vereinigten Staaten bist. Wegen des Autos. Und ich habe ihm noch nicht gesagt, dass du es nicht bist." Er hob seine Hand, und sie gaben sich eine High-Five.

„Es ist ein bisschen zu viel, nicht wahr?", fragte ich, als ich zu Lucas sah, der einen seltsamen Ausdruck auf seinem Gesicht hatte.

Bevor er etwas erwidern konnte, sagte Arrie: „Zu viel? Auf keinen Fall."

Skye stimmte zu: „Auf keinen Fall, Mom. Es ist gerade genug. Wir brauchen all das, um uns zu schützen." Er sah mich mit Augen an, die mir sagten, dass er mehr Ängste und Sorgen hatte, als ich gedacht hatte. „Mom, ich möchte nicht, dass mir jemals wieder so etwas passiert. Und ich möchte auch nicht, dass du und Dad noch einmal angeschossen werdet."

Das nahm mir den Wind aus den Segeln. „Okay, Baby. Ich verstehe."

Arrie zog seinen Kopf zurück und sah mich verwirrt an. „Möchtest du etwa *darüber* sprechen? Die Sicherheitsmaßnahmen zu reduzieren? Weil ich dir gleich sagen kann, dass wir das nicht tun werden. Vielleicht nie. Ich bin mit Leibwächtern aufgewachsen, Reagan. Du wirst dich daran gewöhnen. Das verspreche ich dir."

Als alle anderen im Auto versuchten, uns nicht anzusehen, fühlte ich mich ertappt. Ich hatte Arrie gesagt, dass ich reden wollte, aber er wusste wohl nicht, dass ich es privat tun wollte. Höchstwahrscheinlich, weil Privatsphäre eine Sache war, die wir nur von acht Uhr abends bis fünf Uhr morgens hatten.

Ich schaute aus dem Fenster und versuchte, Arrie zu zeigen, dass ich im Moment über nichts reden wollte. „Okay."

Als wir zu Hause ankamen, ging ich zur Bar, um mir Wein einzuschenken. Aber Arrie kam gleich herüber, um ihn mir abzunehmen. „Hast du vergessen, was unser Job ist, Baby?" Er trank das kleine Glas, das ich mir eingegossen hatte.

Lannie wirbelte durch den Raum, ohne uns beide zu beachten, als er Skye fragte: „Baby Arrie, wo sollen Mom und Dad den Gang zum Altar hinunterschreiten? Nun, es sollte draußen stattfinden. Oh und bei Sonnenuntergang. Komm, ich zeige es dir."

Die beiden stürmten los, dicht gefolgt von Randy. Unser Zuhause war eine Festung – ich sah keinen Grund, die Leibwächter dabeizuhaben, wenn wir dort waren. Ich beschloss, das zu sagen. „Arrie, warum müssen sie hinter uns herlaufen, als wären wir zerbrechliche kleine Wesen, die ständig betreut werden müssen?" Ich sah mich im Raum um und wies auf die Überwachungskameras, die überall waren. „Sie können unsere Bewegungen bequem von ihrer Wohnung aus verfolgen, wo die Monitore sind."

Arrie sah Lucas an. „Stört es Sie, so nah bei uns zu sein?"

„Nein, Sir", kam seine schnelle Antwort. „Das ist überhaupt kein Problem."

Ich wusste nicht, wie ich es anders ausdrücken sollte. Direkt schien am besten zu sein. „Es ist aber ein Problem für mich." Ich sah Lucas an. „Ich möchte nicht undankbar erscheinen, aber ich brauche mehr Platz."

Arrie nahm mich am Arm und drehte mich zu sich um. „Ich fühle mich zurzeit nicht wohl damit, dir mehr Platz zu geben, Reagan. Und unser Sohn auch nicht."

„Und ich möchte, dass sich unser Sohn sicher und geborgen

fühlt, auch ohne den ständigen Schatten seines Leibwächters", ließ ich ihn wissen. „Und ich würde gern sehen, dass du auch so viel Selbstvertrauen hast."

Der Blick in Arries blauen Augen war einer, den ich noch nie gesehen hatte.

Oh oh, habe ich gerade Papa Bär aufgeweckt?

29

ARSLAN

Reagan musste scherzen. Es waren keine sechs
Wochen seit der Entführung vergangen. Wie konnte
sie glauben, dass irgendjemand so schnell darüber
hinwegkommen konnte?

Aber ich sah den Ausdruck in ihren Augen und wusste, dass
wir allein sein mussten, um darüber zu sprechen. „Komm mit."
Ich sah Lucas und Sean an. „Sie können gehen."

Sie nickten und gingen weg, als ich Reagan in unser Schlafzimmer führte, damit uns niemand störte. Sie zog sich von mir
zurück, sobald wir durch die Tür traten. „Arrie, das gefällt mir
nicht. Du tust so, als ob jemand hinter uns her ist. Nun, ich gebe
zu, dass es mir gefallen hat, wie sicher ich mich in der ersten
Woche gefühlt habe. Jetzt scheint es zu viel zu sein. Und ich bin
gestresst."

Ich setzte mich neben sie auf die Chaiselongue, hielt ihre
Hand und strich mit meinen Fingern über ihren Rücken. „Baby,
ich habe diese Leute eingestellt, damit du nicht gestresst wirst.
Jetzt musst du dich entspannen. Alles wird gut. Du wirst
sehen."

„Ich möchte ein normaleres Leben." Sie runzelte die Stirn.

„Ich weiß, dass du daran gewöhnt bist. Ich weiß, dass wir alle etwas Schreckliches durchgemacht haben."

„Und du weißt, dass unser Sohn das braucht." Ich hatte gesehen, wie viel besser sich Skye fühlte, wenn er so viel Schutz hatte. Er hatte bei den Leibwächtern im Wohnzimmer geschlafen, als wir noch in der Wohnung lebten. Sie waren seine Schutzengel. Wenn Reagan dachte, ich würde diesem Kind seine Engel wegnehmen, war sie verrückt.

Ihre Brust hob und senkte sich bei einem schweren Seufzer. „Arrie, ich möchte nicht, dass er von anderen abhängig wird, damit er sich sicher fühlt. Du und ich können das für ihn tun."

„Zu diesem Zeitpunkt muss ich dir widersprechen, Reagan." Ich wusste, was sie antworten wollte, und stoppte sie, bevor sie es konnte. „Als sein Vater kann ich sehen, dass er das jetzt braucht."

Sie kniff ihre grünen Augen zusammen. „Und als seine Mutter, die von Anfang an ein Teil seines Lebens war …"

Ich unterbrach sie. „Ich möchte dir keine Vorwürfe machen, Reagan, also werde ich es nicht. Aber du weißt, warum du von Anfang an da warst und ich nicht, oder? Du musst mir nicht antworten, ich will nicht darüber diskutieren. Irgendwann werden wir unsere Sicherheitsmaßnahmen verringern können. Jetzt ist es noch nicht soweit."

„Nun", sie verschränkte die Arme vor der Brust. „Dann wird sich unser Sohn daran gewöhnen und sich ohne viel Security nie sicher fühlen."

„Das denke ich nicht." Sie war nicht so aufgewachsen wie ich. „Ich hatte genauso viel Security wie jetzt, als ich aufgewachsen bin. Und dann bin ich aufs College gegangen und habe das hinter mir gelassen. Ganz problemlos. Als ich mein Zuhause verließ, hatte mein Vater dafür gesorgt, dass ich genug Training hatte, um mich zu verteidigen. Deshalb habe ich an Schießkursen teilgenommen. Deshalb habe ich immer noch einen

Personal Trainer, der meinen Körper fit hält. Das scheint dir übrigens zu gefallen." Ich spannte meinen Bizeps an und sah das Funkeln in ihren Augen, als sie beobachtete, wie sich die Muskeln bewegten. „Siehst du."

Ein weiterer Seufzer drang aus ihrer Brust. „Aber er ist nicht wie du, Arrie. Du hast nie das durchgemacht, was er ertragen hat."

„Noch mehr Grund für ihn, zusätzliche Sicherheit zu haben, bis er sich selbst verteidigen kann." Ich zog sie an mich und küsste ihre weichen Lippen. „Lass mich sein Vater sein, Liebes. Lass mich tun, was ich für richtig halte", flüsterte ich.

Sie sah mich mit traurigen Augen an. „Okay. Aber ich muss jetzt mit dir über etwas anderes reden. Ich fürchte, ich werde nicht so schnell schwanger werden, wie wir es uns erhofft haben."

Ich hatte keine Ahnung, wie sie darauf kam. „Sag mir, warum."

„Mein Körper hat viel durchgemacht – und ich auch. Ich weiß, dass nicht nur das körperliche, sondern auch das psychische Trauma seinen Tribut gefordert hat. Ich mache mir Sorgen, dass der Stress verhindert, dass ich sofort schwanger werde. Du weißt, wie sich ein Trauma auf den Körper auswirken kann – es braucht viel Zeit, vielleicht sogar Jahre, um darüber hinwegzukommen."

„Okay." Ich wusste, dass wir damit umgehen konnten. „Also, wenn es nicht sofort passiert, dann eben nicht, Baby."

Sie warf die Arme in die Luft. „Das sagst du einfach so. Du und Skye giert förmlich nach einem Baby. Ich fühle mich unter Druck gesetzt. Ist dir das nicht klar?"

Ich wollte nicht, dass sie Druck verspürte, und ich hätte sicher nicht erwähnt, ein Baby zu wollen, wenn ich geahnt hätte, dass sie sich so fühlte. „Okay, ich werde mit Skye reden, und wir werden dich mit dem Babyzeug in Ruhe lassen."

„Als ob er damit aufhören würde." Sie sah mich an und drehte sich dann zum Fenster. „Er war noch nie so aufgeregt wegen irgendetwas in seinem kleinen Leben. Er versucht, ein harter Kerl zu sein, damit er der beste große Bruder ist, den die Welt je gesehen hat." Sie sah mich an. „Er möchte ein ebenso großer Held sein, wie du es für ihn bist."

Ich wusste, dass sie es nicht so gemeint hatte, aber ich konnte nichts dagegen tun, dass meine Brust vor Stolz anschwoll. „Sieht er mich so?"

„Wer nicht?" Reagan kam zu mir und legte ihre Hände in meine, als sie vor mir niederkniete. „Du bist ein großartiger Mann. So stark und belastbar. Und es stört mich, dass ich nicht mithalten kann. Dass ich nicht so toll sein kann wie du. Es stört mich sehr."

Sie hatte keine Ahnung, wie großartig sie wirklich war. Also musste ich es ihr zeigen. „Warte hier. Ich bin gleich wieder da."

Ich beeilte mich, Skye zu holen, und wusste, dass ich ihn dazu bringen musste, seiner Mutter einige Dinge zu erzählen, die er mir zuvor erzählt hatte. Ich hatte angenommen, dass es nichts war, was sie noch nie von ihm gehört hatte, aber vielleicht hatte ich mich geirrt.

Ich fand ihn bei Lannie, mit dem er über die Hochzeit sprach. „Skye, kannst du mal kurz herkommen?"

„Sicher, Dad." Er rannte zu mir, dicht gefolgt von Randy.

Ich hob meine Hand und sagte: „Sie können eine Pause machen, Randy. Ich nehme Skye mit, um mit seiner Mutter zu reden."

„Sicher." Randy deutete auf die Wohnung über der Garage. „Ich bin da oben, wenn Sie mich brauchen."

Ich nickte, legte meinen Arm um Skye und sagte ihm, was ich von ihm brauchte – was seine Mutter brauchte. Und ich redete mit ihm darüber, dass wir das Baby nicht mehr ansprechen sollten, weil Mom sich ein wenig unter Druck fühlte.

Der Junge stimmte mir zu: „Ich möchte nicht, dass sie sich so fühlt."

Als wir ins Schlafzimmer traten, gab ich ihm einen kleinen Schubs und trat zurück, um die beiden reden zu lassen. „Los, sag ihr, was du mir erzählt hast, mein Sohn."

„Okay." Skye ging zu seiner Mutter, die am Ende des Bettes saß. „Mom, Dad hat mir ein paar Sachen erzählt, und ich möchte dir etwas sagen. Okay?"

„Natürlich." Reagan streckte die Hände aus, als würde sie ihm bedeuten, er solle fortfahren. „Nur zu."

„Weißt du, Mom, ich denke, dass du der mutigste Mensch bist, den ich kenne", begann er.

Ich biss mir auf die Unterlippe, als ich versuchte, nicht emotional zu werden. Er hatte mir wenige Tage nach dem Vorfall das Gleiche über seine Mutter erzählt. Er war immer noch im Krankenhaus gewesen und sie auch. Damals hatte es mich zum Weinen gebracht. Und es war fast wieder soweit.

„Nun, das bin ich wirklich nicht", sagte Reagan, als sie ihre Hände auf ihrem Schoß rang.

Skye legte seine kleinen Hände auf ihre. „Doch, das bist du. Du bist gekommen und hast mich vor diesem fiesen Mann gerettet. Das musstest du nicht."

Sie sah ihn mit Tränen in den Augen an. „Natürlich musste ich das."

Er schüttelte den Kopf. „Nein, das musstest du nicht. Du hättest die Polizei schicken können. Ich habe viele Krankenschwestern und Ärzte darüber reden hören, als ich im Krankenhaus war."

Reagan sah mich über seinen Kopf hinweg an. „War dein Vater einer dieser Ärzte?"

„Nein." Skye schüttelte den Kopf. „Das haben andere gesagt. Und weißt du, was noch?"

Reagan sah ihn mit einem Lächeln an. „Was noch?"

„Du hattest nie Angst vor diesem Mann." Skye trat vor, um seine Mutter zu umarmen, und ich musste in meine Hand beißen, um die Tränen zurückzuhalten. „Du hast ihm gesagt, dass du ihn mit bloßen Händen töten würdest. Das werde ich nie vergessen – du warst wie ein Superheld! Und ich habe dir geglaubt und er wohl auch, weil er gekommen ist, um mir die Ketten abzunehmen."

Reagans Augenbrauen hoben sich, als sie ihren Sohn umarmte. „Nun, ich habe es auch so gemeint."

Er zog sich zurück, um sie anzusehen. „Und ich wusste, dass du es tun würdest. Ich bin froh, dass du das alles nicht tun musstest, denn ich denke, es wäre schwierig für dich gewesen. Ich bin froh, dass Dad aufgetaucht ist und diesen fiesen Mann losgeworden ist. Aber wenn er nicht hätte kommen können, dann weiß ich, dass du mich gerettet hättest, Mom. Das habe ich immer gewusst."

Sie hielt ihn fest, als Tränen über ihre roten Wangen liefen. „Ja, das hätte ich." Ihre Augen wanderten zu meinen, aus denen jetzt auch Tränen flossen. „Und du hast recht. Es wäre schwierig für mich gewesen, diesen Mann umzubringen. Und ich bin froh, dass dein Vater aufgetaucht ist und sich um ihn gekümmert hat, sodass ich es nicht musste."

„Ja, ich auch." Skye trat zurück, nachdem er seine Mutter auf die Wange geküsst hatte. „Und weißt du, was noch, Mom?"

Sie wischte sich die Augen ab. „Was noch, Skye?"

„Ich möchte ein großer Bruder sein." Er streckte seine Hand aus, und sie ergriff sie. „Aber wir müssen uns nicht beeilen."

Sie sah mich mit einem Lächeln an, und dann wanderten ihre Augen zurück zu ihm. „Nun, vielen Dank. Ich möchte auch, dass du ein großer Bruder bist, aber ich denke, dass es uns diesmal nicht so schnell gelingt. Ich weiß deine Geduld zu schätzen."

„Das ist okay", sagte er. „Wir haben Zeit."

Sie zog sein Gesicht hoch, damit er sie ansah. „Magst du es, Randy und die anderen Männer in der Nähe zu haben?"

Er nickte. „Sie geben mir das Gefühl, in Sicherheit zu sein."

Ihre Stirn runzelte sich, als sie fragte: „Dad und ich etwa nicht?"

„Doch." Skye drehte sich zu mir um. „Ich fühle mich bei euch wirklich sicher. Aber ich brauche sie auch. Zurzeit."

Reagan nickte. „Alles klar. Du verstehst meine Bedürfnisse. Ich verstehe deine. Wir sind alle wichtig in dieser Familie. Jeder von uns."

„Ja, das sind wir." Ich trat vor und legte meine Hände auf die schmalen Schultern unseres Sohnes. „Und unsere Meinungen sind auch wichtig."

Reagan lächelte mich an. „Ja, das sind sie. Tut mir leid, wenn ich mich wie eine verwöhnte Göre benommen habe."

„Tut mir leid, wenn ich mich wie ein Tyrann benommen habe." Ich beugte mich vor und küsste sie auf den Kopf.

Skye mischte sich ein: „Tut mir leid, wenn ich mich wie ein Kind benommen habe, das wirklich unbedingt ein paar Brüder und vielleicht eine Schwester will."

Lachend umarmten wir uns und alles fühlte sich sofort viel besser an.

So soll sich eine Familie anfühlen.

30

REAGAN

D er Wind pfiff durch die Bäume und Tauben gurrten in der Ferne. Neben mir hielt Arrie meine Hand, als wir über weiße Rosenblätter gingen, die zu Lannie führten, der ein weißes Brautkleid trug, das nur drei Nummern größer war als meins – wir hatten uns beide in dasselbe Kleid verliebt.

Ich fühlte mich nicht aus dem Rampenlicht gedrängt. Ich fühlte mich geehrt, als er mir sagte, was für einen fantastischen Geschmack ich hatte. Natürlich musste ich den Mann auch dieses prächtige Kleid tragen lassen.

Es war nicht nur *unsere* Hochzeit. Es war ein Tag, der uns alle offiziell zu einer großen Familie machte. Lannie hatte uns wieder zusammengebracht, damit er auch ein Teil unserer Familie wurde. Seine Eltern waren so hartnäckig und fordernd gewesen – sie hatten sich auch einen Platz in unserer Familie verdient.

Arries Mutter und ihr Ehemann Bill waren vor einer Woche gekommen. Sie konnte nicht glauben, dass sie Großmutter gewesen war, ohne es zu wissen. Aber sie beklagte sich nie

darüber. Das machte sie für mich zu einem besonderen Teil
unserer Familie.

Meine Eltern hatten Arrie, ohne zu zögern, bei sich aufgenommen. Das machte sie zu etwas Besonderem für meinen Fast-
Ehemann. Wir alle hatten eine Einheit gebildet, bevor wir tradi-
tionell zusammenkamen.

Nun war also der Abend, an dem Arslan Dawson und ich
eine rechtlich bindende Vereinigung eingehen würden. Lannie
hob die Hände, als Arrie und ich vor ihm stehen blieben. „Hal-
leluja! Kann ich hier oben ein Amen bekommen?", rief er.

Unsere Gäste riefen unisono: „Amen!"

Lannie fuhr fort: „Ladys und Gentlemen. Ärzte und Krankenschwestern. Großmütter und Großväter. Wir sind alle hier
versammelt, um irgendwie das Leben zu meistern."

Ich flüsterte: „Ich glaube, das ist eine Zeile aus einem Song
von Prince, Lannie."

„Scheiße, du hast recht", sagte er. Er hob den Kopf und
korrigierte sich. „Was ich damit sagen will, ist: Wollt ihr mit mir
an dieser Revolution teilnehmen, die wir Leben nennen?" Er
zwinkerte mir zu.

Unsere Gäste riefen: „Ja, das wollen wir!"

Arrie lächelte mich an, und ich lächelte zurück. „Und wollt
ihr mit mir diese beiden mutigen Seelen zu ihrem Happy End
begleiten, meine Brüder und Schwestern?"

„Verdammt ja, das wollen wir!", riefen alle.

Ich legte meinen Kopf schief, als ich Lannie ansah. „Hast du
etwa Zettel mit einem Skript verteilt?"

„Es heißt Programm, meine Liebe. Jetzt beruhige dich."
Lannie tippte meine Nasenspitze an. „Du hast mir schließlich
die Planung überlassen, nicht wahr?"

Arrie zuckte mit den Schultern. „Das hast du getan, Reagan.
Mach einfach mit, damit wir zu den guten Sachen kommen."

„Okay", sagte ich, als ich Lannie einen Blick zuwarf, der

besagte, dass er sich beeilen sollte. Ich hatte Arrie und Skye
großartige Neuigkeiten mitzuteilen. Aber ich wollte warten, bis
wir Mann und Frau waren. „Aber schnell."

„Niemals!", ließ Lannie mich wissen. Musik erklang. Eine
einzelne Note ertönte von einer E-Gitarre. „Die Ehe ist keine
Selbstverständlichkeit. Die Ehe ist die größte Verpflichtung, die
zwei Menschen eingehen können. Ich werde diesen beiden
Liebenden einige Fragen stellen, die die meisten Geistlichen
nicht stellen würden. Haltet euch an euren Stühlen fest,
verehrte Gäste. Hier wird es gleich wild und heiß." Lannie
beugte sich vor. „Verstehst du jetzt, warum Skye mit eingeschal-
teten Kopfhörern drinnen bleiben muss, während ich diesen
Teil mache?"

Ich fing an zu schwitzen. „Meine Güte. Ich fange wirklich an,
das zu bereuen."

Lannie lächelte nur, und ich bemerkte, dass sein roter
Lippenstift an einem seiner Vorderzähne klebte. Ich streckte
die Hand aus, um ihn mit der Fingerspitze abzuwischen. Er
fing meine Hand auf. „Du liebst mich, nicht wahr, Ray-
Ray?"

„Natürlich tue ich das." Ich beugte mich vor und küsste
seine Wange.

Die Gäste klatschten und jubelten, bevor Lannie sie zum
Schweigen brachte. „Lasst uns weitermachen. Arslan Miguel
Dawson – von nun an Arrie genannt –, nimmst du diese Frau bei
Krankheit, Gesundheit, heftigen Durchfällen und sogar Mens-
truationsbeschwerden zur Ehefrau, bis dass der Tod euch
scheidet?"

Arrie grinste und sagte: „Ja, ich will."

„Cool, Mann", sagte Lannie, als sie sich eine High-Five
gaben, und sah dann mich an. „Reagan Dreamchild Storey – von
nun an Ray-Ray genannt –, nimmst du diesen Mann bei Krankheit, Gesundheit, nervtötenden Gesprächen über Hirnfunk-

tionen und fürchterlichen Blähungen zum Ehemann, bis dass der Tod euch scheidet?"

Ich sah Arrie an und wusste, dass ich seine Neurochirurgen-Gespräche ertragen konnte, aber ich wunderte mich über den Teil mit den Blähungen. „Sind deine Blähungen wirklich so schlimm?" Während Arrie den Kopf schüttelte, nickte Lannie. „Ich werde es wohl riskieren müssen. Ja, ich will."

„Viel Glück, Schwester", flüsterte Lannie. Er sah Arrie an. „Arrie, denkst du, du kannst mit dieser Frau für den Rest deines Lebens leben, lieben, weinen und lachen?"

Die Art, wie Arrie mich ansah, sagte mir mehr, als seine Worte es jemals konnten. „Ja."

Lannie seufzte. „Das ist Liebe, Leute." Er sah mich an. „Dasselbe für dich, Ray-Ray?"

Ich sah Lannie an. „Dasselbe, was du Arrie gefragt hast?"

Er nickte und legte dann seine Hand auf seine Hüfte. „Offensichtlich."

„Okay." Ich sah Arrie mit einem ernsten Gesichtsausdruck an. „Ich würde nichts lieber tun, als für immer mit dir zu leben, zu lieben, zu lachen und zu weinen, Arslan Dawson."

Lannie hatte noch eine letzte Sache zu sagen. „Möchte einer von euch noch etwas fragen, bevor ich diese Ehe offiziell mache?"

Arrie nickte und sah mich an. „Ist dein zweiter Vorname wirklich Dreamchild?"

Lachend schüttelte ich den Kopf. „Ich habe keinen zweiten Vornamen. Lannie hat das erfunden."

„Gut, das war viel zu Hippie-mäßig für mich." Arrie beugte sich vor, um mich zu küssen.

Lannie hielt ihn auf. „Halt! Noch nicht. Erst brauchen wir den Ringträger."

Ein E-Gitarrensolo folgte, als Skye aus der Glastür der Terrasse kam und das Kissen mit unseren Eheringen darauf vorsichtig trug, damit sie nicht herunterfielen. Niemand wollte, dass Schmuck im Wert von fast einer Million Dollar im dichten grünen Gras des Gartens verloren ging.

Die Wangen unseres Sohnes waren knallrot vor Verlegenheit, als er uns unsere Ringe brachte. Arrie hob ihn hoch. „Hey, Kleiner. Hast du unsere Ringe dabei?"

„Ja." Skye lächelte strahlend.

Ich reichte meinen Blumenstrauß meiner Mutter und machte mich bereit, damit Arrie den wunderschönen Ring an meinen Finger stecken konnte. „Wir sind bereit, Lannie."

„Okay, also los", sagte Lannie. „Alles, was du zu sagen hast, ist: Mit diesem Ring heirate ich dich. Mach schon, Arrie!"

Arrie riss an dem Ring, um ihn von der Schnur zu lösen, die ihn am Kissen hielt, und sah mich an, als er ihn auf meinen Finger schob. Er hielt immer noch unseren Sohn im Arm und sagte: „Mit diesem Ring heirate ich dich."

Ich konnte nur lächeln, als ich den anderen Ring vom Kissen zog und auf Arries Finger steckte. „Mit diesem Ring heirate ich dich."

Skye rief: „Hiermit erkläre ich euch zu Mann und Frau!"

Lannie protestierte: „Hey! Das ist mein Text. Hiermit erkläre ich euch zu Mann und Frau."

Skyes Augenbrauen zuckten, als er Lannie ansah. „Du darfst die Braut jetzt küssen, Dad!"

Arrie und ich brachen in Gelächter aus, als Lannie seufzte: „Na los, ihr habt den Jungen gehört."

Arrie zog mich an sich, während er immer noch unseren Sohn festhielt, und küsste mich sanft und süß. Dann küssten wir beide unseren Sohn auf die Wangen, während die Kameras aufblitzten.

Später, als wir endlich Mann und Frau waren, begann die Musik zu spielen. Arrie, Skye und ich tanzten zusammen, bis Lannie kam, um Skye mitzunehmen. Dann tanzten Arrie und ich langsam zu einem schnellen Song und waren ganz in unserer Welt versunken.

Mein Herz hatte sich nie so voll angefühlt. „Wer hätte gedacht, dass sich die Ehe so anfühlt?"

Arrie sah zum Sternenhimmel auf. „Nicht ich. Ich hatte keine Ahnung. Ich war noch nie so glücklich. Und das meine ich auch so." Er sah mich an. „Wirklich. Auch wenn das alles ist, was wir jemals haben, werde ich nie wieder in meinem Leben traurig sein."

„Ich auch nicht", stimmte ich ihm zu. Wir tanzten zusammen zur Musik, bis unsere Gäste uns auseinanderzogen.

Sein Stiefvater bat mich, mit ihm zu tanzen, und meine Mutter forderte Arrie auf. Wir wurden von einer Person zur anderen weitergereicht, bis meine Füße so weh taten, dass ich meine Schuhe ausziehen musste.

Es war magisch, und alles, was ich sah, waren lächelnde Gesichter überall. Niemand war betrübt, und ich entdeckte kein einziges Stirnrunzeln. Ich hätte nicht glücklicher sein können.

Es wurde Mitternacht und unser Sohn fing endlich an, müde zu werden. Die Gäste verabschiedeten sich einer nach dem anderen von uns und gingen nach Hause.

Dann trugen Arrie und ich unseren schläfrigen Sohn ins Bett. Wir saßen auf der Bettkante und strichen mit den Händen über seinen kleinen Kopf. Und ich nahm mir die Zeit, den beiden meine Neuigkeiten mitzuteilen. „Hatten meine beiden Jungs einen guten Tag?"

Arrie lächelte, während Skye nickte. „Was für ein Tag, Mom."

Arrie beugte sich vor und küsste mich auf die Wange. „Das war der beste Tag meines Lebens."

„Bisher", sagte ich.

Arrie schüttelte den Kopf. „Nein. Der beste Tag überhaupt. Keiner wird jemals besser sein."

„Willst du wetten?", fragte ich.

Skye lehnte sich auf seine Ellbogen. „Du hast ein Geheimnis, oder?"

Ich nickte. „Ein kleines."

Arrie nahm meine Hände und hielt sie fest. „Rede schon, Mrs. Dawson."

„Ich wollte, dass ihr beide als Erste Bescheid wisst." Ich legte meine Hände auf ihre. „Wir bekommen ein Baby!"

Glücksschreie waren zu hören. Skye flog aus dem Bett, und wir umarmten uns und sprangen im Zimmer herum. Nichts hatte sich jemals besser angefühlt.

Es hatte so lange nur Skye und mich gegeben. Dann hatte Arrie uns gefunden und wir waren zu dritt noch besser geworden. Und jetzt, da wir eine echte Familie waren, wuchsen wir weiter.

Skye rief: „Wir haben es gefunden, Mom."

„Was denn?", fragte ich, als wir aufhörten zu springen.

„Unser Happy End!", rief Skye.

Arrie unterbrach ihn: „Oh nein, mein Sohn. Dies ist nicht das Ende. Was wir gefunden haben, ist eine glückliche Gegenwart, aber unser Glück endet noch lange nicht."

Ich strich mit meiner Hand über Skyes weiche Wange. „Wir sind noch lange nicht am Ende angekommen."

Unser Sohn lachte, als sein Vater ihn in sein Bett legte. „Ich meinte unser ewiges Glück."

Nun, das haben wir definitiv gefunden!

Ende

MELDE DICH AN, UM KOSTENLOSE BÜCHER ZU ERHALTEN

Möchtest Du gern Eifersucht und andere Liebesromane kostenlos lesen?

Tragen Sie sich für den Jessica Fox Newsletter ein und erhalten Sie ein KOSTENLOSES Buch exklusiv für Abonnenten indem Du diesen Link in deinem Browser eingibst:

https://www.steamyromance.info/kostenlose-b%C3%BCcher-und-h%C3%B6rb%C3%BCcher/

Eifersucht: Ein Milliardär Bad Boy Liebesroman

Neue Liebe entsteht, aber auch eine Eifersucht, die sie zu zerstören droht.

Ich habe meine winzige Heimatstadt und ihre Einschränkungen hinter mir gelassen. Dann erschien ein bekanntes Gesicht in der Bar, in der ich arbeite, und brachte mich wieder dorthin zurück, wo ich angefangen hatte ...

https://www.steamyromance.info/kostenlose-b%C3%BCcher-
und-h%C3%B6rb%C3%BCcher/

Du erhältst ebenso KOSTENLOSE Romanzen-Hörbücher,
wenn Du Dich anmeldest

EINE VORSCHAU AUF DIE ANORDNUNGEN DES ARZTES

EIN MILLIARDÄR-ARZT-LIEBESROMAN

Gerettet von dem Arzt Buch zwei

Von Jessica Fox

KAPITEL 1

H *arman*

„Morgen, Skye. Wie geht es dir?"

Zu sehen, wie sich die Augen eines kranken oder verletzten Kindes nach der Operation öffneten, erfüllte mich immer mit einem unvergleichlichen Gefühl. Kinderchirurg zu sein hatte auf jeden Fall seine schönen Seiten.

Seine Mutter und sein Vater flankierten mich zu beiden Seiten, als ich ihren Sohn untersuchte, nachdem ich eine Kugel entfernt hatte, die sich in der Nähe seines Rückenmarks verfangen hatte. Beide waren Ärzte und wussten, wie gefährlich die Operation gewesen war.

Doktor Dawson, der Vater des Jungen, trat vor und strich mit seiner Hand über die Stirn seines dunkelhaarigen Sohnes, der ihm so ähnlich sah. „Ich weiß, dass du Schmerzen beim Sprechen hast. Nicke, wenn es dir gut geht."

Der Kopf des Jungen bewegte sich ein wenig – definitiv besser als nichts. „Gut. Du fühlst dich momentan vielleicht nicht gut, aber du wirst dich jeden Tag besser fühlen, Skye." Ich drehte mich zu seiner Mutter um. Ich hatte selbst einen Sohn und wusste, wie schwer das für sie sein musste. „Er wird bald wieder gesund, Doktor Storey. Die Operation war nicht schwierig. Der schwierigste Teil wird jetzt die Genesung sein, sowohl physisch als auch emotional, nach der schrecklichen Tortur, die Sie alle durchgemacht haben."

Doktor Storeys kastanienbraune Locken hüpften um ihre Schultern, als sie nickte. „Ich habe bereits eine Therapeutin engagiert. Sie wird Skye besuchen, sobald er wieder sprechen kann. Ich möchte nicht, dass dieser Vorfall bleibende Spuren bei ihm hinterlässt."

Als ich meine Hand auf ihre Schulter legte, spürte ich, wie mein Telefon in meiner Tasche summte. „Ich lasse Sie jetzt allein. Ich komme später wieder, um nach ihm zu sehen."

„Danke, Doktor Hunter." Die Mutter des armen Kindes stellte sich auf die andere Seite ihres Sohnes und ihr Gesicht war voller Dankbarkeit dafür, dass er überlebt hatte.

Ich hatte keine Ahnung, was ich tun würde, wenn ich in ihrer Position wäre – wenn mein Sohn entführt und ange-schossen worden wäre. Alle drei hatten Schusswunden davon-getragen, doch irgendwie hatten Mutter und Vater genug Kraft gesammelt, um dort neben ihrem kleinen Jungen zu stehen. Bei meiner Arbeit sah ich ständig den Beweis dafür, dass der Wille stärker als die Materie war. Es hörte dennoch nie auf, mich zu überraschen.

Ich ließ die Familie allein und nahm mein Handy heraus, als ich aus dem Krankenzimmer ging. „Tara? Verdammt. Was will sie?", murmelte ich, als ich den Namen meiner Ex-Frau sah. Ich wischte über den Bildschirm, nahm den Anruf entgegen und machte mich auf das gefasst, was höchstwahrscheinlich ein wütender Anruf sein würde. „Tara, was ist los? Holst du heute Abend gegen sechs wie vereinbart Eli ab?"

„Ich kann nicht", sagte meine Ex am anderen Ende der Leitung. Ich hatte mich in den letzten zwei Jahren seit unserer

Scheidung daran gewöhnt, diese Worte aus ihrem Mund zu hören. „Meine Pläne haben sich spontan geändert."

„Ach ja?" Ich ging zu meinem Büro und brauchte etwas Zeit, um zu begreifen, was die Frau mir sagte. Sie würde unseren Sohn schon wieder im Stich lassen.

„Nun, nicht, dass es dich etwas angeht, aber meine Freundinnen aus der Boutique möchten mich heute Abend in die Stadt mitnehmen. Um die Trennung zu verarbeiten."

„Verarbeiten?" Sie hatte den Kerl etwas mehr als sechs Monate gedatet – ihre längste Beziehung seit unserer Scheidung. „Hast du dich von Dale getrennt?"

„Er hat meine Bedürfnisse einfach nicht erfüllt." Tara hatte jede Menge Bedürfnisse. Ich bezweifelte, dass irgendjemand sie alle erfüllen könnte. „Du weißt, was ich meine, oder?"

„Sicher." Niemand wusste besser als ich, wie bedürftig die Frau war. „Aber ich denke, du solltest dieses Wochenende mit deinem Sohn verbringen, anstatt betrunken mit diesen beiden Giraffen, die für dich in der Boutique arbeiten."

„Ich *brauche* das, Harman. Du hast keine Ahnung, wie viel ich diese Woche gearbeitet habe." Ich bezweifelte, dass sie selbst auch nur einen ihrer perfekt manükierten Finger im Laden gekrümmt hatte. Ich hatte das Geschäft für sie im Rahmen unserer Scheidungsvereinbarung gekauft, in der Hoffnung, dass sie zur Abwechslung selbst etwas Geld verdienen könnte. Ich wusste, dass es nie ihr Stil gewesen war, selbst anzupacken. „Ich hatte einen Sonderverkauf für alles mit Leopardenmuster. Es ist Zeit, diesen Look loszulassen, um Platz für den nächsten heißen Trend zu schaffen – Elefantendrucke."

Das klang lächerlich. „Weißt du, was für eine Woche *ich* hatte, Tara? Drei Tonsillektomien, zwei Appendektomien und ich musste gerade eine Kugel aus der Nähe der Wirbelsäule eines kleinen Kindes entfernen ..."

Sie lachte. „Ach, komm schon, Harman, du bist es gewohnt,

solche Dinge zu tun. Du liebst deine Arbeit. Ich erdulde meine nur."

Sie hatte um diesen verdammten Laden gebeten. „Du solltest sie lieben. Du hast mir keine andere Wahl gelassen, als dir all das Geld zu geben, das du brauchst, um die Boutique zum Laufen zu bringen. Wie genau du das machst, ist dein Problem, Tara." Sie hatte noch unzählige andere Probleme, aber dafür hatte ich keine Geduld. „Du verbringst so viel Zeit damit, dir das Nächste auszumalen, was du willst, und wenn du es dann bekommst, kannst du dich scheinbar nicht darauf konzentrieren, wie glücklich es dich eigentlich machen sollte. Stattdessen suchst du regelrecht nach Fehlern daran, bevor du dich irgendetwas anderem zuwendest."

„Ich bin so froh, dass du das ansprichst, Harman." Sie klang aus irgendeinem Grund erleichtert. „Ich habe eine großartige Idee. Ich möchte die Boutique verkaufen und eine Bar erwerben. Aber nicht irgendeine Bar. Meine Bar wird der heißeste Laden der Stadt sein und jeder wird dorthin wollen."

Tara war immer schon oberflächlich gewesen. Seit sie zwei Mädchen Anfang zwanzig angeheuert hatte, um ihr im Laden zu helfen, war es nur noch schlimmer geworden. Jetzt versuchte sie, hip und trendy zu sein – und es trieb mich zur Weißglut. „Tara, versuche, dich entsprechend deinem Alter zu benehmen. Du wirst bald dreißig. Du bist nicht mehr einundzwanzig wie die Mädchen, mit denen du herumhängst. Und muss ich dich daran erinnern, dass du die Mutter eines achtjährigen Jungen bist? Dieser Junge schaut zu dir auf. Willst du kein gutes Vorbild für deinen Sohn sein?"

„Ich?" Sie schnaubte. „Warum muss ich das sein, wenn er *dich* hat, Harman? Du bist Kinderarzt, sein Little-League-Trainer und Milliardär. Das ist genug, um dich für unseren Sohn zu einem Superhelden zu machen." Sie hatte immer gedacht, dass meine Erfolge ihre eigenen Mängel wettmachten. „Lass mir dieses Wochenende Zeit, um über meine Trennung von Dale hinwegzukommen, und ich nehme den Jungen an einem anderen Wochenende, wenn du etwas hast, das du tun möchtest. Also in zehn Jahren oder so." Sie lachte über ihren eigenen Scherz, als wäre die Vorstellung, ich hätte Pläne, einfach zu amüsant.

Sicher, ich war seit der Scheidung nicht viel ausgegangen – ich konnte mich kaum erinnern, wann ich in den letzten zwei Jahren überhaupt ausgegangen war. Aber ehrlich gesagt hatte ich ernsthafte Zweifel daran, irgendeine andere Frau in die Nähe meines Sohnes zu bringen. Ich wollte sicherstellen, dass ich die Frau, die einmal in sein Leben involviert sein würde, liebte und dass ich ihr vertrauen konnte, und das war ziemlich schwierig angesichts der Tatsache, dass ich noch nie verliebt gewesen war. Nicht einmal in die Frau, die ich geheiratet hatte.

Ich hatte Tara vor neun Jahren in einem Nachtclub kennengelernt. Mit ihrem langen, glänzenden kastanienbraunen Haar, ihren schlanken Beinen und ihrem zierlichen Körperbau war sie mir aufgefallen. Als ich ihr nahe genug war, um sie wirklich zu sehen, fand ich die Sommersprossen auf ihrer Nase süß. Dummerweise dachte ich, dass jemand, der so aussah, bodenständig sein musste. Ich hatte mich geirrt.

Ich hatte mich auch darin geirrt, dass das Mädchen, das ich zum Tanzen aufgefordert hatte, schon einundzwanzig war. Wir waren schließlich in einem Nachtclub für Erwachsene. Und ich hatte den Fehler gemacht, zu viel zu trinken. Mein eingeschränktes Urteilsvermögen hatte dazu geführt, dass ich von einem Mädchen, das ich gerade erst kennengelernt hatte, auf der Toilette verführt wurde – was völlig untypisch für mich war. Ich gab den rosa Cocktails, die sie mich immer wieder bestellen ließ, die Schuld daran.

Danach hätte ich sie ohne ein Wort des Abschieds zurücklassen können, aber ich war ein netter Kerl – größtenteils. Ich hatte ihr meine Nummer gegeben und ihr gesagt, ich hätte Spaß gehabt und vielleicht könnten wir das irgendwann wiederholen.

Tara hatte die Serviette genommen, auf die ich meine Nummer geschrieben hatte, sie ordentlich zusammengefaltet unter ihren Drink gesteckt und gesagt: „Danke, ich hatte auch Spaß. Aber du bist wirklich nicht mein Typ. Du bist irgendwie ... alt."

Ich war erst fünfundzwanzig und hatte angenommen, dass sie auch in diesem Alter war. *„Alt?* Seit wann gilt fünfundzwanzig als alt?"

„Iiihhh!", hatte sie gewimmert. *„So* alt? Ich dachte, du wärst höchstens dreiundzwanzig. Igitt!"

„Igitt? Wenn du mich nicht attraktiv gefunden hast, warum bist du dann mit mir in die Damentoilette gegangen und hast all diese Dinge getan?" Das Mädchen hatte mir einen geblasen, bevor es auf meinen Schoß geklettert und mich wie einen Bullen geritten hatte.

„Ich meine, du bist süß." Sie biss sich auf ihre knallrote Unterlippe. „Und dein Körper ist steinhart." Ihre Hände schwebten durch die Luft, als sie vor mir gestikulierte. Ich trug eine Anzughose und ein schickes Hemd, da ich von einer Veranstaltung in dem Krankenhaus kam, wo ich mein Praktikum machte. „Aber du hast Arbeitskleidung an."

„Und das ekelt dich an?" Ich konnte sie überhaupt nicht verstehen.

Sie nickte und fuhr fort: „Ja. Ich will einen Mann, der aufs College geht, keinen ... Mann, der arbeitet, verstehst du?"

„Du willst keinen erwachsenen Mann", sagte ich mit einem Nicken, fuhr mit meiner Hand durch meine Haare und schämte mich ein wenig dafür, dass ich mit dem Mädchen Sex gehabt hatte, bevor ich überhaupt ein richtiges Gespräch mit ihr geführt hatte. „Ich werde dich in Ruhe lassen, damit du einen Jungen finden kannst. Ich wusste nicht, dass du nicht auf erwachsene Männer stehst." Ihre mangelnde Reife ließ mich fragen: „Wie alt bist du überhaupt?"

„Neunzehn." Sie winkte ein paar Mädchen zu, die viel älter aussahen, als sie anscheinend war. „Sie haben mich in den Club gebracht. Sie sind mit meinem älteren Bruder befreundet."

„Großartig." Ich bedauerte immer mehr, ihr begegnet zu sein.

Drei Monate später saß ich nach einem besonders anstrengenden Tag mit einem Bier in der Hand wieder an der Bar des Clubs. Ich hatte meinem Mentor bei einer Operation assistiert, bei der ein kleines, neunjähriges Mädchen gestorben war. „Einen Whiskey, bitte, Harvey." Das Bier war nicht annähernd stark genug, um den Schmerz zu lindern.

Die Eingangstür öffnete sich und ein bisschen Licht strömte herein. Ich hielt meine Hand über meine Augen wie ein Vampir, der von den Strahlen der Sonne verbrannt wurde. „Gott sei Dank. Ich dachte, ich würde dich nie finden." Als ich bei diesen Worten meine Augen öffnete, stand Tara in der Tür und sah in meine Richtung – nur hatte ich damals ihren Namen vergessen.

„Großartig." Mit ihr zu reden war das Letzte, was ich wollte. Ich nahm einen langen Schluck von meinem Bier, als der Barkeeper den Whiskey vor mich stellte.

Sie zeigte auf den Drink. „Du solltest das trinken, bevor du hörst, was ich dir zu sagen habe."

Ich dachte damals, was auch immer sie mir zu sagen hatte, könnte diesen Tag nicht noch schlimmer machen, aber ich folgte trotzdem ihrem Rat. Nachdem ich den brennenden Schnaps heruntergekippt hatte, sagte ich: „Also los. Rede."

Sie hob ihr Shirt an und fuhr mit der Hand über eine leichte Wölbung an ihrem ansonsten flachen Bauch. „Du wirst Vater. Ich habe deine Nummer verloren und deinen Namen vergessen."

Meine Augen klebten an ihrem Bauch. Dann wanderten sie

langsam über ihren Körper und landeten auf ihrem Gesicht. Es war ein akzeptables Gesicht. Nicht das schönste, aber auch nicht das hässlichste, das ich je gesehen hatte. Dann sah ich den Barkeeper an, der zu einer Statue erstarrt war, während er das Mädchen mit offenem Mund anstarrte.

Ich kaute auf meiner Unterlippe herum und überlegte, was ich tun sollte. Option eins: Ich könnte dem Mädchen einen falschen Namen geben und Seattle für immer verlassen. Option zwei: Ich könnte aufspringen und wegrennen, so weit mich meine Beine trugen. Oder Option drei: Ich könnte das Richtige tun – so, wie es mir beigebracht worden war.

Irgendwann in den nächsten zehn Minuten folgte ich meinem Instinkt. „Mein Name ist Harman Hunter. Ich habe deinen Namen auch vergessen."

„Tara Flannigan." Sie zog endlich wieder ihr Shirt herunter. „Mein Vater würde gerne draußen mit dir reden, wenn es dir nichts ausmacht."

„Oh, Scheiße", zischte Harvey.

Ich stimmte dem Barkeeper zu. „Ja." Aber ich stand auf und stellte mich den Konsequenzen meiner Taten wie ein Mann. Ich heiratete das Mädchen und war der beste Ehemann und Vater, der ich sein konnte. Und sechs Jahre lang war das für Tara genug. Als es das nicht mehr war, ging sie weg. Und ließ nicht nur mich, sondern auch unseren Sohn zurück.

Ihre Frage riss mich aus meinen Erinnerungen. „Harman, sind wir uns also einig?"

„Worüber?" Ich verstand sie nicht ganz. „Über die Bar oder darüber, dass du Eli nicht abholst?"

„Nun, über die Sache mit Eli", stellte sie klar.

Was sollte ich sonst sagen? Wenn ich sie dazu zwang, ihn zu nehmen, hatte ich keine Ahnung, was sie mit ihm machen würde, wenn sie ausging. Weil sie *garantiert* ausgehen würde.

„Ich werde mir eine Ausrede für dich ausdenken. Versuche aber, künftig mehr für dein Kind da zu sein, okay?"

„Sicher." Sie wartete einen Moment. „Und die Bar?"

„Lass mich bitte aus dieser Sache heraus." Ich beendete den Anruf und wünschte mir zum millionsten Mal, ich hätte in jener schicksalhaften Nacht ein Kondom getragen. Aber dann nahm ich – wie immer – den Wunsch zurück. Ich hatte keine Ahnung, was ich ohne meinen Sohn tun würde. Ich liebte dieses Kind von ganzem Herzen.

Obwohl ich in meinem Leben viele schlechte Entscheidungen getroffen hatte, könnte ich meinen Sohn niemals als Fehler betrachten.

KAPITEL 2

R*ebel*

In dem Moment, als ich das schöne Kutschenhaus aus dem frühen 20. Jahrhundert entdeckte, das im prestigeträchtigen Queen-Anne-Viertel in Seattle zum Verkauf stand, wusste ich, dass es mir gehören würde. Ich war so verdammt stolz auf mich. Es hatte ein paar harte Jahre gedauert, bis ich genug Geld gespart hatte, um die Anzahlung für ein Haus leisten zu können, aber als ich dieses Haus mit seinen drei Schlafzimmern, zwei Bädern und einer Fläche von 600 Quadratmetern sah, wusste ich, dass es sich gelohnt hatte.

Mein erstes Zuhause!

Wenn mich früher jemand gefragt hätte, ob ich im zarten Alter von fünfundzwanzig Jahren mein eigenes Haus kaufen würde, hätte ich gelacht, bis mir die Tränen kamen. Aber genau das hatte ich getan.

Das Kutschenhaus gehörte zu einem Anwesen, das gerade von einer jungen Frau geerbt worden war, die die zugehörige Villa aus dem 19. Jahrhundert komplett modernisieren wollte. Das Kutschenhaus passte nicht zu ihrem Plan, also verkaufte sie es zu einem lächerlich geringen Preis. Irgendwie hatte ich das Glück, eine der Ersten zu sein, die davon hörte.

Ich war die diensthabende Tierärztin gewesen, als ein verletzter Mops in die Klinik kam, der in der Abrissphase der Renovierungsarbeiten auf eine Glasscherbe getreten war. Beverly Song hatte das Anwesen geerbt und sie und ihre drei Welpen wohnten im Westflügel, während die Arbeiten an der Ostseite des Hauses begannen. Der arme kleine Mops war auf die falsche Seite des Hauses entwischt und dort in Schwierigkeiten geraten.

Sein Unglück erwies sich als mein großes Glück, als seine Besitzerin mir alles über das Kutschenhaus erzählte, das einfach nicht in ihre Pläne passte. Sie hatte bereits eine Steinmauer um den hinteren Teil des Hauses bauen lassen, um es dauerhaft aus ihrer Sicht zu verbannen. Und sie wollte es jetzt auf den Markt bringen.

Niemand sonst hatte die Gelegenheit, es sich auch nur anzuschauen, da ich sofort zuschlug, nachdem sie den niedrigen Preis enthüllt hatte. Nur zwei Monate später zog ich ein.

Ich ließ meine Möbel liefern und aufstellen und machte mich dann direkt an die Arbeit in meinem Garten. Als Tierärztin hatte ich gern ständig Tiere in meiner Nähe, aber in einer Wohnung war das nicht möglich gewesen. Ein eigenes Haus zu haben bedeutete, dass ich alles tun konnte, was ich wollte – und ich wollte sicherstellen, dass alles bereit war, wenn meine kleinen Haustiergäste eintrafen.

Ich stellte einige Käfige für diverse Kleintiere auf und wollte auch einen oder zwei Zwinger für Hunde errichten, die Hilfe suchten – oder vielleicht sogar ein neues, dauerhaftes Zuhause. Aber einen Zwinger allein aufzubauen war alles andere als leicht und ich war nicht die Einzige, die das bemerkte.

„Hallo, Lady. Brauchen Sie Hilfe?" Ich schaute über meine

Schulter, als ich die Stimme eines Jungen hörte, und entdeckte ein Kind in meinem Garten.

Ich wischte mir die Hände an meiner Jeans ab und reichte eine davon dem Kind. „Hallo, ich bin Rebel Saxe. Doktor Rebel Saxe. Ich bin Tierärztin. Wie heißt du?"

Er schüttelte meine Hand, während er sein dichtes rotbraunes Haar aus seinen dunkelgrünen Augen strich. „Ich bin Eli Hunter. Mein Vater ist auch Arzt. Aber er operiert kleine Kinder. Also, werden Sie hier hinten Tiere halten, Miss Saxe?"

Ich mochte es nicht, wenn Kinder mich bei meinem Nachnamen nannten. Ich fühlte mich dann immer alt. „Du kannst mich Rebel nennen, Eli. Und ja, ich werde alle möglichen Tiere hier halten. Einige werden nur kurz hier sein, um sich zu erholen, bevor sie in die Wildnis zurückkehren, und andere werden auf ein neues Zuhause warten. Manche werden aber wahrscheinlich für immer bei mir bleiben."

„Cool." Seine Augen weiteten sich, als er sich in dem großen Garten umsah. Dann rümpfte er seine kleine, sommersprossige Nase. „Wie wirst du dich um all das kümmern?"

„Ich weiß es nicht." Er sprach etwas an, über das ich noch nicht nachgedacht hatte. Ich wusste, dass ich mehr Käfige aufgestellt hatte, als ich in meiner Freizeit sauber halten konnte. „Ich nehme an, ich muss mir die Zeit dafür einfach nehmen, hm?"

„Ich könnte dir helfen." Er schob seine Hände in die Taschen seiner Jeans und grinste mich an. „Ich wohne direkt nebenan und habe die meiste Zeit nichts zu tun. Und ich mag Tiere – auch wenn ich noch keine habe."

Nebenan war ein riesiges, wunderschönes Anwesen mit einem monströsen Haus. Ich vermutete, dass der Junge aus einer reichen Familie stammte, die vielleicht gar nicht wollte, dass er arbeitete. „Ich würde deine Hilfe liebend gern annehmen, aber was werden deine Eltern davon halten?"

„Dad wäre einverstanden. Er hilft gern Menschen. Er sagt

mir immer, dass ich es auch tun soll." Er folgte meinem Blick zu seinem Zuhause. „Wir waren nicht immer so reich, weißt du."

Ich fand es nicht richtig, mit diesem kleinen Jungen die Finanzen seiner Familie zu besprechen. „Oh, du musst mir nichts erklären."

„Ich will es aber!" Eli strich sich mit kindlicher Ungeduld durch die Haare, als ihm die lästigen Strähnen wieder in die Augen fielen. „Dad hat vor ein paar Jahren einem kleinen Mädchen das Leben gerettet, dessen Vater viel Geld hatte. Er hat meinem Vater etwas davon gegeben und Dad hat es irgendwie investiert und jetzt hat er viele Milliarden. Also hat er uns ein schickes Haus gekauft und er hat mehr Autos, als ich zählen kann."

„Wie schön für deine Familie." Ich lächelte über seine Begeisterung, als er die Geschichte erzählte und dabei vermutlich ein wenig übertrieb. Mir kam auch in den Sinn, wie schön es wäre, das Haustier eines reichen Menschen zu retten und dafür genauso großzügig belohnt zu werden. Obwohl ich ja bereits das Glück gehabt hatte, den Mops einer reichen Frau zu retten und einen großartigen Deal für mein Haus zu bekommen.

„Ja, es ist schön, reich zu sein. Früher musste ich auf meinen Geburtstag oder auf Weihnachten warten, um teure Dinge zu bekommen. Jetzt sage ich Dad einfach, was ich will, und die meiste Zeit kauft er es mir. Aber manchmal tut er es nicht. Manchmal sagt er, ich soll auf einen besonderen Anlass warten. Ich frage schon eine Weile nach einem Hund und er sagt immer wieder: ‚Lass uns damit noch ein bisschen warten, Kumpel.' Er nennt mich seinen Kumpel, weil ich sein Freund bin. Wir machen viele Dinge zusammen. Ich denke, ich bin sogar sein bester Freund."

Das klang süß. Sein fröhliches Geplauder war ansteckend. „Und ist er auch *dein* bester Freund, Eli?"

Kopfschüttelnd sagte er: „Nein. Ich spiele gern mit Jason aus meiner Klasse. Ich gehe dieses Jahr in die zweite Klasse und wir sitzen nebeneinander. Er ist lustig und bringt mich oft zum Lachen. Das macht ihn zu meinem besten Freund."

„Ich bin sicher, dass es deinem Vater nichts ausmacht, dich mit ihm zu teilen." Ich schaute zurück zu meinem halbfertigen Zwinger und dachte, der Junge könnte mir eine Hilfe sein. „Ich könnte ein zusätzliches Paar Hände gebrauchen, wenn du nicht zu beschäftigt bist."

Das Lächeln auf seinem Gesicht sagte mir, dass es genau das war, was er hören wollte. „Sicher, Rebel! Ich kann dir helfen."

„Wenn du dieses Metallgitter hier halten kannst, dann kann ich den Draht gerade ziehen und es an dem anderen Gitter befestigen, das ich schon aufgestellt habe." Ich zog an meinem Ende des Drahts, während er seines festhielt und in kürzester Zeit hatten wir den Zwinger aufgebaut.

Wir traten zurück und lächelten beide. „Wir haben es geschafft, Rebel!"

Der Junge hatte eine Belohnung für seine harte Arbeit verdient. „Ich denke, wir sollten das feiern. Ich habe Kekse und Milch im Haus. Soll ich uns etwas holen?" Ich wies auf den kleinen Außentisch mit mehreren Stühlen. „Setz dich hin. Ich bin gleich wieder da. Ich bezweifle, dass deine Eltern es gutheißen würden, wenn du in das Haus einer Fremden gehst."

„Das denke ich auch", sagte er, als er zu dem Tisch ging und sich setzte. „Mein Vater wäre wahrscheinlich sauer auf mich."

Mir fiel auf, dass er nur über seinen Vater sprach. „Und was ist mit deiner Mutter?" Ich hatte ein schlechtes Gewissen, dachte aber, dass ich kaum der erste Mensch auf der Welt sein konnte, der seine Nachbarn kennenlernen wollte.

„Sie würde es nicht erfahren, weil sie in ihrem eigenen Hause ist." Er rutschte auf dem Stuhl herum und ich bemerkte sein Stirnrunzeln. „Sie sollte mich dieses Wochenende holen,

aber sie hat Dad angerufen und gesagt, dass sie es nicht schafft.
Sie muss in ihrem Laden arbeiten."

Die Enttäuschung auf seinem Gesicht zerriss mir das Herz.
„Nun, ich bin sicher, sie ist sehr beschäftigt, sonst hätte sie dich
abgeholt."

„Das macht sie fast nie", sagte er, als er auf den Tisch blickte
und mit dem Finger über das Blumenmuster fuhr. „Ich habe sie
seit vielen Tagen nicht mehr gesehen. Aber ich rufe sie jeden
Tag mit meinem Handy an." Er zog es aus der Tasche. „Dad hat
mir das gegeben, als Mom weggegangen ist. Er hat mir gesagt,
dass ich mit diesem Telefon so viel mit ihr sprechen kann, wie
ich will."

„Er klingt wie ein großartiger Vater." Obwohl ich nichts
anderes über den Mann wusste, war klar, dass er für seinen
Sohn nur das Beste wollte.

„Ja, er ist ziemlich gut." Er schaute auf die französischen
Türen, die in den hinteren Bereich meines neuen Hauses führten. „Kann ich Wasser anstelle von Milch haben? Ich bin laktos-
eintolerant und von Milch bekomme ich Durchfall."

Gelächter brach aus mir heraus. „Entschuldige, das war
unhöflich von mir. Klar, ich hole dir stattdessen Wasser. Warte
kurz."

Als ich die Schachtel mit den Keksen und zwei Flaschen
Wasser holte, dachte ich über das Leben des Kindes nach.
Sicher, Eli lebte in einem fantastischen Haus und es klang, als
ob sein Vater einen großartigen Job hatte, aber was für ein Fami-
lienleben hatte der Junge?

Als ich wieder nach draußen ging, legte ich ein paar Servi-
etten auf den Tisch und reichte meinem Gast eine Flasche
Wasser. „Bitte, Eli." Ich nahm Platz und öffnete die Keksschach-
tel. „Ich freue mich, dich kennengelernt zu haben."

„Ich mich auch." Er nahm einen Bissen von dem Keks.
„Mmmhh. Hast du diese Kekse selbst gemacht, Rebel?"

„Nein. Eine Kollegin hat sie mir heute Nachmittag gegeben, bevor ich die Klinik verlassen habe. Sie dachte, ich sollte etwas zum Naschen haben, während ich in mein Haus einziehe." Ich sah mich in meinem Garten um und mein Herz war voller Emotionen. „Das ist das allererste Haus, das ich mir selbst gekauft habe." Ich schaute zu ihm zurück und strich über seine Haare. „Und ich bin froh, einen so großartigen Nachbarn wie dich zu haben, Eli. Ich denke, wir werden gute Freunde sein."

„Das denke ich auch." Er lächelte mich an und zeigte seinen fehlenden Vorderzahn, bevor er nach unten schaute und versuchte, den Deckel der Wasserflasche zu entfernen.

Ich griff danach und öffnete sie für ihn. „Hier."

„Danke." Er nahm einen Schluck. „Vielleicht lässt mein Vater mich einen Hund haben, wenn wir jetzt neben einer Tierärztin wohnen."

„Nun, auch wenn er es nicht tut, kannst du immer hierher kommen und mit den Tieren spielen, die ich halte – vor allem, wenn du mir helfen willst." Ich dachte, ich sollte ihm ein Angebot machen. „Wie wäre es, wenn ich dir zwanzig Dollar pro Woche bezahle, damit du jeden Abend hierher kommst, wenn ich von der Arbeit zurückkehre? Du kannst mir helfen, die Tiere zu füttern – es sollte nicht länger als ein paar Minuten dauern – und dann könntest du mit ihnen spielen, wenn du möchtest."

„Ich muss meinen Dad fragen, aber *meine* Antwort ist Ja!" Seine grünen Augen leuchteten, als er grinste. „Er wird wahrscheinlich vorbeikommen wollen, um dich kennenzulernen."

Ich fuhr mir mit der Hand durch die Haare und hoffte, dass sie nach all der Arbeit, die ich getan hatte, nicht allzu zerzaust waren. „Nun, wenn er beschäftigt ist, können wir uns ein anderes Mal treffen." Wenn er beschäftigt war, konnte ich mich zurechtmachen, bevor ich dem Mann begegnete.

„Nein, er ist überhaupt nicht beschäftigt. Er hat in dem

Fitnessstudio in unserem Haus trainiert. Das tut er sehr oft." Er holte sein Handy heraus und machte einen Anruf.

Ich saß da und stellte mir vor, wie ein Mann aussehen musste, der in seinem Fitnessstudio so viel trainierte. Dann fuhr ich mir wieder mit der Hand durch die Haare. „Ich gehe nur eine Sekunde in mein Haus. Warte hier, okay?"

Er nickte, als ich hinein eilte, um mich frisch zu machen. Es war nicht ideal, jemanden in einem verschwitzten T-Shirt und abgeschnittenen Jeansshorts zu treffen, und ich wollte mich definitiv keinem meiner neuen Nachbarn so vorstellen. Schließlich hat man nur eine Chance auf einen guten ersten Eindruck.

KAPITEL 3

Harman

Das Klingeln meines Handys signalisierte das Ende meines Trainings. Ich wischte mir den Schweiß vom Gesicht und ging los, um nachzusehen, wer mich anrief. Ich stellte fest, dass es mein Sohn Eli war. Das letzte Mal, als ich ihn gesehen hatte, war er im Foyer gewesen und hatte etwas am vorderen Fenster beobachtet. „Hey, Eli. Was ist?"

„Dad, ich bin drüben im Haus der neuen Nachbarin. In dem kleinen Haus vor dem großen, das diese seltsame Lady in ein großes Durcheinander verwandelt – du kennst es, oder?", fragte er.

Sofort läuteten Alarmglocken in meinem Kopf. Mein Sohn war viel zu vertrauensselig. „Erstens, warum hast du unser Haus verlassen, ohne es mir zu sagen? Zweitens, was machst du in fremden Häusern? Drittens, warum rufst du mich an, wenn du weißt, dass du sofort nach Hause kommen sollst?"

„Sie ist nett, Dad", sagte er. „Sie ist Ärztin – Tierärztin, um genau zu sein. Und sie will mir einen Job geben."

„Ich denke nicht, dass das eine gute Idee ist, Eli." Er war nur ein kleiner Junge. Wer würde ihn arbeiten lassen wollen? Und

was für einen Job konnte er für irgendjemanden machen?
„Komm nach Hause, Sohn."

„Dad, komm und triff sie und du wirst sehen, dass es hier
großartig für mich ist", sagte er begeistert. „Komm schon. Bitte,
Dad."

Seine kleine, flehende Stimme ging mir immer zu Herzen.
Und ich wollte mich sowieso der neuen Nachbarin vorstellen.
„Ich bin in ein paar Minuten da."

Die Frau, die das Haus nebenan geerbt hatte, hatte alle
möglichen Renovierungsarbeiten durchgeführt und andere
Gebäude auf dem Grundstück abgerissen. Die Mauer hinter
dem Kutschenhaus war vor nicht allzu langer Zeit gebaut
worden und diente wohl dazu, die beiden Häuser und Grund-
stücke voneinander zu trennen. Es klang, als wäre eine pensio-
nierte Tierärztin – vielleicht eine alte Witwe – dort eingezogen.
Vielleicht wollte sie, dass Eli ihre Katzen fütterte oder so. Ich
nahm an, dass es ihm nichts schaden würde, älteren Menschen
ein bisschen zu helfen.

Ich joggte aus der Tür und dachte, ich würde mein Training
sanft ausklingen lassen, während ich zu ihrem Haus lief. Ich
machte mir nicht die Mühe, meine Trainingskleidung auszuziehen, weil ich dachte, es wäre ein kurzer Besuch. Ich würde sie
begrüßen, ihr sagen, dass es schön war, sie kennenzulernen,
einwilligen, dass Eli ihre Katzen füttern durfte, und mich wieder
verabschieden. Dafür muss man sich nicht umziehen.

Ich entdeckte Eli im Vorgarten, als ich auf die Straße ging. Er
winkte mit seinen Armen, als könnte ich ihn vielleicht überse-
hen. „Hier drüben, Dad."

„Ich sehe dich." Ich lachte, als ich zu ihm rannte. „Also, wo
ist sie?"

„Komm, sie ist hinten. Oder sie wird es sein." Er führte mich
um das Haus herum. „Sie ist kurz reingegangen. Sie ist gleich
wieder da."

Ich sah ein paar Käfige und einen Zwinger im Garten. „Sieht so aus, als würde sie einige Tiere hier halten. Bist du sicher, dass du damit umgehen kannst, für ihre Haustiere verantwortlich zu sein, Eli?"

„Sie wird auch für sie verantwortlich sein, Dad." Er zeigte auf die französischen Doppeltüren im hinteren Teil des Hauses. „Da ist sie."

Als ich aufblickte, sah ich eine sehr schöne Brünette, die auf uns zukam. Ausgewaschene Blue Jeans betonten ihre schönen Beine und unter ihrem engen T-Shirt waren große Brüste, mindestens D-Körbchen, wie ich vermutete. Und dieses Lächeln, das sie trug – dieses Lächeln allein konnte die Dunkelheit mühelos erhellen.

„Hi." Sie streckte die Hand aus. „Ich bin Doktor Rebel Saxe."

Ich schüttelte ihre Hand und hätte fast meinen eigenen Namen vergessen. „Ich ... ähm, ich ..."

„Das ist mein Dad", sagte Eli und kam mir zur Rettung. „Sein Name ist Harman."

Sie nahm ihre Hand aus meiner und deutete auf einen kleinen Tisch im Freien. „Möchten Sie ein paar Kekse, Harman?"

Meine Zunge schien eine Tonne zu wiegen und mein Gehirn schien überhaupt nicht zu funktionieren. Aber es gelang mir, meine Füße in Bewegung zu setzen und zu dem Tisch und den Stühlen zu gehen, auf die sie gezeigt hatte. Wir setzten uns alle und Eli übernahm die Führung. „Also, Dad, Rebel möchte, dass ich ihr helfe und sie zahlt mir zwanzig Dollar pro Woche!"

Das riss mich zurück in die Realität und ließ mich den Kopf schütteln. Ich fand nicht, dass sie ihn bezahlen musste. „Nein. Schon okay."

Rebels hübsche blaue Augen – Augen, die die Farbe der Flügel eines Hüttensängers hatten – wanderten zu Eli. „Tut mir leid, Kumpel. Aber wenn dein Vater nicht will, dass du das tust, dann kann man nichts machen."

So hatte ich das gar nicht gemeint. „Nein. Ich meine, Sie müssen ihn nicht bezahlen. Wir sind schließlich Nachbarn, nicht wahr?"

Jetzt schüttelte sie den Kopf. „Ich kann ihn nicht umsonst arbeiten lassen." Sie sah mich mit einem Lächeln an. „Ihr Sohn hat mir gesagt, dass Sie Arzt sind. Er sagte, Sie arbeiten mit Kindern."

„Ja, ich bin Kinderchirurg im Saint Christopher's General Hospital." Endlich wurde mein Gehirn wieder aktiv. „Und er sagte, Sie sind Tierärztin. Wo arbeiten Sie?"

„Ich arbeite in der A Place for Paws Clinic." Sie sah Eli an. „Ihr Sohn hat mir erzählt, wie sehr er sich einen eigenen Hund wünscht. Ich gehe davon aus, dass er mir gern bei den Tieren helfen wird, die ich mit nach Hause bringe."

„Ich verstehe." Ich sah meinen Sohn an und fragte mich, seit wann er so gesprächig war. „Nun, du kannst keinen eigenen Hund haben. Noch nicht. Aber wenn du mir beweist, dass du die Verantwortung für Tiere übernehmen kannst, wäre das ein großer Schritt auf dem Weg dorthin."

Eli sprang auf und klatschte in die Hände. Ich musste lächeln. Ich hatte ihn lange nicht mehr so glücklich gesehen. „Danke, Dad!" Er zeigte auf den Zwinger. „Ich habe Rebel dabei geholfen, das aufzubauen. Ich kann ihr auch bei anderen Dingen eine große Hilfe sein."

Ich blickte auf die junge Frau und fragte mich, warum mein Sohn derjenige gewesen war, der ihr geholfen hatte. „Sind Sie allein hierher gezogen?"

Sie nickte, lehnte sich auf ihrem Stuhl zurück und nahm eine Flasche Wasser vom Tisch. „Das hier ist mein erstes eigenes Haus."

„Nicht übel. Sie sind schon Tierärztin und Hausbesitzerin,

dabei können Sie nicht älter sein als was? Vierundzwanzig?" Sie schien eine ehrgeizige junge Frau zu sein. „Darauf können Sie stolz sein."

Ihre Wangen röteten sich. Es wirkte nicht so, als ob sie überhaupt Make-up trug, und dennoch sah sie strahlend aus. „Eigentlich bin ich fünfundzwanzig und schon immer schneller als die meisten anderen. Meine Mutter hat mich zu Hause unterrichtet, weil ich mich im regulären Unterricht gelangweilt habe. Dort war alles zu langsam für mich. Ich schloss die High-School ab, als ich erst fünfzehn war. Dann bin ich aufs College gegangen. Die College-Kurse mochte ich. Kurz darauf fand ich meine Berufung in der Welt der Veterinärmedizin und jetzt bin ich hier – eine echte Tierärztin mit einem eigenen Haus. Es fühlt sich an, als wären all meine Träume wahr geworden."

„Beeindruckend." Ich schmeichelte ihr nicht nur – die Frau hatte mich wirklich beeindruckt. „Ich denke, Eli für Sie arbeiten zu lassen ist eine großartige Idee. Sie scheinen ein großartiges Vorbild für ihn zu sein."

Sie sah Eli mit Zuneigung in den Augen an – offensichtlich hatte sie nicht nur eine Schwäche für Tiere, sondern auch für neugierige Achtjährige. „Er ist ein großartiger Junge, soweit ich das beurteilen kann. Es wäre mir ein Vergnügen, Zeit mit ihm zu verbringen." Sie griff nach ihm und strich über seine Haare. „Ich werde dir alles Mögliche über Tiere beibringen, Eli. Es wird Spaß machen."

„Das denke ich auch!" Eli sah mich an. „Ich bin froh, dass Mom mich dieses Wochenende nicht zu sich geholt hat. Rebel hätte den Job vielleicht an ein anderes Kind vergeben und ich hätte ihn verpasst."

Ich schaute nach unten und wollte nicht wirklich vor der Nachbarin über die Probleme mit meiner Ex-Frau sprechen. Eine Frau wie sie, die so aussah, als hätte sie alles im Griff, würde niemals Zeit für etwas so Chaotisches wie mein Leben haben.

Rebel begab sich dennoch in die Untiefen meiner komplizierten Beziehung. „Eli, ich möchte nicht, dass du auf Zeit mit deiner Mutter verzichtest, nur um mir zu helfen." Sie warf einen kurzen Blick auf mich, als wollte sie meine Reaktion abschätzen. „Es ist wichtig, sich Zeit für die Menschen zu nehmen, die man liebt."

„Ja, Ma'am." Eli sah mich an. Wir wussten beide, dass seine Mutter diejenige war, die sich keine Zeit für ihn nahm, und nicht umgekehrt, wie Rebel andeutete. „Vielleicht solltest du Mom erzählen, was Rebel gesagt hat. Vielleicht erkennt sie dann, wie wichtig ich bin."

Ich legte meine Hand auf seine Schulter und sah ihm in die Augen. „Du bist wichtig für sie, Eli. Denke nicht, dass du es nicht bist. Sie ist nur sehr beschäftigt mit ihrem Laden." Sicher, es war eine Lüge, aber jemand musste das arme Kind vor der Vernachlässigung seiner Mutter schützen.

Rebel legte sanft ihre Hand auf seine andere Schulter. „Siehst du, ich habe dir gesagt, dass sie sehr, sehr beschäftigt sein muss, wenn sie keine Zeit mit dir verbringen kann."

Anscheinend hatte mein Kind der Frau verdammt viele persönliche Informationen mitgeteilt. „Ja, Tara ist eine sehr beschäftigte Frau." Ich versuchte, es glaubhaft klingen zu lassen. „Sie besitzt seit etwa einem Jahr eine Boutique. Es braucht viel Zeit, um so etwas in Schwung zu bringen. Sie bekommt nur noch acht Jahre Unterhalt, also muss sie einen Weg finden, für sich selbst zu sorgen, bevor diese Zeit abläuft."

Rebel nickte. „Nun, ich hoffe sie hat viel Glück damit. Ich bin mir sicher, dass es nicht einfach ist, ein Geschäft zu führen. Ich möchte das nicht tun. Jedenfalls noch nicht."

Elis Gesichtsausdruck sagte mir, dass er nicht glaubte, dass seine Mutter besonders hart arbeitete. „Hm, vielleicht arbeitet sie mehr, wenn ich nicht in der Nähe bin. Immer wenn ich in den Laden gehe, telefoniert sie die ganze Zeit."

Rebel sah mich kurz an, bevor ihre Augen zu Eli zurückkehrten. „Weißt du, bei einem Job wie ihrem muss sie wahrscheinlich viel telefonieren. Sie muss Sachen für ihren Laden bestellen. Wir müssen das manchmal in der Klinik machen, dabei verkaufen wir nur wenige Produkte."

Eines musste ich der Frau lassen – sie versuchte mit Sicherheit ihr Bestes, damit Tara gut wegkam. Mir war klar, dass dies nicht der Fall war, aber ich wusste zu schätzen, dass sie auf die Gefühle meines Sohnes achtete.

Ich wollte nicht länger über seine Mutter reden, also fragte ich: „Sind Sie auf ein bestimmtes Fachgebiet der Veterinärmedizin spezialisiert, Rebel?"

„Ja." Ihr Gesicht leuchtete und ich konnte sehen, dass sie Leidenschaft für ihre Arbeit empfand. „Ich interessiere mich für Miniaturtiere. Nicht, dass ich mit den Zuchtpraktiken einverstanden bin, aber ich glaube, dass die Menschen diese Rassen besser verstehen müssen, als sie es derzeit tun. Es gibt so viele Probleme mit Miniaturen – von der Verdauung über die Atmung bis hin zum Sehen und Hören. Ich arbeite daran, Wege zu entwickeln, um diesen winzigen Kreaturen zu einem besseren Leben zu verhelfen."

Eli schien davon begeistert zu sein. „Also werden viele der Tiere, die du mit nach Hause bringst, winzig sein?"

„Die meisten werden es sein, ja." Sie strahlte ihn an. „Magst du kleine Tiere?"

„Wer nicht?" Eli stand auf und ging zu einem der kleinen Käfige. „Was für ein Tier passt in diesen Käfig?"

„Alle Arten. Wir könnten ein paar Baby-Stinktiere oder Opossums darin halten, deren Müttern etwas zugestoßen ist, oder vielleicht ein paar Ferkel. Sie sind im Moment der letzte Schrei."

Als ich den Zwinger ansah, musste ich von Neugier überwältigt fragen: „Eines dieser Miniponys könnte in dieses Ding passen, nicht wahr?"

„Das könnte es." Sie nickte. „Aber ich mag es nicht, Tiere dieser Art in so kleinen Gehegen zu halten. Ich glaube nicht, dass ich hier genug Platz habe, um solche Tiere aufzunehmen."

„Ja", sagte ich, als ich mich in der vornehmen Nachbarschaft umsah. „Bauernhoftiere sind hier möglicherweise nicht willkommen."

„Höchstwahrscheinlich nicht." Rebel betrachtete die Mauer im hinteren Teil ihres Gartens. „Ich glaube auch nicht, dass es Beverly Song gefallen würde. Sie hat bestimmte Ansichten darüber, was sie sehen will und was nicht, und ich versuche, sie nicht zu verärgern. Ich hätte in einer Million Jahren nie gedacht, dass ich einmal im Queen-Anne-Viertel leben würde. Ich möchte nicht von hier vertrieben werden, weil ich laute, stinkende Tiere habe."

Ich wohnte erst knapp zwei Jahre an diesem Ort, also verstand ich, was sie meinte. „Warten Sie bis zu Ihrem ersten Hauseigentümer-Treffen. Die Leute hier wissen wirklich, wie man eine Party feiert. Kaviar und Champagner sind dort Grundnahrungsmittel."

Eli steckte sich den Finger in den Mund und tat so, als ob er würgte. „Igitt."

„Das finde ich auch. Ich hasse diese beiden fiesen Dinge", stimmte Rebel ihm zu.

„Also kein Champagner für Sie, Rebel?" Ich hielt sie für eine Cocktailtrinkerin.

„Nein danke. Wenn ich trinke, bevorzuge ich Whiskey-Cola."

Das ist ein Mädchen nach meinem Geschmack.

KAPITEL 4

R*ebel*

Der Mann, der auf der anderen Seite des Tisches saß, sah seinem Sohn überhaupt nicht ähnlich. Harman hatte sandblondes Haar und grüne Augen, aber sie waren nicht annähernd so dunkel wie die von Eli. Harmans Augen waren eher meergrün – irgendwie verträumt und sogar sexy.

Er war in locker sitzenden schwarzen Shorts und einem T-Shirt mit abgeschnittenen Ärmeln vorbeikommen. Selbst wenn Eli mich nicht bereits aufgeklärt hätte, wäre es offensichtlich gewesen, dass Harman gerade von seinem Training kam – seine gebräunte Haut glänzte immer noch verschwitzt.

Jeder sichtbare Muskel war straff und perfekt geformt. Von den Schultern bis zu den Knöcheln war klar, dass der Mann sich gut um seinen Körper kümmerte.

Ich war keine Frau, die in einem Fitnessstudio trainierte. Ich absolvierte den größten Teil meines Trainings bei der Arbeit, beim Heben schwerer Tiere und wenn nötig bei der Verfolgung außer Kontrolle geratener Haustiere.

„Wo wir gerade von der Nachbarschaft sprechen, es gibt nur

ein paar Häuserblocks entfernt einen tollen Ort zum Joggen."
Harman deutete mit dem Kopf in die Richtung, die er meinte.
„Ich könnte es Ihnen irgendwann zeigen, wenn Sie möchten.
Dort ist es gut beleuchtet und perfekt für Läufe am frühen
Morgen."

„Laufen Sie normalerweise morgens?" Ich schaffte es kaum,
aus dem Bett zu steigen und zu duschen, bevor ich zur Arbeit
ging.

„Jeden Tag, an dem es nicht regnet – was in Seattle nicht oft
der Fall ist. Deshalb habe ich das Fitnessstudio zu Hause." Er
schaute in die Richtung seines Hauses. „Sie können es jederzeit
nutzen. Ich werde der Haushälterin ihren Namen geben und sie
wird Sie hereinlassen, wann immer Sie wollen."

„Das ist sehr nett von Ihnen." Es schien, als würde ich mit
meinem Nachbarn gut auskommen, aber ich war mir nicht
sicher, ob wir uns schon so nahe standen. „Ich würde aber nicht
in Ihr Haus gehen wollen, wenn Sie nicht da sind. Und um
ehrlich zu sein, trainiere ich nicht viel außerhalb der Arbeit.
Dort gibt es immer genug zu tun."

„Nun, wie wäre es dann mit einer morgendlichen Laufrun-
de?", fragte er hoffnungsvoll.

„Ich laufe morgens nur zur Kaffeemaschine, bevor ich unter
die heiße Dusche gehe." Ich wusste, dass ich faul klang, aber es
war die Wahrheit.

Er versuchte immer noch, mich für Sport zu begeistern, und
unterbreitete mir ein anderes Angebot. „Nun, Eli und ich haben
eine kleine Abendroutine, die Ihnen gefallen könnte."

Eli klatschte und hüpfte auf und ab. „Oh ja! Ich und mein
Vater schwimmen jeden Abend pünktlich um acht Uhr im
Innenpool. Wir treten gegeneinander an und drehen Runden in
dem großen Becken. Du könntest mitmachen!"

Harman fügte hinzu: „Es wirkt Wunder für eine gute Nacht-
ruhe." Sein Lächeln – und die Vorstellung von ihm in einer

Badehose – machten gefährliche Dinge mit mir. „Ich könnte den Golfwagen für Sie am Tor stehen lassen, wenn Sie nicht den ganzen Weg laufen möchten."

„Das ist sehr großzügig von Ihnen." Ich wusste nicht, was ich sagen sollte. Es fühlte sich unhöflich an, alles abzulehnen, was sie anboten. „Ich nehme an, ich würde es gerne versuchen. Es klingt so, als wäre es eine großartige Möglichkeit, mich nach einem harten Tag zu entspannen. Wie lange schwimmen Sie normalerweise?"

„Eine Stunde", sagte Harman.

Ich starrte ihn an. „Sie schwimmen eine ganze Stunde lang ohne Unterbrechung?"

Er nickte, als Eli rief: „Natürlich tun wir das! Und dann steigen wir aus dem Pool, duschen schnell und gehen ins Bett und ich schlafe fast sofort ein."

„Ihr klingt beide wie Profis." Ich wusste, dass ich keinem von beiden gewachsen war. Es überraschte mich, dass der kleine Eli mit seinem Vater mithalten konnte. „Trainierst du immer mit deinem Dad?"

„Nein. Er lässt mich noch keine Gewichte heben. Er sagt, es würde mein Wachstum bremsen. Aber ich gehe manchmal an den Wochenenden mit ihm laufen. Er steht zu früh auf, als dass ich ihn an Schultagen begleiten könnte." Eli ging um den Tisch herum, um seinem Vater auf den Rücken zu klopfen. „Außerdem sind seine Beine länger und er rennt schneller als ich. Ich halte ihn auf, wenn ich mitgehe."

„Das macht mir nichts aus, Kleiner." Harman fuhr mit seiner Hand durch das dichte kastanienbraune Haar seines Sohnes. „Wir müssen am Montag auf dem Heimweg von der Schule zum Friseur. Ich hatte gar nicht bemerkt, wie lang deine Haare geworden sind."

„Ich könnte sie ihm schneiden." Bevor ich mich auf die Hochschule für Veterinärmedizin konzentriert hatte, hatte ich am College einige Kosmetik-Kurse besucht. Dann fiel mir ein, dass ich mit dem Auspacken noch nicht fertig war. „Das heißt, nachdem ich morgen ausgepackt habe. Ich vergesse immer wieder die ganze Arbeit, die ich drinnen noch erledigen muss."

„Und wir stehen Ihnen im Weg", sagte Harman etwas verlegen. „Es tut mir leid. Wir lassen Sie jetzt in Ruhe, Rebel."

„Eigentlich musste ich sowieso eine Pause einlegen." Ich hatte mehrere Stunden hart gearbeitet und wenn Eli nicht vorbeigekommen wäre, hätte ich den Abend durchgearbeitet, ohne überhaupt etwas zu essen. „Es besteht keine Eile zu gehen. Ich werde mich sowieso erst nach dem Abendessen wieder an die Arbeit machen. Ich versuche mich immer wieder daran zu erinnern, dass ich das ganze Wochenende Zeit habe, alles wegzuräumen. Kein Grund, zu hetzen und mich völlig zu verausgaben."

„Vielleicht solltest du heute Abend nicht schwimmen", sagte Eli nachdenklich. „Das könnte zu viel für dich sein, Rebel."

Ich lachte, als ich Harman ansah. „Er ist so ein süßes Kind. Sie haben ihn gut erzogen."

„Danke." Harman sah seinen Sohn aus den Augenwinkeln an und ich konnte es auf seinem attraktiven Gesicht sehen. Er war traurig über etwas.

Ich tippte auf die abwesende Mutter, die ihren Sohn im Stich gelassen hatte. „Möchten Sie eine Flasche Wasser, Harman?"

Er drehte den Kopf und lächelte mich an. „Das wäre großartig. Ich hätte mir eine schnappen sollen, bevor ich das Haus verlassen habe, aber ich habe nicht damit gerechnet, so lange hier zu sein."

Eli stand neben seinem Vater und bot ihm schnell an, das zu erledigen. „Ich werde ihm eine Flasche besorgen. Darf ich in dein Haus gehen, Rebel?"

„Ja. Die Küche ist gleich dort drüben und das Wasser steht

im Kühlschrank. Ignoriere bitte die überfüllten Arbeitsflächen."
Ich musste noch die Küchenutensilien wegräumen.

„Sicher." Er lief los und ich sah, dass Harman ihm nach-
schaute.

„Also, wollen Sie mir von Ihrer Ex-Frau erzählen?" Ich war
normalerweise nicht so neugierig, aber es fühlte sich zu diesem
Zeitpunkt wie der Elefant im Raum an. Ich dachte, ich könnte
diese Tür genauso gut öffnen, wohl wissend, dass er es wahrscheinlich nicht tun würde, obwohl er ein gewisses Maß an
Traurigkeit ausstrahlte.

„Ist es so offensichtlich?", fragte er grinsend. „Bin ich jetzt so
ein Kerl? Einer, dem jeder ansieht, dass er es schwer im Leben
hat?"

„Sie strahlen es wahrscheinlich normalerweise nicht so stark
aus, wie Sie es gerade in der Nähe Ihres Sohnes tun." Ich hoffte,
dass das den Schlag abmilderte. „Sie leiden mit dem Jungen, das
kann ich sehen."

„Seine Mutter war nie die Beste, aber sie hat versucht,
mütterlich zu sein und etwas für ihn zu tun, während wir
zusammen waren." Er lehnte sich auf dem Stuhl zurück und sah
dann auf. „Sie war jung, als wir heirateten. Neunzehn, um genau
zu sein. Und schwanger. Und wir waren überhaupt nicht
verliebt."

„Eine Vernunftehe?", musste ich fragen. „Gibt es so etwas
immer noch?"

„In meiner Familie schon. Ich wurde so erzogen, dass ich
mich um die Menschen in meinem Leben kümmere." Er sah
mich an. „Sie wissen schon ... mir wurde beigebracht, immer
das Richtige zu tun."

„Also wurde sie schwanger und Sie haben getan, was richtig
war." Es war respektabel, auch wenn es nicht besonders klug
war. „Und wie alt waren Sie?"

„Fünfundzwanzig." Er lächelte. „So alt wie Sie jetzt sind. Ich bin jetzt dreiunddreißig, nur damit Sie es wissen."

Ich nickte. „Ich dachte, Sie wären ungefähr in diesem Alter." Als ich realisierte, wie das klang, wurde ich ein wenig nervös. „Nicht, dass ich Sie so genau angesehen hätte."

„Ich bin mir sicher, dass Sie das nicht getan haben." Er spannte seinen Bizeps an und meine Augen wanderten direkt dorthin.

Wir fingen beide an zu lachen. „Okay, vielleicht ein bisschen. Aber Sie müssen zugeben, dass Sie einen ziemlich beeindruckenden Körper haben, Doktor Hunter."

„Hat er Ihnen sogar unseren Nachnamen gesagt?", stöhnte er, als er den Kopf schüttelte. „Ich schwöre, ich weiß nicht, was in das Kind gefahren ist. Er war noch nie in seinem Leben so gesprächig."

Ich wusste nicht, warum der Junge das Gefühl hatte, mit mir sprechen zu können, aber ich mochte es. „Vielleicht fehlt ihm eine Frau, mit der er sprechen kann. Wie lange ist es her, dass er seine Mutter gesehen hat? Er hat mir gesagt, dass er nicht einmal die Tage zählen kann, die seitdem vergangen sind."

„Scheiße." Harmans Kopf senkte sich. „Ich versuche selbst, die Tage nicht zu zählen. Ich denke, es sind ungefähr drei Wochen vergangen."

„Das ist eine lange Zeit für ein kleines Kind." Ich erinnerte mich an das erste Mal, als ich eine Woche im Haus meiner Großeltern zu Besuch war. „Als ich zehn Jahre alt war, war ich eine Woche von zu Hause weg. Ich schwöre, ich dachte, der ganze Sommer wäre in der Zwischenzeit vergangen. Es schien ewig zu dauern. Ich kann mir nicht einmal vorstellen, wie er sich fühlt."

Ich sah, wie seine Schultern sanken, und fühlte mich schrecklich für das, was ich gesagt hatte. Der Mann litt offen-

sichtlich schrecklich unter der Situation und ich machte es nur
noch schlimmer.

„Ich auch nicht", vertraute er mir an. „Ich vermisse seine
Mutter überhaupt nicht. Vor allem, weil unsere Ehe schon lange
vorbei war, bevor sie wegging. Seltsam, dass sie erst beschlossen
hat, mich zu verlassen, nachdem ich angefangen hatte, ordentlich Geld zu verdienen."

„Ah, Unterhalt." Ich nickte und verstand, wie diese Dinge
passieren konnten. „Betrachten Sie das als einen guten Nebenef-
fekt des großzügigen Geschenks, das Ihnen der Vater Ihres Patienten gemacht hat, oder als einen schlechten?"

Er hob den Kopf und unsere Blicke trafen sich. „Er hat
Ihnen auch von unseren Finanzen erzählt?"

Ich nickte und musste über seinen verwirrten Gesichtsausdruck lachen. „Ja. Ich vermute, er vertraut mir aus irgendeinem
Grund."

„Wow." Er blinzelte ein paarmal. „Nun, lassen Sie mich
zunächst einmal sagen, dass das Geld kein direktes Geschenk
war und es mir nicht wegen meiner Arbeit gemacht wurde. Es
ist nicht ganz ethisch, wenn Ärzte riesige Geldbeträge von den
Familien ihrer Patienten annehmen, nur um ihre Arbeit zu erledigen, und ich hätte es nicht angenommen, wenn ich es hätte
vermeiden können. Aber dieses Geld war in Investitionen und
Aktien gebunden und ich konnte es nicht wirklich ablehnen,
also dachte ich, ich würde das Beste daraus machen. Nun, was
meine Ex angeht – für mich persönlich war die Trennung gut.
Aber für unseren Sohn war das nicht der Fall. Es ist, als hätte sie
Eli und mich hinter sich gelassen, und das hat er nicht verdient.
Ich schon – ich habe sie nicht geliebt. Aus diesem Grund habe
ich ihr seit der Scheidung in keiner Weise widersprochen. Sie
kann Eli haben, wann immer sie will, aber sie will ihn nicht
einmal nehmen, wenn die Sorgerechtspapiere sagen, dass sie es
kann. Ich habe ihm ein Handy gekauft, damit sie so viel reden

können, wie sie wollen, aber sie nimmt seine Anrufe nur einmal am Tag entgegen. Und es endet immer damit, dass sie ihm sagt, dass sie Arbeit zu erledigen hat und nicht länger mit ihm sprechen kann."

Es klang, als hätte die Frau viele Fehler, aber ich konnte nicht anders, als mich in sie hineinzuversetzen – es war sicher nicht einfach gewesen, so jung ein Baby zu bekommen. Bevor ich mich aufhalten konnte, äußerte ich meine Meinung. „Ich bin sicher, dass sie die Auswirkungen ihres Verhaltens auf Ihren Sohn nicht bemerkt. Wenn eine Frau so jung ein Kind bekommt, hat sie möglicherweise das Gefühl, viele Dinge verpasst zu haben. Haben Sie sie darauf aufmerksam gemacht?"

„Das habe ich." Er sah mich mit traurigen Augen an. „Sie arbeitet an diesem Wochenende nicht. Sie betrinkt sich mit ihren Freundinnen, um über den neuesten Kerl hinwegzukommen, von dem sie sich gerade getrennt hat. Ich habe ihr gesagt, wie wichtig es ist, Zeit mit ihrem Sohn zu verbringen, aber sie will unbedingt ausgehen. Und wenn diese Frau sich in den Kopf setzt, dass sie etwas will, kann sie nichts aufhalten."

„Oh, das klingt ... schwierig." Ich hatte mich eindeutig in etwas eingemischt, das mich nichts anging. Ich hatte noch nie mit familiären Problemen zu tun gehabt und obwohl ich wünschte, ich könnte Eli helfen – dieser enthusiastische Junge hatte es verdient, glücklich zu sein –, war ich überfordert. Ich war für Familien da, die ein Haustier verloren hatten, aber Menschen, die Menschen verloren hatten, waren nicht meine Stärke. „Vielleicht würde ihr ein Therapeut helfen?" Das schien ein solider Rat zu sein.

„Sie wird nicht hingehen." Er lächelte schwach. „Als Arzt war das auch mein Vorschlag. Als wir uns getrennt hatten, habe ich Eli eine Weile zu einem Therapeuten gebracht, aber Tara lehnte jede Familien- oder Einzelberatung ab. Ich bin mir nicht sicher, wer oder was zu ihr durchdringen könnte. Ich wünschte nur, mein Sohn könnte seine Mutter zurückhaben. Das ist alles, was ich wirklich will."

„Wenn sie zurückkommen wollte, würden Sie es zulassen?" Es ging mich überhaupt nichts an, aber ich hatte das Gefühl, dass der Mann verzweifelt war.

„Vielleicht. Ich könnte sie zurückkommen lassen, wenn sie wieder für unseren Sohn da wäre." Er sah auf, als Eli mit dem Wasser kam. „Aber ich will sie nicht für mich zurückhaben. Ich habe mit unserer Ehe abgeschlossen."

Zumindest weinte er der Frau nicht nach und ich konnte nicht behaupten, dass ich es ihm zum Vorwurf machte. Der Mann hatte so viel mehr, für das es sich zu leben lohnte.

KAPITEL 5

H_arman_
Ich hatte mich bei einer Frau schon lange nicht mehr so wohlgefühlt. Es war etwas Aufrichtiges an Rebel. An ihr wirkte überhaupt nichts unecht. Und das schien nur eine von vielen großartigen Eigenschaften der Frau zu sein. Außerdem schadete es nicht, dass sie absolut hinreißend war.

„Dad, hier ist dein Wasser." Eli stellte die Flasche vor mich, setzte sich dann an den Tisch und wandte seine Aufmerksamkeit Rebel zu, nachdem er mich kaum angesehen hatte. „Du hast da drin wirklich viel zu tun."

Sie nickte und sagte: „Ja. Aber ich habe das ganze Wochenende Zeit dafür. Ich werde mir etwas zum Abendessen holen, bevor ich wieder an die Arbeit gehe." Ihre Augen wanderten zu meinen. „Wo kann man hier am besten einen Veggie-Burger kaufen?"

Und da war er – ihr einziger Fehler. „Sie sind Vegetarierin?"

„Himmel, nein." Sie lachte und bei der Art, wie ihre Augen funkelten, schmerzten meine Lenden. „Es ist nur so, dass ich herausgefunden habe, dass ein Fastfood-Restaurant, das so etwas anbietet, normalerweise großartige richtige Burger macht."

Erleichterung überkam mich. „Nun, das ist gut zu hören. Für eine Sekunde dachte ich, wir könnten keine Freunde sein."

Ihr Lachen brachte mich zum Lächeln und ich fühlte einen kleinen Stich in meiner Brust, in einem Bereich, der sich verdächtig nah an meinem Herzen befand. „Vegetarierinnen sind tabu, hm?"

Romantisch gesehen war niemand wirklich tabu, außer sie kamen nicht mit meinem Sohn zurecht. Und ich hatte keine Ahnung, warum ich in romantischer Hinsicht über diese Frau nachdachte, die ich gerade erst kennengelernt hatte. Ich musste das Thema wechseln.

„Es gibt hier keinen guten Burger-Laden. Wie Sie sich vorstellen können, neigen die Menschen, die hier leben, dazu, etwas Gehobeneres zu mögen. Es gibt viele schicke Bistros und Cafés, aber Burger sind nicht wirklich ihr Ding. Aber ich habe zufällig eine Köchin, die ziemlich gute Burger zubereiten kann. Warum kommen Sie nicht mit und essen mit uns zu Abend?"

„Ja!", rief Eli und reckte seine Faust in die Luft. „Komm schon, Rebel. Ich will dir unsere Villa zeigen."

Ich hatte ihm gesagt, dass er unser Zuhause nicht so nennen sollte. Wenn es nach mir ginge, würden wir in etwas viel Kleinerem leben. Aber Tara hatte auf einem ausgedehnten Anwesen bestanden und Eli liebte den Ort so sehr, dass ich mich nicht dazu bringen konnte, ihn jetzt, da Taras Meinung keine Rolle mehr spielte, zu verlassen.

„Eli, es ist nur unser Zuhause. Ich mag es nicht, wenn du so angibst." Ich sah Rebel an und entschuldigte mich: „Tut mir leid. Er ist nur ein Kind, das nicht immer so gelebt hat. Es zeigt sich manchmal."

„Ich verstehe und ich sehe nichts Falsches an dem, was er gesagt hat." Sie griff nach ihm und tätschelte seine Schulter.

„Wenn ich in einer Villa leben würde, wäre ich auch ziemlich glücklich darüber."

Eli nickte. „Wir sind aus einer winzigen Wohnung in etwas gezogen, das größer ist als das Museum, das ich einmal bei einem Ausflug im Kindergarten besucht habe. Ich finde es cool. Wir haben ein Zimmer mit einem Billardtisch und eines mit einem Klavier. Wir wissen nicht, wie man es spielt, aber es ist da."

„Der Vorbesitzer hat ein paar Dinge zurückgelassen", sagte ich ihr. „Also, kommen Sie zum Abendessen?"

„Ich sollte Ihnen keine Umstände machen – nicht, wenn wir uns gerade erst kennengelernt haben." Sie sah auf ihre Hände in ihrem Schoß hinunter und wirkte zum ersten Mal schüchtern.

„Ich weiß nicht, was das bedeutet", sagte Eli, „aber du solltest kommen. Bitte."

Sie lächelte über den flehenden Ton seiner Stimme, der mich so anrührte. „Okay. Wenn Sie sicher sind. Ich würde mich freuen, Ihnen heute beim Abendessen Gesellschaft zu leisten. Und wenn ich mich eingelebt habe, müssen Sie und Eli mit mir zu Abend essen und meine berühmte Lasagne kosten."

„Deal", sagte ich schnell und holte dann mein Handy heraus. „Ich benachrichtige nur kurz Rene wegen der Burger. Dann gehen wir rüber."

Rebel sah zu mir. „Soll ich mein Auto nehmen? Ich möchte nicht im Dunkeln nach Hause gehen."

Ich dachte darüber nach, wie schön es wäre, sie nach Hause zu bringen und ein bisschen mehr Zeit mit ihr zu haben, ohne dass Eli dabei war. „Ich werde dafür sorgen, dass Sie sicher und wohlbehalten zurückkommen. In dieser Gegend gibt es Unmengen von Laternen – es wird Ihnen schwerfallen, hier viele Schatten zu finden. Ich begleite Sie nach dem Abendessen nach Hause."

„Wie nett von Ihnen." Rebel erhob sich, als ich aufstand.

„Sieht so aus, als hätte ich zwei Gentlemen gefunden. Ich schließe nur kurz ab."

Eli rannte vor uns her, als wir nebeneinander aus ihrem Garten gingen. „Das ist wirklich nicht nötig. Es gibt hier zu viele Überwachungskameras, um sich Sorgen darum zu machen, dass jemand etwas stiehlt. Sie befinden sich an einem sehr sicheren Ort. Aber schließen Sie Ihre Türen nachts ab. Das ist einfach besser."

„Gut zu wissen." Wir gingen die Straße hinauf und sie schaute die lange Auffahrt zu meinem Haus hinauf. „Es muss sich so komisch angefühlt haben, als Sie aus einer kleinen Wohnung hierher gezogen sind."

„Wir fühlten uns alle für eine Weile fehl am Platz." Ich dachte daran, wie sich Tara fast augenblicklich über die neue Gegend beschwert hatte. Typisch Tara. Sie fand immer etwas, worüber sie sich beklagen konnte, obwohl sie genau das bekommen hatte, was sie ursprünglich verlangte. „Tara hat es nur ein paar Monate hier ausgehalten, bevor sie gegangen ist. Sie sagte immer wieder, dass sie es nicht ertragen könne, wie die Leute hier auf sie herabschauten."

„Hm, ich schätze damit muss ich leben. Schließlich wohne ich in einem Kutschenhaus, in dem einst die Bediensteten untergebracht waren." Ihr Lachen sagte mir, dass es ihr egal war.

„Es hilft, eine gute Einstellung zu haben, wie ich herausgefunden habe." Ich war nicht auf die Ablehnung gestoßen, über die Tara gejammert hatte. „Die meisten der Leute hier sind nett. Man muss verstehen, woher sie kommen, wobei die meisten von ihnen aus sehr alten, sehr reichen Familien stammen. Und dann gibt es noch die Neureichen, die gerne so tun, als kämen sie von altem Geld. Und dann gibt es noch mich. Ich bin einfach ein Glückspilz, der zufällig zur richtigen Zeit am richtigen Ort war und dadurch eine Menge Geld bekommen hat."

„Wie ist das damals passiert? Das klingt alles ziemlich

außergewöhnlich", sagte sie, als wir meine Auffahrt hinaufgingen.

„Eli und ich waren in New York. Ich sollte an einer Konferenz teilnehmen und nahm ihn mit. Eine meiner Tanten wohnt dort, deshalb hat sie auf ihn aufgepasst, während ich auf der Konferenz war." Ich konnte mich noch an die Gerüche erinnern, die an diesem Tag in der Luft lagen. „Ich entdeckte einen Hot-Dog-Verkäufer und sagte zu Eli, wir sollten einen echten New Yorker Hot Dog essen. Wir standen in der Schlange, als ein Mann in einem teuren Anzug mit seinem kleinen Mädchen vorbeikam, das einen Hot Dog in der Hand hatte. Sie hatte bereits einen Bissen davon genommen und ich sah den Ausdruck auf ihrem Gesicht, als das Ding in ihrem Hals steckenblieb. Sie fiel zu Boden und ihr Vater hatte keine Ahnung, was mit ihr los war. Er geriet in Panik."

„Und dann sind Sie in Aktion getreten, nicht wahr?" Mit großen Augen sah sie mich an.

Ich fand das, was ich getan hatte, immer noch nicht besonders heldenhaft. Verglichen mit dem, was ich jeden Tag bei der Arbeit machte, war es wirklich keine große Sache, das Heimlich-Manöver bei jemandem durchzuführen. Und ich dachte immer, wenn ich nicht dort gewesen wäre, hätte jemand anderes dem armen Kind geholfen – es sah einfach eindrucksvoller aus, wenn ein Arzt vor Ort war.

„Ich sagte ihm, dass sie sich an dem Hot Dog verschluckt hatte, hob sie hoch und entfernte die Blockade in ihrer Luftröhre. Damit hatte ich mir die unermüdliche Dankbarkeit des Mannes verdient. Er wollte meinen Namen, meine Nummer und meine Adresse, bevor wir uns verabschiedet haben, und ich habe danach nicht mehr darüber nachgedacht."

„Wie lange hat es gedauert, bis Sie von der Belohnung erfahren haben?" Sie strich sich eine Strähne ihrer glänzenden,

dunklen Haare aus dem Gesicht, als ein Windstoß sie nach vorn
blies.

„Eine Woche." Ich streckte die Hand aus, um eine weitere
Haarsträhne hinter ihr Ohr zu stecken. „Ich habe einen Anruf
vom Anwalt des Mannes erhalten. Er war in Seattle und fragte,
ob er zu mir nach Hause kommen könne. Dort erzählte er mir,
dass der Mann mir jede Menge Anteile an seiner Firma – seiner
sehr erfolgreichen Multimilliarden-Dollar-Firma – zusammen
mit einigen anderen Investitionen überschrieben hatte. Er
brachte mir auch eine Geschenktüte mit Schlüsseln zu einem
neuen BMW, den er vor unserer kleinen Wohnung geparkt
hatte, ein paar Rolex-Uhren und einigen anderen Dingen, die
ebenfalls unglaublich teuer waren. Ich habe die kleineren
Geschenke abgelehnt, aber zu den Aktien und all dem Geld
Nein zu sagen war nicht so einfach."

Pfeifend sagte sie: „Was für eine Überraschung das gewesen
sein muss."

„Als Ärztin können Sie sich vorstellen, wie viele Studentendarlehen ich hatte. Schon allein, sie abzahlen zu können, war
mehr, als ich jemals wollte." Ich fragte mich, wie sie den Rest
der Geschichte auffassen würde. „Ich habe einige der Aktien
verkauft, um das Geld neu zu investieren. Ich habe mich für eine
sehr gute Investmentfirma entschieden und in nur einem Jahr
mein Geld verdoppelt. Und im letzten Jahr habe ich es vervier-
facht. Es ging alles so schnell und unter so chaotischen Umständen, dass es sich manchmal nicht richtig anfühlt. Vor ein paar
Monaten habe ich einen Stipendienfonds eingerichtet, der die
Studentendarlehen anderer Ärzte bezahlt, wenn sie Wettbe-
werbe gewinnen, die ich mir ausgedacht habe. Und das Beste
daran ist, dass ich es so eingerichtet habe, dass die Zinsen von
einem anderen Konto dafür sorgen, dass sich auf diesem Konto
ein konstanter Betrag von ein paar Hundert Millionen befindet,

damit ich meinen Kollegen auf der ganzen Welt auch weiterhin helfen kann."

Rebel streckte die Hand aus, legte sie auf meine Schulter und starrte mich mit dem seltsamsten Gesichtsausdruck an – mit ein wenig Ehrfurcht und etwas, das einer Ernsthaftigkeit nahekam, die ich noch nicht bei ihr gesehen hatte. „Harman, das ist wirklich edel von Ihnen." Sie blinzelte ein paarmal. „Sie hatten ein ziemlich bemerkenswertes Leben."

„Das kann man definitiv sagen. Aber ich denke, die meisten Leute würden an meiner Stelle das Gleiche tun – daran ist nichts Edles." Ich ging weiter. Es war mir immer peinlich, anderen Leuten meine Geschichte zu erzählen, und ich wollte nicht, dass sie etwas Großes daraus machte.

„Das glaube ich nicht." Sie folgte mir und blieb an meiner Seite. „Aber ich kann sehen, dass Ihnen das Lob unangenehm ist. Ich werde versuchen, mich mit Komplimenten zurückzuhalten."

Ich musste darüber lachen – in ihrer Gegenwart fühlte ich mich einfach wohl, selbst wenn ich über die Themen sprach, die mir am unangenehmsten waren. Zuerst die Sache mit Tara, jetzt das. Ich konnte nicht anders, als mich in ihrer Nähe wohlzufühlen – und glücklich. „Ja, bitte versuchen Sie, sie zurückzuhalten. Ich bin es nicht gewohnt, dass Leute so nette Dinge über mich sagen."

Ihre Augenbrauen schossen hoch und ihr Gesichtsausdruck wurde überrascht. „Wirklich?", fragte sie ungläubig. „Haben Sie vergessen, dass Sie Arzt sind?" Ich musste wieder lachen – sie hatte recht, ich hörte viele Komplimente und Dankesworte bei meiner Arbeit, aber das meinte ich nicht. Sie schien das zu verstehen. „Wer weiß, was Sie tun? Und wer hat Ihnen noch nicht gesagt, wie großartig es ist?"

„Abgesehen von den Mitarbeitern der Investmentfirma und meiner Bank sind Sie die Einzige, die bisher etwas über den

Stipendienfonds weiß." Ich wusste nicht genau, warum ich es ihr überhaupt erzählt hatte. „Ich habe noch keinen Wettbewerb ins Leben gerufen und will warten, bis es soweit ist, bevor ich es ankündige. Aber ich werde mir sehr bald etwas einfallen lassen. Ich freue mich darauf, diese Sache in Gang zu setzen."

„Oh, wie wäre es mit einem Aufsatzwettbewerb?", schlug sie nach einer kurzen Pause vor. „Sie können die Leute bitten, Ihnen Geschichten darüber zu schicken, warum sie überhaupt Arzt werden wollten. Dann kann der Gewinner derjenige sein, der Sie am meisten berührt."

„Das würde bedeuten, dass ich viel lesen müsste, nicht wahr?" Ich stupste ihre Schulter mit meiner an. „Vielleicht brauche ich dafür die Hilfe von jemandem."

„Sie würden mich helfen lassen?", fragte sie verblüfft.

„Warum nicht? Es ist Ihre Idee." Ich sah zur Haustür und trat vor, um sie für Rebel zu öffnen. „Aber jetzt werde ich Ihnen die Fähigkeiten meiner Köchin präsentieren." Ich trat zur Seite, damit sie vor mir eintreten konnte. „Nach Ihnen."

Eli lachte, als er hinter uns im Kreis rannte. „Dad, du bist albern."

Rebel sah mich mit leuchtenden Augen an. „Ich denke, Sie sind extrem nett – und gar nicht albern." Ihre Schulter berührte meine Brust, als sie an mir vorbeiging. Bei der kurzen Berührung verlor ich meinen Atem, meinen Verstand und vielleicht sogar ein bisschen von meinem Herzen.

KAPITEL 6

R*ebel*
Der Abend mit Harman und Eli grenzte an Magie. Ich war immer gut mit Menschen ausgekommen, ob ich sie schon lange kannte oder sie gerade erst kennengelernt hatte. Aber die Art, wie ich mit Eli und seinem Vater in Kontakt kam, fühlte sich anders an. Es fühlte sich an, als ob sie immer ein Teil meines Lebens gewesen wären – fast als ob ich zu den beiden gehörte. Inzwischen duzten Harman und ich uns sogar.

Vielleicht brauchten sie mich mehr als irgendjemand zuvor, weil sie beide den Verlust einer Ehefrau und Mutter in ihrem Leben spürten. Da war dieser Blick in ihren Augen, der mir sagte, dass sie etwas vermissten – oder einfach nur eine Frau brauchten, die ihnen zuhörte.

Ich wusste nur, dass ich mich ein bisschen verloren fühlte, als es Samstag und Sonntag wurde und keiner der beiden bei mir vorbeigekommen war. Aber dann klopfte es am Sonntagabend um sechs Uhr an meiner Haustür. Ich hatte gerade die letzten meiner Sachen weggeräumt und mich mit einer drin-

gend benötigten Whiskey-Cola in meinem Sessel nieder-
gelassen.

Ich war überrascht, als ich die Tür öffnete und sah, dass die
beiden Jungs, die ich vermisst hatte, dort standen. Harman hatte
einen Obstkorb in der Hand und Eli umklammerte eine atem-
beraubende Kristallvase mit den schönsten roten Rosen, die ich
je gesehen hatte. „Willkommen in der Nachbarschaft", sagte
Harman mit einem Lächeln.

„Ich dachte, ihr habt mich vielleicht vergessen." Ich trat
zurück, um sie hereinzulassen.

„Dad sagte, wir sollten dir Zeit geben, deine Sachen wegzuräumen." Eli betrachtete das Wohnzimmer und nickte zustim-
mend. „Und es sieht so aus, als hättest du jetzt alles verstaut."

„Ich bin gerade mit dem letzten Rest fertig geworden. Ich bin
jetzt fast vollständig eingezogen und bereit, mich den Rest des
Abends zurückzulehnen und zu entspannen." Es fühlte sich gut
an, alles erledigt zu haben, vor allem wenn sie mich besuchten.

Harman stellte den Obstkorb auf den Couchtisch. „Das sieht
hier ziemlich gut aus. Eli, stell die Blumen dort drüben auf die
Theke." Eine lange Theke verlief zwischen meinem Wohnzimmer und meiner Küche und trennte die beiden Räume.

„Danke, Jungs. Das ist wirklich süß von euch." Ich setzte mich
auf meinen Sessel, lehnte mich aber nicht so zurück, wie ich geplant
hatte. „Setzt euch und erzählt mir, wie euer Wochenende war."

„Es war in Ordnung, wenn auch ereignislos", antwortete
Harman, als er und Eli sich auf das Sofa setzten. „Hast du Lust,
mit uns zum Abendessen auszugehen? Ich gebe der Köchin
sonntags frei."

Das klang für mich wunderbar. „Seid ihr sicher?"

Eli sprang auf und hob die Hände. „Ja, wir sind sicher. Wir
gehen zu der Pizzeria mit den Spielautomaten. Es wird viel Spaß
machen."

Wieder zauberte die Begeisterung des kleinen Jungen ein Lächeln auf mein Gesicht. „Ich muss zugeben, das klingt großartig. Es ist eine halbe Ewigkeit her, dass ich so etwas getan habe."

Eli kam, um meine Hände zu nehmen. „Dann lass uns gehen!"

„Ich brauche mein Portemonnaie", sagte ich, stand auf und ging in mein Schlafzimmer, um meine Sachen zu holen.

Als ich ins Wohnzimmer zurückkam, bemerkte ich, dass Eli bereits gegangen war. Harman stand in der Nähe der Tür und wartete auf mich. „Das Kind freut sich darüber, dass du mitkommst."

Ich fragte mich, ob er sich auch freute, aber ich stellte diese Frage nicht. „Ich freue mich auch, euch zu begleiten."

Er öffnete die Tür und streckte einen Arm aus. „Nach dir."

Seine breite, harte Brust nahm den größten Teil der Tür ein und meine Schulter streifte ihn, als ich durch die schmale Öffnung ging. Ich beschleunigte meine Schritte und brachte kaum ein kurzes „Bitte schließ ab" heraus, als ich ihm meine Schlüssel reichte. Mein Körper wurde heiß und mein Gehirn stellte den Betrieb ein, da der kurze Kontakt mich auf eine Art und Weise in Erregung versetzte, die nicht oft vorkam.

Ein schwarzer Mercedes parkte hinter meinem Toyota in der Einfahrt. An der Beifahrertür stand Eli und hielt sie für mich auf. „Komm schon, Rebel."

„Ihr zwei müsst mich nicht verwöhnen, weißt du." Ich ließ mich auf den Sitz fallen. „Aber ich muss zugeben, dass ich es liebe. Ihr seid beide perfekte Gentlemen."

„Danke", sagte Eli, als er die Tür schloss und auf den Rücksitz stieg. „Wir versuchen es zumindest."

Harman setzte sich hinter das Lenkrad und sah seinen Sohn an. „Anschnallen."

„Oh ja." Eli schnaubte. „Ich weiß nicht, warum ich das immer vergesse."

Harman sah im Rückspiegel zu, wie Eli sich anschnallte. „Ich auch nicht. Du müsstest inzwischen daran gewöhnt sein." Er drehte seinen Kopf, um mich anzusehen. „Also, was ist deine Lieblingspizza?"

„Peperoni." Ich wusste, dass ich langweilig war, aber ich experimentierte nicht gern mit den neuesten Pizzatrends.

„Meine auch." Harman zog die Augenbrauen hoch. „Große Geister denken gleich."

„Ich mag Käsepizza", informierte mich Eli. „Mom und ich mögen Käse. Dad mag Peperoni, genau wie du."

„Es ist schön, zur Abwechslung jemanden auf meiner Seite zu haben", sagte Harman, als er aus meiner Einfahrt fuhr.

Ein Rolls Royce rollte langsam an uns vorbei. Die Nase der Fahrerin war hoch in der Luft und die hinteren Fenster waren so dunkel getönt, dass man nichts darin erkennen konnte. „Schaut nur! Es ist Mrs. Snotgrass.'

„Snodgrass", korrigierte Harman ihn. „Sie ist die Leiterin des Hauseigentümervereins. Ihre Familie ist seit Generationen unglaublich reich, wie ich gehört habe. Sie ist nur ein paar Monate im Jahr hier. Dann finden monatliche Treffen statt. Den Rest des Jahres haben wir frei."

„Da sie hier ist und es der erste November ist, erlebe ich wohl bald mein erstes Treffen, oder?", fragte ich und fühlte mich ein wenig unwohl, weil ich bereits zu einem Treffen gehen musste, besonders weil ich als Einzige in der Nachbarschaft nicht unheimlich wohlhabend war.

„Dessen bin ich mir sicher." Harman spürte mein Unbehagen. „Und keine Sorge – ich werde auch dort sein."

„Es ist auf jeden Fall schön, einen Freund dabei zu haben." Ich hatte Probleme, Harman einzuschätzen, aber ich hatte das Gefühl, dass er mich vielleicht nicht nur als Freund mochte. So gutaussehend und erfolgreich der Mann auch war, ich hatte meine Vorbehalte.

Er hatte deutlich gesagt, dass er seine Ex-Frau wieder bei sich einziehen lassen würde, wenn sie es jemals wollte. Es wäre riskant, sich mit jemandem in einer so prekären Situation auf eine Beziehung einzulassen. Und ich hatte das Gefühl, dass ich mich in diesen Mann verlieben könnte, wenn ich es zuließ – ein Kuss und er würde mich für alle anderen Männer ruinieren. Das wusste ich einfach.

Vor der Pizzeria war der Parkplatz voll. „Anscheinend sind wir nicht die Einzigen, die spielen wollen", sagte ich, als ich den Parkplatz nach einer freien Stelle absuchte. „Da drüben, Harman. Dort scheint etwas frei zu sein."

Er fuhr an die Stelle und hielt an. Sofort stürmte Eli aus der Tür. „Hey, warte!"

Wir mussten uns beeilen, um mit dem blitzschnellen Kind Schritt zu halten. Ich war nur ein paar Meter hinter Eli, als wir zur Tür kamen, aber Harman schaffte es, über meine Schulter zu greifen und die Türklinke zu packen, bevor ich es konnte. Die Vorderseite seines gesamten Körpers drückte sich gegen meinen Rücken und ich schmolz fast dahin, als die Hitze mich erneut überflutete.

Als ich den Innenraum betrat, der voller lauter Menschen und Spielautomaten war, konnte ich kaum hören, was Harman sagte, aber ich folgte Eli. Der Junge schien genau zu wissen, wohin er wollte. Wir gingen durch die Menge, bis ich eine Tür sah. Eli ging hindurch und betrat einen Bereich, der viel ruhiger war. „Wow, hier ist es besser." Eli zog einen Stuhl für mich unter einem Tisch für vier Personen hervor und ich setzte mich. „Ich danke Ihnen, Sir."

Eli kicherte. „Es ist mir ein Vergnügen, Lady."

Harmans sanftes Lächeln schien sein Gesicht nicht mehr verlassen zu wollen, als er sich mir gegenüber hinsetzte. „Ich bin an das Chaos gewöhnt. Ich denke, ein achtjähriges Kind zu haben macht einen immun gegen den Lärm."

„Das muss es sein", sagte ich mit einem Lächeln, als ich die Speisekarte aus dem kleinen Metallständer in der Mitte des Tisches zog.

„Ich werde versuchen, nicht zu laut zu sein", bemerkte Eli.

Als ich ihn ansah, wurde mir warm ums Herz. Ich wollte nicht, dass er etwas für mich änderte. „Wage es nicht, Eli. Ich liebe dich so, wie du bist, Lärm und alles."

Selbst stärkere Frauen als ich wären bei seinem schiefen Grinsen dahingeschmolzen – der Junge war einfach zu niedlich. „Ich liebe dich auch, so wie du bist, Rebel."

Harmans Augen funkelten vor Zuneigung, als er seinen Sohn ansah. „Das ist wirklich süß."

Ich fuhr mit meiner Hand durch Elis zerzauste Locken. „Wie wäre es, wenn ich dir die Haare schneide, wenn wir hier fertig sind? Ich habe meine Schere gefunden. Und ich habe ein paar Kurse am College besucht, also weiß ich, was ich tue. Ich werde dich nicht skalpieren oder so."

„Darf sie, Dad?", fragte er mit flehenden Augen.

Harman nickte. „Hört sich gut an." Dann fuhr er mit der Hand durch seine eigenen sandfarbenen Haare. „Kannst du mir auch die Haare schneiden, Rebel?"

Der Gedanke, dem Mann so lange so nahe zu sein – und meine Finger durch seine dicken Strähnen zu bewegen – ließ mein Inneres erbeben. „Äh, sicher."

„Cool." Harman griff nach einer Speisekarte. „Möchtest du einen Krug Bier mit mir teilen, Rebel?"

„Okay." Ich war keine begeisterte Biertrinkerin, aber es würde nicht schaden, ein wenig davon mit ihm zu teilen.

Harmans Augen weiteten sich, als er die Speisekarte umdrehte. „Oh, Moment. Hier gibt es eine richtige Bar. Ich hatte keine Ahnung. Sie muss irgendwo hinten versteckt sein. Wie wäre es stattdessen mit einer Whiskey-Cola?"

„Das klingt noch besser." Als ich die Speisekarte durchging, sah ich, dass die Pizzen in verschiedenen Stilen angeboten wurden. „Können wir unsere Peperoni-Pizza mit extra dickem Boden bestellen?"

„Gibt es eine bessere Art?", fragte Harman grinsend.

„Dad nimmt sie immer so", sagte Eli zu mir. „Mom und ich mögen den Boden dünn lieber. Kann ich spielen gehen, während ihr auf das Essen wartet? Ihr könnt mich auf meinem Handy anrufen, wenn ich zurückkommen soll. Ich habe Jason und David aus meiner Klasse dort draußen gesehen und ich will mit ihnen spielen."

„Nur zu." Harman reichte ihm etwas Geld. „Geh nach vorn und kaufe dir eines dieser Armbänder, mit denen man unbegrenzte Spielzeit hat."

Eli schnappte sich das Geld und raste davon, als stünden seine Beine in Flammen. „Wow, dieser Junge kann rennen, nicht wahr?" Ich drehte meinen Kopf, als der Kellner auf der anderen Seite von mir auftauchte.

Harman bestellte das Essen und die Getränke. Dann legte er die Ellbogen auf den Tisch, verschränkte die Finger ineinander und sah mich an. „Ich habe mich etwas über dich gefragt, Rebel."

Ich hatte mich viele Dinge über ihn gefragt. „Ach ja?"

„Ja." Er leckte sich die Lippen. „Ich habe mich gefragt, ob du jemanden datest."

Oh, verdammt!

„Ähm, nein. Seit einiger Zeit nicht mehr. Ich date schon eine Weile nicht mehr wegen der vielen Arbeit und dem Hauskauf und so weiter." Es hatte einen Praktikanten gegeben, der mich umworben hatte, aber daraus war nichts geworden. Und ich wollte aus irgendeinem Grund nicht, dass Harman darüber Bescheid wusste. „Warum fragst du?" Ich hatte meine Finger unter dem Tisch gekreuzt, in der Hoffnung, dass er mir eine gute Antwort geben würde – obwohl ich wusste, dass es riskant wäre, ihn zu daten.

Er lehnte sich auf seinem Stuhl zurück und nickte dem Kellner zu, der unsere Getränke brachte. „Danke." Er wartete darauf, dass der Mann wieder ging und fuhr fort. „Es ist nur so, dass du eine fantastische Frau bist und ich nicht verstehen kann, dass du immer noch Single bist."

Nicht ganz das, wonach ich gesucht hatte. Ich fragte mich, ob ich seine Signale falsch interpretiert hatte. „Ich schätze, ich hatte andere Dinge im Kopf. Ich habe meine Arbeitszeit inzwischen etwas reduziert, aber bis vor ein paar Monaten habe ich in der Regel zwölf bis fünfzehn Stunden am Tag in der Klinik verbracht."

„Jetzt, da du dein eigenes Zuhause hast, um das du dich kümmern musst, hast du beschlossen, mehr Zeit zu Hause als auf der Arbeit zu verbringen, hm?" Er nahm einen Schluck und spähte mich über den Rand des Glases hinweg an.

„Genau. In dem Moment, als ich wusste, dass ich mein eigenes Zuhause kaufen und aus meiner Wohnung herauskommen würde, war mir klar, dass ich mehr Zeit zu Hause verbringen wollte." Ich konnte es kaum erwarten, Tiere bei mir willkommen zu heißen und mich um sie zu kümmern. „Ich werde morgen höchstwahrscheinlich ein oder zwei Tiere von der Arbeit mit nach Hause bringen."

„Eli wird sich freuen." Harman setzte sein Glas ab. „Es ist schön, dass du mit Tieren arbeitest, wenn du sie so magst. Als Kind hatte ich einen Hund, aber sonst hatte ich keine Haustiere. Und Tara sagte, sie sei allergisch gegen Tierhaare, also hatten wir nach unserer Heirat keine Haustiere mehr. Eli sollte zumindest in der Lage sein, mit ihnen zu spielen, jetzt, wo Tara nicht mehr da ist."

Und da war er wieder – dieser traurige Blick. „Hey, lass uns heute Abend nicht mehr von ihr reden. Deine Stimmung ändert sich, wenn du anfängst, an sie zu denken. Und es gibt viele andere Dinge, über die wir uns unterhalten können – sie ist schließlich nicht die einzige Frau auf dem Planeten."

Ein winziges Lächeln krümmte seine Lippen. „Stimmt, das ist sie nicht." Bei dem Funkeln in seinen Augen stieg Hitze zwischen meinen Schenkeln auf.

KAPITEL 7

H *arman*
Rebels süßer Duft umhüllte mich auch noch, nachdem wir sie nach Hause gebracht hatten. Ihr Körper war meinem so nahe gewesen, als sie mir die Haare geschnitten hatte, dass das Parfüm auf Vanillebasis, das sie trug, mir immer noch in meiner Nase hing.

Ich hatte sie zu unserer abendlichen Schwimmstunde eingeladen, aber sie sagte, sie sei erschöpft von all dem Auspacken an diesem Wochenende. Sogar in diesem Zustand strahlte die Frau. Ich fragte mich, ob sie jemals schlecht aussehen könnte. Ich hatte das Gefühl, dass sie einer der Menschen war, die einfach gutaussehend aufwachten.

„Dad, kann ich heute auch das Schwimmen ausfallen lassen, so wie Rebel?", fragte Eli, als wir in unser Haus gingen. „Ich bin auch erschöpft."

„Sicher, Kleiner. Geh einfach schnell unter die Dusche und dann ins Bett. Ich werde dich zudecken und danach meine Runden drehen." Nach all der Pizza wollte ich mein abendliches Training nicht missen.

Später, als ich Runde für Runde im Pool schwamm, verlor

ich mich in Fantasien über Rebel. Ich konnte praktisch spüren, wie sich ihre langen Beine um meine Taille legten und sich ihr seidiges Haar zwischen meinen Fingern bewegte. Ihr Körper drückte sich gegen meinen.

Unsere Lippen trafen sich und Explosionen gingen in meinem Kopf los. Blinzelnd erwachte ich aus meiner kleinen Fantasie. Ich hatte keine Ahnung, ob Rebel daran interessiert wäre, mich zu daten. Ich hatte wahrscheinlich meine Chancen vertan, als ich ihr sagte, dass ich Tara zurücknehmen würde, wenn auch nur um Elis willen. Das musste sie abgeschreckt haben.

Die Sache war, dass ich gar nicht wusste, warum ich ihr das erzählt hatte. Es war keine Lüge, aber es war nicht so, als hätte Tara jemals angedeutet, zurückkommen zu wollen. Meine Ex machte, was sie wollte, ohne an mich oder Eli zu denken, und da war ich, baute eine Mauer um mein Herz und verwendete die Vorstellung, dass sie zurückkehren könnte, als Mörtel für die Steine.

Rebel war sicher nicht dumm und es wäre sehr dumm, sich auf einen Mann einzulassen, der ihr so etwas erzählt hatte. In Wahrheit hatte ich keine Lust, wieder mit Tara zusammen zu sein – unsere Beziehung war nie einfach gewesen. Aber ich wusste, dass ich sie im Leben unseres Sohnes haben wollte, und ich würde alles dafür tun, dass das wieder der Fall war.

Ein Junge brauchte seine Mutter. Meine hatte mich maßgeblich geprägt. Nicht, dass Tara einen allzu guten Einfluss hatte, aber sie war Elis Mutter und sollte in seinem Leben sein.

Ich hatte das Gefühl, Eli würde zu Rebels Haus rennen, sobald er sie jeden Tag vorfahren sah. Er würde Zeit mit ihr verbringen, nicht mit seiner Mutter. Und das wäre in Ordnung, aber es war nicht dasselbe, wie seine Mutter bei sich zu haben.

Verwirrt beendete ich meine Schwimmstunde früher als gewöhnlich und ging dann auf mein Zimmer, um zu duschen.

Als das heiße Wasser über meinen müden Körper lief, lehnte ich mich an die warme, geflieste Wand.

Rebels Lachen erfüllte meinen Kopf. Sie und ich hatten in der Pizzeria Skee-Ball gespielt. Sie war nicht sehr gut darin und ich war hinter sie getreten, hatte ihre Hand genommen und ihr geholfen, den Ball zu werfen, um das Loch in der Mitte zu treffen. Sie hatte alle anderen Würfe vermasselt und ich wollte sie unterstützen. Ich hatte es nicht nur getan, um ihr näherzukommen.

Oder doch?

Den ganzen Abend über schaffte ich es immer wieder, ihren Körper dazu zu bringen, meinen zu berühren. Ich hatte diese Berührungen eigentlich nicht geplant, aber vielleicht sorgte mein Unterbewusstsein dafür, dass sie so oft wie möglich stattfanden.

Und jede Berührung schien besser als die letzte zu sein. Selbst wenn wir uns nur zufällig streiften, strömten herrliche Empfindungen durch mich. Niemand hatte jemals so eine Wirkung auf mich gehabt. Ich dachte, es war entweder ein Zeichen dafür, dass wir eine fantastische Chemie hatten oder dass wir zu viel Leidenschaft zwischen uns hatten, um eine gesunde Beziehung aufrechtzuerhalten.

Ich wusste, dass heißer Sex keine langfristige Beziehung garantierte. Meiner Erfahrung nach erschwerte er sogar alles. Sobald die Hitze mit der Zeit verflog, blieb einem nur noch das fade Alltagsleben der meisten Ehepaare. Manchmal, wenn die Leidenschaft nachließ, merkte man, dass man mit der anderen Person überhaupt nichts gemeinsam hatte.

Aber ich hatte in meinem Leben Ausnahmen davon gesehen – wenn auch nicht bei meinen Eltern. Die beiden schienen mir eher Bruder und Schwester zu sein. Sie verstanden sich gut, aber es gab keine Berührungen oder Anzeichen von Liebe oder Verlangen zwischen ihnen.

Vielleicht hatte ich schlechte Vorbilder im Beziehungsbereich gehabt. Vielleicht hatte ich deshalb eine Frau geheiratet, die ich nicht liebte, und gedacht, dass die Ehe nichts anderes war als eine Verbindung zweier Menschen, um eine Familie zu gründen.

Es hatte wehgetan, als Tara gegangen war. Nicht, weil ich sie vermisste. Nicht, weil ich sie liebte, sondern weil sie etwas verließ, von dem ich dachte, dass es für immer uns gehören würde. Ich dachte, wir würden uns zusammen ein Leben und eine Familie aufbauen.

Ich weiß nicht, warum ich das gedacht hatte. Sie hatte klargestellt, dass wir nicht mehr Kinder haben würden. Wir hatten darüber gestritten, als Eli drei Jahre alt war. Ich dachte, er sollte Geschwister haben, aber Tara sagte, dass sie nie wieder ein Baby haben wollte.

Aber vielleicht wollte sie einfach keine weiteren Kinder mit mir haben. Sie schien jetzt mehr Sex zu haben als jemals zuvor mit mir. In den letzten zwei Jahren hatte sie sieben Männer gedatet. In den letzten drei Jahren unserer Ehe hatten wir vielleicht einmal im Monat Sex gehabt.

Und was mich am meisten störte, war, dass ich damit einverstanden war. Ich hatte es als die Realität meiner Ehe akzeptiert. Als Tara also entschieden hatte, dass es nicht genug für sie war, hatte es wehgetan. Es tat weh, weil sie sich mit unserem Mangel an Liebe abgefunden und entschieden hatte, dass es nicht in Ordnung war. Ich hingegen hatte mich damit abgefunden und entschieden, dass es erträglich war.

So erträglich, dass ich einer Frau, zu der ich mich hingezogen fühlte, erzählte, dass ich die Mutter meines Sohnes in mein Zuhause und mein Leben zurücklassen würde, obwohl ich mit diesem Leben nie glücklich gewesen war.

Was für ein Idiot!

Tara mochte viele Fehler haben, aber sie hatte in einer Sache recht gehabt – unsere Ehe musste einfach enden.

Nachdem ich aus der Dusche gestiegen war, zog ich meinen Pyjama an, bevor ich mich in mein Kingsize-Bett legte – ein Bett, das ich nur kurz mit meiner Frau geteilt hatte. Ein Bett, in dem wir nur einmal Sex gehabt hatten, bevor sie mir sagte, dass sie nicht mehr mit mir zusammenleben könne.

„Morgen kaufe ich ein neues Bett." Ich drehte mich um und schaltete die Lampe auf dem Nachttisch aus. „Ich muss einige Änderungen vornehmen, sonst werde ich nie wirklich glücklich sein."

Rebels Worte von früher an diesem Abend ertönten in meinen Ohren: *„Deine Stimmung ändert sich, wenn du an sie denkst ... sie ist schließlich nicht die einzige Frau auf dem Planeten."*

Rebel musste etwas in meinen Augen oder in meinem Benehmen gesehen haben, das ich bislang nicht bemerkt hatte. Und es war Zeit, das zu ändern. Über Tara nachzudenken half mir überhaupt nicht. Mitleid mit unserem Sohn änderte nichts.

Ich hatte alles Mögliche zu Tara gesagt, damit sie merkte, wie wichtig sie für unseren Sohn war, aber nichts hatte einen Unterschied gemacht. Sie hatte ihre Freiheit gefunden, nachdem sie sieben Jahre mit mir verheiratet gewesen war, und sie hatte mit uns beiden abgeschlossen.

Vielleicht war es an der Zeit für mich, meine eigene Freiheit auszukosten – Freiheit von den Schuldgefühlen in Bezug auf meine gescheiterte Ehe. Freiheit von Taras Verantwortungslosigkeit.

Ich lag im Bett und schaute zur Decke hoch. Ich wusste, dass ich weiterziehen musste. Um Elis willen genauso wie um meinetwillen. Ich musste aufhören zu versuchen, seine Mutter zu jemandem zu machen, der sie nicht war.

Aber selbst als ich das dachte, schmerzte mein Herz für Eli, meinen armen kleinen Jungen, dessen Mutter so schnell gerannt war, um von mir wegzukommen, dass sie ihn ebenfalls zurückgelassen hatte.

Warum hatte ich nie versucht, sie dazu zu bringen, sich in mich zu verlieben? Warum hatte ich nie versucht, etwas zu finden, das ich an ihr lieben konnte? Warum hatte ich mich in die Ehe gestürzt, wenn wir getrennt Elis Eltern hätten sein können?

Damals wollte ich eine normale Familie, was auch geschah. Von dem Moment an, als wir die DNA-Ergebnisse eine Woche, nachdem sie mich gefunden hatte, zurückbekamen, sagte ich Tara, was wir tun würden. Wir würden heiraten und mein Mitbewohner würde aus meiner Wohnung ausziehen, damit sie einziehen konnte.

Tara war jung und leicht von ihren Eltern zu beeinflussen, die weder die Verantwortung für die Geburt des Kindes noch die Kosten für die Schwangerschaft und die Entbindung tragen wollten. Sie hatte das getan, was wir ihr alle geraten hatten. In einer winzigen Kirche, in der ihre Großmutter Mitglied war, heirateten wir einen Monat nachdem sie mich gesucht und mir die Neuigkeiten erzählt hatte.

Unsere erste Nacht als Ehepaar war überhaupt nichts Besonderes. Sie konnte nichts trinken, aber ich hatte ein paar Biere getrunken, um meine Nerven zu beruhigen. Wir hatten kein Geld für richtige Flitterwochen. Wir waren in meine Wohnung gegangen – ihr neues Zuhause – und hatten Tiefkühl-Pizza gegessen.

Diese Nacht war überhaupt nicht wie unsere erste Begegnung auf der Toilette gewesen. Das war gehetzt und wild gewesen – sogar lustig. Aber in der Nacht unserer Hochzeit, als wir uns beide unwillig fühlten und unsicher waren, ob wir das Richtige getan hatten, waren wir ins Bett gegangen und hatten uns unbeholfen geküsst. Wir hatten unsere Augen geschlossen und so getan, als wäre nichts falsch an dem, was wir taten. Und wir hatten Sex gehabt.

Ich hatte noch nie in meinem Leben mit jemandem Liebe gemacht. Aber als ich in meinem Kingsize-Bett lag – einem Bett, das ich einmal mit meiner Frau geteilt hatte –, wusste ich, dass Rebel und ich uns lieben würden, wenn wir jemals die Gelegenheit hätten, etwas so Intimes zu tun. Und die Wahrheit ist, dass es mich erschreckte.

Warum konnte ich mir vorstellen, mich in eine Frau zu verlieben, mit der ich nur zweimal Zeit verbracht hatte? Stimmte etwas mit mir nicht? Klammerte ich mich an Strohhalme?

Das Wissen, dass Tara da draußen war und ihr Leben ohne ihren Sohn oder mich genoss, hatte vielleicht Auswirkungen auf mich, die ich nicht bemerkt hatte. Es ergab keinen Sinn, warum ich so viel über eine Frau nachdachte, die ich gerade erst kennengelernt hatte. Und doch konnte ich nicht aufhören, an Rebel zu denken.

In meinem gegenwärtigen Zustand hatte ich das Gefühl, dass ich Rebel den Atem nehmen könnte. So hart würde ich mich an ihr festklammern, wenn wir zusammenkamen. Bereits jetzt fiel es mir jedes Mal schwer, mich von ihr zu lösen, wenn ich sie an ihrer Tür verlassen musste.

In beiden Nächten hatten sich meine Lippen danach gesehnt, sie zu küssen. Ich hatte sie zu ihrer Tür gebracht. Mein Magen hatte sich beide Male verknotet, als ich mich von ihr entfernte. Ich musste meine Hände an meinen Seiten zu Fäusten ballen und meine widerwilligen Füße zwingen, von ihr wegzugehen.

Wie hatte Rebel Saxe das so schnell mit mir gemacht, ohne es auch nur zu versuchen? Und wie hatte sie meinen Sohn dazu gebracht, zu sagen, dass er sie liebte?

„Vielleicht ist sie eine Hexe." Ich lächelte, als ich die Worte laut aussprach. „Eine Hexe, die dein Herz und dann deine Seele stiehlt, Harman Hunter. Und vielleicht auch das deines kleinen Sohnes. Du solltest vorsichtig sein."

Aber konnte ich das? Konnte ich die Anziehung, die ich für sie empfand, weiter unterdrücken?

Welche Wahl hatte ich?

Ich hatte ihr zu viel über meine chaotische Scheidung erzählt. Schlimmer noch, ich hatte klargestellt, dass ich meine Ex zurücknehmen würde, wenn sie das jemals wollte. Ich hatte alles vermasselt, bevor ich überhaupt eine Chance mit der Frau gehabt hatte.

Es war egal, dass wir dasselbe Mixgetränk und dieselbe Pizzasorte mochten oder dass wir ähnliche Karrierewege eingeschlagen hatten. Es war egal, dass wir das perfekte Paar hätten sein können. Ich hatte es bereits ruiniert – ich hatte keine Chance mehr bei der Frau.

Wenn Du diese Geschichte weiterlesen willst, kannst Du Dir Dein Exemplar bei Deinem Lieblingshändler holen, indem Du nach dem folgenden Titel suchst:

Die Anordnungen des Arztes

Ein Milliardär-Arzt-Liebesroman

Gerettet von dem Arzt Buch zwei

❀ Erstellt mit Vellum

Milton Keynes UK
Ingram Content Group UK Ltd.
UKHW020650201123
432908UK00019B/2397